LE

PÈLERINAGE.

Imprimerie de SCHNEIDER et LANGRAND,
rue d'Erfurth, 1.

LE
PÈLERINAGE,

ŒUVRE SEMI-HISTORIQUE ET POLITIQUE

EN DOUZE TABLEAUX

PAR FLORESTAN.

Poëte, occupe-toi de ton pays : là sont tes chaînes
d'amour, là est le monde de ta pensée !
— GOETHE. —

PARIS.

ABEL LEDOUX, LIBRAIRE,

RUE GUÉNÉGAUD, 9.

1844

INTRODUCTION.

Dans l'œuvre que j'offre au public, il est aisé de voir qu'en donnant à mes personnages un mouvement dramatique, je profite de ce mouvement pour signaler les vices et abus de l'époque à laquelle ils appartiennent, abus qui, sous plusieurs rapports, ne diffèrent que par le temps et les circonstances de ceux qui, de nos jours, affligent le pays et provoquent ses doléances.

C'est pour avoir suivi cette marche vicieuse que ces abus nous ont été transmis, et que nos neveux seront condamnés à subir fatalement, ainsi que nous, à moins qu'une assemblée, s'élevant à la hauteur de ses devoirs, n'en ordonne autrement.

Dans l'espoir que le sentiment national finira par triompher des efforts de ceux qui, aidés de la corruption, s'appliquent sourdement à renverser l'arche sainte de nos droits, j'ai cru pouvoir, au moyen d'une fiction qui n'est point exclusive de la vérité historique, j'ai cru, dis-je, pouvoir fixer l'attention du lecteur sur un état de choses d'où dépend notre viabilité morale et politique.

Le groupe compacte de ceux qui s'assoient à la table du privilége, et de ceux qui s'agitent pour y être admis, va demander qui je suis pour me poser en missionnaire. Moi, missionnaire ! qui ne connais pas plus le chemin des temples de Bélus et de Saint-Acheul que ceux d'Avignon, de Fribourg et de Lucerne; non, je suis un simple pèlerin qui déteste l'hypocrisie autant que l'impiété, et la licence autant que les abus du pouvoir ; un pèlerin qui, sous la vive impression de la journée du 14 juillet dont il fut témoin, aime par-dessus tout son pays et la liberté; oui, cette liberté qui, quoi qu'en disent ses amateurs prétendus, n'est point incompatible avec l'ordre public dont elle est, au contraire, la meilleure garantie : aussi, en Angleterre, et principalement aux États Unis, on est non moins jaloux qu'heureux de les posséder.

LE PÈLERINAGE.

PREMIER TABLEAU.

D'abus divers lorsque la masse énorme
Depuis longtemps occupe les esprits,
·Et que le peuple en vain pousse des cris
Pour obtenir leur hâtive réforme,
Palette en main, j'ai saisi mes pinceaux ;
Et dans un cadre où le fait historique
Emprunte à l'art sa forme allégorique,
J'ai cru devoir ébaucher ces tableaux.

Quand le vainqueur de la triple alliance,
Turenne, aidé de ses nobles guerriers,
Était la gloire et l'honneur de la France,
Et chaque jour moissonnait des lauriers,
A cette époque existait en Touraine

Certain chapitre autrefois signalé

Pour ses vertus, sa conduite chrétienne,

Mais qui depuis fut lascive et mondaine,

Du jour qu'Agnès de grands biens l'eut comblé :

Non cette Agnès que pour ses patenôtres

Rome a fait sainte ainsi que beaucoup d'autres,

Mais cette Agnès qu'aima l'un de nos rois,

Qui, pour chasser les Anglais de la France,

– Avec la Hire et le brave Dunois

Accueillit Jeanne, et, grâce à leur vaillance,

Affermit Charle au trône des Valois.

    Loches était la ville fortunée

Où trente clercs, ainsi que leur doyen,

Dormaient au chœur le quart de la journée,

Et les trois quarts ne s'occupaient de rien ;

– Car du clergé dans le monde chrétien,

Oui, telle était la triste destinée !

    C'est sous leurs yeux et là que reposait

De Fromenteau la noble châtelaine

Que tout Français eût voulu pour sa reine (1),

Et dont surtout fut épris Charles sept.

Un ciseau pur, élégant et facile,

D'un grand artiste instrument précieux,

De notre Agnès sur le marbre docile

Avait sculpté l'ensemble gracieux.

    De son index un ange, en face d'elle,

La désignait, mais avec ce regard
Qu'avait l'Amour lorsqu'au sein d'une belle,
Ou d'une prude à ses désirs rebelle,
Malignement il enfonçait son dard.
Auprès d'Agnès un charme vous attire,
Plus on la voit, et plus on est touché ;
Même en sortant le pèlerin soupire,
Son œil sur elle est encore attaché.

Là, pour Agnès de divers points de France
Des pèlerins chaque printemps venaient,
Du monument s'approchaient en silence,
L'ornaient de fleurs, et puis s'en retournaient.

Que j'ai regret qu'une aussi belle vie,
Qui de la France assura les beaux jours,
Ait à la France été sitôt ravie,
Et que le sort en ait borné le cours ;
Mais, nos regrets ne pouvant nous la rendre,
Laissons d'Agnès, laissons en paix la cendre (2).

En tout pays, a dit certain prélat
Nommé Turpin, d'humeur vive et folâtre,
Faut-il choisir, embrasser un état,
Être d'Église ou suivre le théâtre,
Vivre en ménage ou dans le célibat,
L'ange sur nous qui veille et qui nous guide
Comme il lui plaît de notre choix décide (3).

Cet ange donc, ou plutôt le destin,

Comme jadis on l'appelait en Grèce,
D'un Tirconel qu'on surnommait Martin,
Bien qu'il fût pris d'amour et de tendresse
Pour une belle, en fit un sacristain (4).
Si le lecteur hésitait à me croire,
Je vais offrir à ses yeux l'aperçu
De son étrange et mémorable histoire.

     D'un Tirconel Martin était issu :
Avec le ton et l'allure d'un reître,
Il nasonnait, était louche, replet,
Et tel enfin qu'en le voyant paraître
L'on s'écriait : « Peut-on être aussi laid ! »
Or la laideur, disgrâce trop commune,
L'affectait peu ; son unique tourment,
Ce qui surtout l'attristait vivement,
C'est d'être lord, oui lord, mais sans fortune.

     Car, en secret s'il s'en enorgueillit,
Il sait aussi que le sang, la noblesse,
Doivent surtout leur lustre à la richesse,
Et que sans biens leur éclat s'affaiblit (5).
Pour conquérir ces biens si nécessaires,
Si convoités, il se décide un jour
A fuir le sol qu'avaient foulé ses pères,
Et de Dublin désertant le séjour,
Tout en rêvant les plus douces chimères,
Il vint à Londre et parut à la cour.

A White-Hall, qu'avait souillé naguère
Le sang royal de son malheureux père,
Auprès de Charle accouraient les plaisirs (6) ;
Et de Versaille une troupe comique,
Ayant pour chef le bouffon *Dominique* (7),
Du roi venait égayer les loisirs ;
Car sans les jeux et l'amour rien ne touche ;
On est sournois, hypocrite, farouche :
Avec l'amour on est compatissant,
Un doux parler coule de notre bouche,
On est humain, généreux, bienfaisant.
Quelqu'un aussi d'une haute prudence
Et d'un génie inspiré par les dieux,
Béotien toutefois de naissance,
Tout en plaçant les amours dans les cieux,
Dans les enfers jeta l'indifférence (8).

De Tirconel le cœur jusqu'à ce jour
N'avait aimé que l'appareil des armes ;
Mais de Churchil dès qu'il eut vu les charmes
Dans un tournois, son cœur fut pris d'amour ;
Dans sa stupeur de la voir aussi belle,
Il eut longtemps les yeux fixés sur elle (9).

De voir le jour votre œil impatient
A vu l'aurore, au visage riant,
Quand, du sommeil secouant l'indolence,
Elle se lève, et d'un air gracieux

De l'Orient, au soleil qui s'avance,
Ouvre la porte, et se perd dans les cieux ;
Si miss Churchil n'était point immortelle
Comme l'aurore, elle était aussi belle ;
De ses attraits tel était le pouvoir,
Qu'on accourait aussitôt pour la voir :
Ses blonds cheveux, une taille élégante
Qui dans dix doigts à l'aise eût contenu,
Un teint de rose, un regard ingénu,
Et de ses dents la blancheur éclatante,
Plaisaient au point que ceux qui la voyaient
Dans leur extase à la fois s'écriaient :
« Quel teint! quels yeux! O ciel, elle est charmante! »
    C'est dans le cours d'un brillant carrousel (10),
Auprès du fleuve où noblement s'étale
De Westminster l'église abbatiale,
C'est là qu'un jour l'Hercule Tirconel
Fut ébloui, charmé de son Omphale.
Long, on a dit, fut son ravissement ;
L'ardent salpêtre auprès d'une étincelle
Prend feu, s'enflamme aussi rapidement.
    Sous une tente assis près d'Arabelle,
Le duc d'York, de ses attraits charmé,
Non loin du roi ne s'occupait que d'elle,
Et s'il l'aimait, il en était aimé :
Prince jamais trouva-t-il de cruelle !

Milord montait un jeune palefroi
A large croupe et de haute encolure,
A lui prêté pour paraître au tournoi.
Le seul acier décorait son armure
Dont le travail était lourd et grossier ;
Panache noir flottait sur son cimier :
Le clairon sonne, à pas lents il s'avance ;
Et, parcourant l'enceinte en paladin,
Par un héraut il provoqua soudain
Tout chevalier à jouter de sa lance.

Bientôt se montre un jeune et beau guerrier
Qui, du tournoi franchissant la barrière,
D'Arabella portait sur sa bannière
Le nom chéri couronné d'un laurier.

Russel était le nom de ce dernier (11) ;
Or, par sa taille et ses armes brillantes
Que le soleil rendait étincelantes,
Par la beauté d'un andalou fougueux
Et, par l'éclat de ses plumes flottantes,
Il attirait et charmait tous les yeux.

Nul chevalier d'Angleterre ou de France
N'eut si bon air ni si belle apparence :
Avec transport chacun donc l'applaudit,
Et de hourras l'air au loin retentit.

Mais à l'aspect de l'énorme stature,
Du large dos de milord Tirconel,

Il s'éleva dans l'arène un murmure
Accompagné d'un rire universel :
Ainsi toujours se conduit le vulgaire ;
Qu'un homme soit d'un noble caractère,
Fût-il vaillant comme Charles Martel (12),
S'il est bancal, ventru, louche, enfin tel
Qu'en se montrant il prête à la censure,
On en rira, telle est notre nature.

Russel à peine a vu ce chevalier,
Qu'à le combattre aussitôt il s'apprête ;
Mais l'Hybernois, retenant son coursier,
La lance au poing, quelques instants s'arrête ;
Puis il s'élance, et, l'œil étincelant,
D'un bras nerveux l'atteint à la visière :
Le choc fut rude, à tel point violent,
Qu'il le jeta soudain sur la poussière.

De cet échec honteux, le beau Russel
Sur l'alezan remonta non sans peine ;
Et quelque temps ayant repris haleine
Au petit pas sortit du carrousel.

Milord vainqueur fit le tour de l'arène
Au bruit tonnant de pétards, mousquetons,
Et de tambours, trompettes et clairons ;
Puis, précédé de hérauts et gendarmes,
Sur leur épaule ayant leurs haches d'armes,
Aux cris confus de la foule en émoi,

Il fut conduit au pavillon du roi.

Quoiqu'il ne pût le voir sans répugnance,
En souriant Charles lui prit les mains,
Tant les rois sont francs, affables, humains,
Loua sa noble et belle contenance :
Bref, il lui fit un accueil gracieux
Dont en secret chacun fut envieux.

L'on dit qu'un mot, lorsque le roi l'adresse
A quelque grand ou bourgeois de sa cour,
Chacun saisi d'une sorte d'ivresse
Dans son délire y pense nuit et jour :
Milord, exempt d'une telle faiblesse,
Eut constamment l'air grave, sérieux,
Et s'il fut bref, il le fut sans rudesse.

Chacun sur lui fixe un œil curieux :
Lors, de Churchil s'approchant en silence,
A ses genoux l'amoureux Tirconel,
Visière haute, attend la récompense,
Le doux baiser, prix assuré d'avance
Au chevalier vainqueur du carrousel.

On le raillait, maintenant on l'envie :
« Pour ce baiser qui n'eût risqué sa vie ! »
C'est ce que l'un à l'autre on se disait.
Or, au vaincu Churchil s'intéressait ;
C'est à tel point que, détournant la vue,
Pour ce baiser quand milord s'avança,

Les bras tendus, Churchil le repoussa :

« Fi donc, l'horreur! » cria-t-elle éperdue.

    Le prince rit; courtisans et valets

Rirent aussi, gens avides, voraces,

Qui, pour avoir des honneurs et des places,

Des rois sans cesse assiégent les palais (13).

Milord eût fait prudemment de se taire ;

Oui, mais tout autre était son caractère.

Aussi, jetant un regard pénétrant

Sur les rieurs objets de sa colère :

« J'ai le nez court, » dit-il ; et leur montrant

Le durandal pendant à sa ceinture,

« Avec cela je peux à sa mesure

« Tailler, couper le nez ou le menton

« De l'insolent, fût-il duc ou baron,

« Qui me ferait la plus petite injure. »

    A ce discours, en secret applaudi,

Car tout propos, si peu qu'il soit hardi,

Au lâche même est de nature à plaire,

Le duc lança, frémissant de colère,

Sur Tirconel, qui s'éloigna soudain,

Un coup d'œil sombre, où perçait le dédain.

    Quelque penchant qu'il eût à la vengeance,

A voyager milord se décida,

Et, quittant Londre en toute diligence,

Sans accident de Douvre il aborda

Le lendemain sur les côtes de France.

    De Calais donc Martin vint à Paris :

Alors aux chants des filles de mémoire,

Avec les jeux, les amours et les ris,

De toutes parts accourait la victoire

Dont on faisait au prince honneur et gloire,

Quoique le sang du peuple en fût le prix.

    Chez Tirconel rare était la finance ;

Sur son nom seul il crut que tout d'abord

L'or et l'argent couleraient à plein bord ;

Mais du contraire il fit l'expérience ;

Car, abordant un homme à coffre-fort :

« Puisse le ciel, par de longues années,

« Favoriser, dit-il, vos destinées !

« Sur mon billet, je suis Anglais et lord ;

« Veuillez, monsieur, m'escompter cent guinées ;

« Ne craignez pas que je vous fasse tort. »

Mais le banquier, d'une rare prudence,

Au Louvre admis, quoique juif de naissance,

Lui répondit, tout en serrant son or :

« La qualité n'a point de cours en France,

« Et je vous fais, milord, ma révérence.

    Heureux il fut de trouver un fripier

Qui, de la halle occupant un pilier,

Pour peu d'écus bientôt le débarrasse

D'une rapière ayant manche doré,

Et lui remit pour sa large cuirasse
Et sa rondache un habit restauré.

Hélas ! dans peu sa bourse fut tarie :
Obligé donc de déserter l'hôtel
Où tristement logeait Sa Seigneurie,
Aux *Irlandais* il court : « Ah ! je vous prie,
« Dit-il au chef en regardant le ciel,
« Vu mon penchant décidé pour l'autel,
« De m'accueillir dans votre confrérie ;
« Ainsi que vous l'Irlande est ma patrie,
« Où je suis lord du nom de Tirconel. »

Un mouvement de joie et de surprise
Dans le collége éclate avec transport ;
On complimente, on entoure milord
Qui fut admis et reçu dans l'Église,
Refuge ouvert à ceux qui, comme lui,
Étaient sans fonds, sans crédit, sans appui.

Voilà milord en rabat et soutane.
Bientôt n'est bruit que de l'abbé Martin ;
Car, chaque jour, dans le pays latin,
Il discutait du sacré, du profane ;
A ce métier l'Irlandais est enclin,
Et de l'école il aime la chicane (14).

Mais, las enfin des choquantes erreurs
Qu'en nasonnant et d'un air d'assurance
Leur débitait ce type des docteurs,

Les assistants quittèrent la séance

En le sifflant et poussant des clameurs ;

De cet échec retentit le collége (15).

« C'est, dit Martin, transporté de courroux,

« D'un pédagogue ignorant et jaloux

« Un odieux et perfide manége ! »

    Paris lui semble habité par des juifs

Affamés d'or, qui s'imposent la tâche,

Pour en jouir, de courir sans relâche

Jusqu'à se rendre et devenir poussifs ;

De le quitter il s'empresse et se hâte.

Lorsque pour nous la fortune est ingrate,

A voyager chacun de nous est prêt ;

Ainsi, jurant contre sa destinée,

Au fond du cœur portant toujours le trait

Dont l'a blessé sa noble Dulcinée,

Bâton en main pour toute haquenée,

Il s'éloigna de Paris sans regret.

    Il gagne ainsi les rives de la Loire.

De nos coteaux les vignobles riants,

Les prés fleuris, les épis ondoyants,

Le touchaient peu, tant sa bile était noire ;

C'est pis encor sous les murs d'Orléans,

Murs dont le siége, en dépit de l'histoire,

De son pays lui retraçait la gloire.

    Milord s'assied ; des pleurs mouillent ses mains ;

Tel Marius, à l'aspect de Carthage,
Proscrit, errant dè rivage en rivage,
Pleurait assis sur les bords africains (16).

Quoique son cœur à leur aspect s'émeuve,
A les quitter il se décide enfin ;
Et, dans ce but, gagnant le bord du fleuve,
Il prit de Tours tristement le chemin.
Mais à tel point son âme est oppressée,
Que de ses flots le cours majestueux
N'a nul attrait, ni de charme à ses yeux ;
Non, Churchill seule occupait sa pensée
Et le rendait sombre et silencieux.

Or donc, à Tours arrivé non sans peine,
Il crut que, clerc, sous le nom de Martin,
Saint qui jadis illustra la Touraine,
Il passerait les jours de la semaine
Dans le repos, libre de tout chagrin.
Désappointé, voyant sa bourse vide,
A quitter Tours bientôt il se décide,
Et suit à Loche un frère ignorantin (17),
Où du chapitre on le fit sacristain.

« Sa bourse vide ! allons, c'est une fable ;
« Songez qu'il faut un gîte avec la table
« Et payer l'hôte au moins chaque matin. »
Mais en ce temps, et dans chaque contrée,
Ignorez-vous que nul en voyageant

N'avait besoin de se munir d'argent
Quand de l'Eglise il portait la livrée?
A chaque pas, d'un riche et beau moutier,
Où l'on jeûnait en faisant bonne chère,
On abordait le gîte hospitalier
Et le quittait sans payer le salaire
Que gens d'esprit, en certains virelais,
Ont appelé quart d'heure à Rabelais.

  Ce temps n'est plus; non, la raison publique
A renversé ces cloîtres infernaux,
Cloaque impur de péchés capitaux;
Au peuple est dû cet acte politique,
Acte moral à la fois et pieux,
Et qu'un retour de fièvre fanatique
Viole, outrage et déchire à nos yeux (18).

NOTES DU PREMIER TABLEAU.

(1)   *Que tout Français eût voulu pour sa reine.*

Charles VII, qui l'admit dans sa couche comme maîtresse, ne l'y eût
point reçue comme épouse. Cette contradiction se conçoit dans un temps
où les peuples étaient séparés les uns des autres, moins par leurs limites
territoriales que par un égoïsme brutal, effet déplorable de l'absence de
civilisation. Alors, le besoin de se secourir réciproquement contre l'invasion ou la révolte, autant que l'orgueil féodal, avait introduit ces
alliances de famille entre les souverains ; mais aujourd'hui que la féo-
dalité n'existe plus que dans les souvenirs, que, par suite du progrès des
lumières et des rapports internationaux, les peuples marchent sympa-
thiquement vers une unité sociale ; aujourd'hui que ces guerres sauvages,
dévorantes, ne sont plus à craindre, et que le droit divin a disparu devant le dogme de la souveraineté des peuples, de telles alliances sont
plus qu'une anomalie, elles sont une insulte aux nations.

L'homme de cour, payé pour applaudir à tout ce que font les princes,
ose nous dire qu'il est d'une haute convenance de maintenir cet usage.
Cela n'a rien d'étonnant ; mais ce qui nous a surpris, c'est d'entendre, à
la séance du 19 février 1840, un député dire que l'alliance d'un prince
avec une personne d'un rang inférieur serait *compromettante...* Serait-ce parce que, à part l'avantage d'obtenir une compagne aussi dis-
tinguée par le brillant de son éducation que par la modestie de ses
mœurs, le prince a la certitude, en cas de guerre, d'un secours puissant et instantané?... Malheureusement l'histoire nous fournit plus
d'un exemple du contraire. Le mariage de Buonaparte avec une archi-
duchesse n'a point empêché le monarque autrichien d'entrer dans la
sainte coalition pour renverser son gendre parvenu. Tel fut le résultat
de son divorce avec Joséphine qui, bien qu'elle ne fût point d'un sang
royal, était, pour les qualités du cœur, les grâces de l'esprit et de la figure, tout au moins égale à Marie-Louise.

.-Et puis, est-ce que Frédégonde , Brunehaut , Isabelle de France,
sœur de Charles le Bel et reine d'Angleterre qui, avec Mortimer son
amant, fit mourir Édouard son époux dans les tourments les plus affreux;
Blanche, que l'histoire accuse d'avoir empoisonné son mari, le roi
Louis V, âgé de vingt ans ; Isabelle de Bavière, femme de Charles VI;
les épouses de Charles IV, roi d'Espagne, et de Georges IV, roi d'Angleterre, sans parler des autres, n'étaient pas de sang royal ? Que l'on
compare ces reines notoirement impudiques avec l'illustre Catherine,
que Pierre le Grand tira d'une auberge, où elle était servante, pour la
placer sur le trône impérial, et l'on sera forcé d'avouer que le sang
royal n'est pas une source tellement pure, qu'on doive, si l'on est prince,
y puiser exclusivement.

(2)   *Laissons d'Agnès, laissons en paix la cendre.*

Agnès, fille de Jean Sorel, seigneur de Saint-Géran, fut élevée sous
les yeux de la dame de Mignelais, sa tante, à Fromenteau, dans le voi-
sinage de Chinon, où Charles VII tenait alors sa cour. Le bruit de sa
beanté décida le roi à l'aller voir ; il en fut si charmé, qu'il persuada à
la dame de Mignelais d'envoyer sa nièce à la reine, qui l'admit au nombre
de ses filles d'honneur. Si Agnès eut la faiblesse de céder aux vives instances du roi, il faut lui rendre cette justice, qu'elle usa de son ascendant pour réveiller Charles de son assoupissement, et l'exciter à chasser
les Anglais du royaume, en quoi elle fut secondée par la Hire, Xaintrailles et le fameux Dunois.

C'est à ce même ascendant qu'on attribua l'ordonnance en vertu de
laquelle Charles, assisté des grands du royaume et des premiers digni-
taires de l'Eglise, confirma celle rendue sous le nom de *pragmatique
sanction*, en 1268, par saint Louis, qui investissait les chapitres et
abbayes du droit exclusif de nommer leurs supérieurs ; ordonnance
constitutive des libertés de l'Église gallicane que les papes n'ont pas
cessé d'attaquer sous prétexte d'attentat à leur juridiction, quoiqu'un
saint en soit l'auteur : aussi fut-elle maintenue par Louis XI, bien que,
sur les instances du pape Eugène IV, il eût fait serment, sur le saint
Évangile, de l'abolir.

Il était réservé à François Ier, à l'amant de la belle Féronière, de Diane
Poitiers, sans compter les autres, de détruire, après plus de trois siècles

d'existence, cette charte constitutive en France des libertés de l'Eglise, au moyen d'un concordat passé à Bologne en 1515 avec le pape Léon X. Ce concordat fut le pendant de celui de Jean-sans-Terre, excommunié par Innocent III, non pour avoir usurpé la couronne au préjudice d'Arthur, son neveu, mais pour avoir approuvé l'élection de John de Gray par le chapitre à l'archevêché de Cantorbéry, ce qui détermina le pape à lui préférer le cardinal Langton. Un traité ignominieux pour le roi mit fin à ce conflit. Par ce traité, le monarque, excommunié, et contraint de reconnaître l'élu du pape pour archevêque, se rendit à la cathédrale de Cantorbéry et déposa sa couronne aux pieds du légat Pandolphe, qui daigna la replacer sur la tête du roi, mais à la charge par lui et ses successeurs de payer annuellement au saint-siége, comme sacrifice expiatoire, mille marcs d'argent ; c'est à cette condition que la puissance spirituelle consentit à lui restituer ses domaines temporels dont, par suite de l'excommunication, elle avait disposé en faveur de Philippe-Auguste, roi de France. (*Histoire d'Angleterre.*)

Si le concordat de François Ier ne fut point aussi honteux que celui de Jean-sans-Terre, il n'en fut pas moins l'objet de la censure publique, parce que, pour complaire à Léon X, il avait, dans son intérêt privé, dépouillé le clergé, et sans son aveu, d'un droit inaliénable de sa nature et contrairement à la maxime admise par nos publicistes : *Crista gallica non sedit italico supercilio.*

Aussi, l'assemblée nationale, par son décret sur la constitution civile du clergé (ARTICLE V, titre I ; XIX, titre II), s'empressa-t-elle de l'annuler. Il était réservé à Buonaparte, au séide de nos libertés, de restituer par un nouveau concordat au pape Pie VII le droit de nommer en France aux dignités ecclésiastiques. En reconnaissance, Sa Sainteté consentit à le couronner, quoique usurpateur, dans l'église de Notre-Dame de Paris. C'est ainsi que l'Église gallicane s'est vue dépouillée une seconde fois de ses libertés, dont l'origine remonte à saint Louis. Par quelle fatalité laisse-t-on, après 1850, subsister cet acte spoliateur ? Les conservateurs nous disent que c'est un *fait accompli ;* mais si Agnès eût été sur le trône du 7 août, nul doute que c'eût été un *fait révoqué.*

(3)　　　*Comme il lui plaît de notre choix décide.*

L'homme d'Église, a dit Miguel Cervantes, et le comédien ne sont pas aussi opposés qu'on pourrait le croire ; destinés à se montrer en public avec un caractère obligé, l'un et l'autre s'étudient à jouer sur leur scène respective le rôle qui leur est imposé. Ceux qui l'exécutent avec le plus d'habileté, sont certains d'obtenir les suffrages de la foule qui les observe ; mais, de ce que le comédien se montre dans l'*Avare* et le *Misanthrope* avec une rare perfection, doit-on conclure qu'il soit misanthrope et avare ? Pas plus qu'il ne faut supposer que tel homme d'Église soit nécessairement pieux, bien qu'il en ait le ton et les manières, et que, coiffé d'un ridicule clabaud, il ait soin de se montrer en public avec son costume d'Église, les yeux baissés et un livre sous le bras, comme venant de dire son bréviaire.

(4)   *Pour une belle, en fit un sacristain.*

Vers le milieu du siècle dernier, il existait en Angleterre un personnage de ce nom. Un écrivain estimé en parle en ces termes : « Pour milord Tirconel, c'est un digne Anglais : son rôle est d'être à table ; il a le discours serré et caustique, je ne sais quoi de franc que les gens de son pays ont. »

Celui dont il est ici question, vu la roideur et la fierté de son caractère, me porte à croire que ce dernier était de la même famille. Il est des races dont le caractère se reproduit à chaque génération ; c'est ainsi qu'à Rome l'orgueil s'était perpétué dans les familles des Appius et des Scaurus ; l'austérité des mœurs, dans celles de Valérius et de Caton ; la faiblesse, dans celle de Lépidus ; et la gourmandise, dans celle des trois Apicius ; c'est le second de ces trois que Pline appelait : *Nepotum omnium altissimus gurges*, le glouton par excellence. Aussi, après avoir dépensé des sommes immenses et n'ayant plus que 2,500 francs de notre monnaie, il s'empoisonna.

(5)   *Et que, sans biens, leur éclat s'affaiblit.*

Dans un État monarchique, la fortune soutient et perpétue l'éclat des familles qui, sans elle, finiraient par tomber dans l'oubli. C'est pour éviter ce malheur qu'on voit incessamment accourir à la porte des résidences royales une classe d'hommes avides d'emplois, de pensions et d'oripeaux de cour. A Rome, c'étaient les services rendus à la patrie qui faisaient la richesse et la gloire des familles, gloire impérissable, parce qu'elle a ses racines dans la reconnaissance nationale.

Curius Dentatus n'était rien moins que riche. Après avoir été trois fois consul, il était réduit à faire cuire ses raves dans un pot de terre lorsque des ambassadeurs samnites, dans l'espoir de le mettre dans leurs intérêts, lui offrirent des vases d'or. « Gardez vos vases, répondit le consul, je ne veux point être riche ; j'aime mieux commander à ceux qui le sont. » Sous les empereurs, et, de nos jours, quel est celui qui les eût refusés? Curius ne fut ni le premier, ni le dernier qui, sous la république, ait donné cet exemple de vertu. Tels furent : Paul-Emile, les Gracques, Scipion, Caton d'Utique et Cassius. Tels ont été Barneveldt et Grotius, en Hollande ; Whasington, Adams et l'illustre Jefferson, aux Etats-Unis ; chez nous, Michel de l'Hôpital, Plessis-Mornay, Sully ; et, de nos jours, Ducis, Népomucène Lemercier, MM. Taillandier, conseiller à la cour royale de Paris, et Charpentier, premier président de celle de Metz.

(6)   *Auprès de Charles accouraient les plaisirs.*

White-Hall, situé à Londres sur le bord de la Tamise, en face du parc Saint-James, est le palais où les rois d'Angleterre, depuis Henri VIII, qui l'acheta du cardinal Wolsey, séjournèrent jusqu'en 1697, où il fut, en partie, consumé par le feu. Ce palais, sous le règne de Charles II, fut, comme Versailles, le rendez-vous des plaisirs et des fêtes, où figuraient les seigneurs et les plus belles femmes de la cour ; le jour, c'étaient des promenades sur l'eau dans des gondoles pavoisées, escortées de pages nombreux et de musiciens qui faisaient retentir l'air de leurs brillantes fanfares ; le soir, c'étaient des galas, routs, danses et feux d'artifice. C'est ainsi que Charles II, dans le besoin qu'ont les princes de se délasser des fatigues et des ennuis inséparables de la royauté, dissipait les millions dont le peuple payait sa liste civile, votée par les torys.

(7)   *Ayant pour chef le bouffon Dominique.*

Dominique Biauconelli était alors à Paris l'arlequin en titre de la comédie italienne, l'originalité piquante de ses lazzi, de sa pose scénique, de ses vives reparties, attirait sans cesse la cour et la ville à ses représentations ; c'est à tel point, que le nom de Dominique était dans toutes les bouches et qu'on ne fut pas moins curieux à Londres qu'à Versailles et à Paris de le posséder.

(8)   *Dans les enfers jeta l'indifférence.*

Voltaire a dit quelque part, quoiqu'il ne fût pas théologien :

> Le paradis est fait pour un cœur tendre,
> Et les damnés sont ceux qui n'aiment rien.

N'aiment rien ! c'est trop dire ; car les plus indifférents aiment au moins quelque chose, comme les richesses et le pouvoir qui les procure. J'en trouve la preuve dans un Denys, tyran de Syracuse, non celui qui, chassé pour ses méfaits du trône par Timoléon, fut contraint de se réfugier en Grèce où, pour subsister, il fut réduit à être maître d'école, mais son père, que l'histoire nous peint des couleurs les plus sombres, et dont l'or était la passion exclusive ; aussi, pour en avoir, il pressurait le peuple et dépouillait les temples ; il était, en outre, si méfiant, qu'il n'osait sortir sans être escorté, et qu'il s'enfermait dans une maison souterraine où personne, pas même sa femme ni son fils, ne pouvaient entrer sans, au préalable, avoir quitté leurs vêtements dans la crainte qu'ils n'eussent des armes cachées. Il n'en mourut pas moins de mort violente à un âge avancé.

(9)   *Il eut longtemps les yeux fixés sur elle.*

Arabelle Churchill, née à Ashe, dans le Devonshire, était la sœur du célèbre Marlborough et la maîtresse du duc d'York, connu depuis sous le nom de Jacques II. On sait qu'il fut détrôné par son gendre Guillaume III et sa fille, et que le parlement le proclama roi sans consulter le vœu de la nation, vœu néanmoins indispensable et nécessaire, à moins que le mot de souveraineté du peuple ne soit qu'un mot sans portée ni valeur ; les députés n'osèrent le prétendre, mais ils agirent comme s'ils en étaient persuadés. Les jacobites, indignés, s'armèrent

contre Guillaume et· refusèrent de le reconnaître pour roi ; mais, soutenu du parlement, il n'en fut pas moins, au mépris de tous les princi-
cipes, investi du pouvoir.

(10)   *C'est dans le cours d'un brillant carrousel.*

C'est en 1662, la même année où Charles II vendit Dunkerque à la
France pour 400,000 livres sterling, environ 9 millions de francs,
qu'eut lieu le carrousel en question. Il était dans l'ordre des choses que
dans une cour voluptueuse telle que celle de Charles II le produit de
cette vente fût, au préjudice du trésor public, dissipé en fêtes d'apparat, galas et divertissements ; mais ce qui étonne, c'est qu'à Paris,
nonobstant le vide que ce payement avait dû opérer dans la caisse de
l'État, il y ait en cette même année , sur la place de ce nom, un autre carrousel où, sous un dais, assistèrent la reine-mère, Anne d'Autriche, la reine Marie-Thérèse, épouse du roi, et la veuve de Charles Ier,
roi d'Angleterre ; Louis XIV était à la tête du quadrille des *Romains* ;
son frère, le duc d'Orléans, des *Persans* ; le prince de Condé, des
Turcs, et le duc d'Enghien, des *Indiens*. C'est ainsi, a dit un grave
historien , qu'à Londres et à Paris l'on dissipait en fêtes, en joutes, en
pompes théâtrales et puériles, l'argent du trésor, sauf à le remplacer
par le produit de la taille et des impôts. Plus d'un écrivain a fait la
même réflexion ; mais aucun ne l'a faite comme un de nos contemporains, avec l'esprit et le ton sarcastique dignes de son auteur.

> Les carrousels, les monuments, les fêtes,
> Et les revers, et même les conquêtes
> Appauvrissaient un peuple désolé,
> D'enfants de France et d'impôts accablé ;
> En gémissant ce peuple était docile :
> Mais quand il vit son monarque enterré,
> Pourquoi rit-il ? La réponse est facile :
> Sous le grand homme il avait tant pleuré !
>
> (M. J. Chénier.)

(11)   *Russel était le nom de ce dernier.*

Lord Russel était d'une ancienne maison du comté de Dorset et

de la même famille que l'amiral de ce nom qui, en 1692, s'illustra au
combat de la Hogue, si funeste à notre marine : il est probable que
lord John Russel, l'un des membres du dernier ministère whig ou
juste milieu, soit un de ses descendants.

(12)   *Fût-il vaillant comme Charles Martel.*

Si Charles Martel a droit, comme guerrier, à notre estime, la postérité lui reproche d'avoir, les armes à la main, contraint son roi à le
reconnaître pour maire du palais et à lui livrer les rênes du gouvernement ; son fils Pépin, enhardi par cet exemple, fit plus encore ;
car, après avoir détrôné Childéric III, à qui il avait prêté serment
de fidélité, il le fit raser et enfermer dans un couvent où il finit ses
déplorables jours. L'énormité de ce crime ne l'empêcha point, après
avoir été sacré et couronné par saint Boniface, archevêque de Mayence,
de s'en faire absoudre par le pape Étienne II. En reconnaissance,
Pépin lui fit don de l'exarchat de Ravenne dont il venait de dépouiller
Astolphe, roi des Lombards. Telle a été l'origine de la puissance temporelle des évêques de Rome ! Le parjure, l'usurpation d'un homme
puissant peuvent bien être l'objet de leur censure ; mais ce n'est point
lorsqu'ils en profitent comme Étienne.

(15)   *Des rois sans cesse assiégent les palais.*

Mendier n'est pas honte à la cour, a dit un écrivain de nos jours,
c'est toute la vie du courtisan.

Si ce métier est permis dans un palais, on se demande pourquoi il
est prohibé sur la voie publique à la classe indigente ; si l'égalité devant la loi n'est pas un vain mot, ne serait-il pas juste de l'interdire,
à plus forte raison, à la classe aisée ? Et pour cela, il suffirait de
charger le ministère public de poursuivre d'office tous ceux qui seraient surpris dans l'antichambre d'un ministre. Mais, dira-t-on,
comment réprimer l'abus, si le ministère public était lui-même du
nombre des mendiants ! c'est aux hommes d'État à chercher le remède.
Je comprends qu'il n'est point aisé à trouver ; aussi je crains que le

mal ne soit incurable, et qu'aussi longtemps que les emplois et les fonds secrets seront à la disposition des hommes du pouvoir, nous ayons des mendiants de cour.

(14)   *Et de l'école il aime la chicane.*

C'est sous ce nom que lord Tirconel fut admis au collége des Irlandais; dans ce collége la manie de l'argumentation, la logomachie, prétendue théologique, étaient poussées jusqu'au ridicule. Abraham Remi, professeur d'éloquence au collége royal à Paris, en 1650, les appelait : *Gens ratione furens et mente pastâ chimœris.*

. M. de Rulhières, mort en 1791, dans un passage de son épître sur *les Disputes*, en parle dans les termes suivants :

> De pauvres Hybernois, complaisants disputeurs,
> Qui, fuyant leur pays pour les saintes promesses,
> Viennent vivre à Paris d'*arguments* et de messes.

(15)   *De cet échec retentit le collége.*

C'est ce qui vient de se renouveler à l'encontre de deux professeurs à Paris ; mais à la différence de notre Irlandais qui fut forcé de se retirer, ils ont été maintenus dans leur professorat et dédommagés par le gouvernement toujours disposé à secourir ses fidèles lorsque, pour obtenir ses faveurs, ils osent braver la censure du public.

(16)   *Pleurait assis sur les bords africains.*

C'est ainsi que Plutarque nous a peint ce fier Romain qui, après son sixième consulat, n'étant plus qu'un débris de ce colosse sous lequel Rome et l'Italie avaient gémi, fut proscrit par un sénatus-consulte et poursuivi par les sicaires de Sylla ; échappé à Minturnes, au glaive d'un Cimbre envoyé pour lui ôter la vie, il se réfugia sur les côtes d'Afrique, où le gouverneur Sextilius lui fit donner l'ordre de se rembarquer : « Rapporte, dit-il à l'émissaire, rapporte à ton maître que tu as vu Marius assis et pleurant sur les ruines de Carthage ! »

(17)   *Et suit à Loche un frère ignorantin.*

C'est sous ce nom que les hommes du peuple, à Paris, désignent les frères de la Doctrine chrétienne, et cependant ils leur doivent, du moins un certain nombre, l'instruction élémentaire de leurs enfants. Est-ce ingratitude de leur part ? Non, car de sa nature le peuple est reconnaissant pour le bien qu'on lui fait ; c'est plutôt à une autre cause qu'il faut l'attribuer. Un honorable député les a publiquement accusés *d'enseigner dans leurs écoles que l'assemblée nationale avait, dans une orgie nocturne, voté les lois contre les nobles et le clergé ; que les Parisiens, aux journées des 2 et 5 septembre, après les massacres de leurs victimes, les avaient fait rôtir et dévorées ; et de faire l'éloge des soldats anglais et prussiens, aux dépens des nôtres, au sujet de la bataille de Waterloo.* Si ces indignes suppositions, qui tendent à déconsidérer nos braves dans l'esprit de leurs jeunes élèves, à faire même de leurs pères, qui ont pu figurer dans les événements du 2 septembre, de féroces cannibales, et à flétrir une assemblée dont les actes sont glorieusement consignés dans les fastes de l'histoire nationale, sont l'effet et la suite d'une volonté arrêtée et malveillante, on s'est demandé pourquoi le gouvernement n'a pas ordonné la fermeture de ces écoles dangereuses ; mais je me plais à supposer que si l'on ne doit attribuer qu'au défaut d'instruction un enseignement aussi erroné que compromettant pour l'honneur du pays, ce n'est pas à tort que le peuple donne à messieurs les frères le nom d'ignorantins.

(18)   *Viole, outrage et déchire à nos yeux.*

On lit dans Froissard que Galéas Visconti, duc de Milan, disait « que les moines vivaient trop délicatement de bons vins et de « savoureuses viandes ; que, par ces délices et ces superfluités, ils ne

« pouvaient se relever à *mynuit*, ni faire leur office ; il les remit donc
« aux œufs et au petit vin pour avoir *clère* voix et chanter plus
« haut. »

Si en 1790 on supprima cette lie du clergé, comme on les appelait
alors ; si la majeure partie des moines fut satisfaite de cette suppression
par suite de laquelle l'assemblée constituante les fit jouir d'une pension à vie sur le trésor public ; si presque tous se marièrent, par quel
étrange non-sens souffre-t-on aujourd'hui que cette lie reparaisse sur
les divers points de la France ? Est-ce pour les supprimer une seconde
fois, sauf à leur assigner une pension à la charge du peuple qu'il de-
vra payer au moyen d'un accroissement d'octrois onéreux et d'impôts levés sur les besoins de première nécessité ? Tel est le résultat qu'aura cette recrudescence monacale, et que, du fouet de sa satire enjouée,
flétrirait de nouveau le spirituel curé de Meudon, si, comme nous, il
était témoin de leur retour et s'il eût assisté au sermon qu'un moine
dominicain a prononcé récemment à Paris, dans l'étrange et bizarre
costume de son ordre ; je présume que, par respect pour le lieu, il ne
l'eût point sifflé, et qu'il se fût borné, comme plusieurs l'ont fait, à
se retirer.

DEUXIÈME TABLEAU.

Churchill arrive en France avec lord Russel. — Sa rencontre, auprès de Blois, de Ninon de Lenclos, des marquis de la Châtre et Sévigné. — Ils font route ensemble jusqu'à Tours. — Ninon et Churchill se lient d'une étroite amitié. Elles projettent d'aller en pèlerines visiter le tombeau d'Agnès. — Préparatifs à cet effet. — Départ pour Loches. — Geoffroi Landry, qui s'est épris de Ninon, quitte Tours pour la suivre. — Fureur de la Châtre à son sujet.

Ah! le bon temps que cet âge moyen
Où la noblesse et le clergé de France
Possédaient tout, grâce à notre ignorance,
Tandis que serf, privé de tout soutien,
Sauf le travail, le peuple n'avait rien!
Dans ce bon temps on eût dit que du monde
Quelque autocrate, assisté du démon,
Aurait banni l'esprit et la raison :
De tous côtés obscurité profonde;
De loin en loin, des astres impuissants,
En petit nombre épars dans l'atmosphère,
Apparaissaient, dont les feux languissants
Ne reflétaient qu'une pâle lumière;
Et, cependant, des nobles suzerains
Comme forbans sortaient de leurs repaires
Pour rançonner marchands et pèlerins,

Qui, d'aventure, abordaient sur leurs terres,
Ou pour piller l'argent de leurs vassaux,
Qu'ils dépensaient à fréter des vaisseaux
Pour faire au Turc une guerre cruelle,
Ou pour aller, montés sur beaux chevaux,
Avec varlets, pages et damoiseaux,
Prier, chanter neuf jours à Compostelle.

Pour moi, qui suis de Jacques le Majeur,
A tort sans doute, un faible admirateur,
Je n'irai point, en pèlerin novice,
Péniblement, pour me rendre en Galice,
Gravir des monts l'imposante hauteur.
J'aimerais mieux, je dois être sincère,
Au beau pays que l'Indre désaltère,
Prier neuf mois sur la tombe d'Agnès,
Qu'aller neuf jours adresser ma prière
Sur celle où gît le faux Boanergès (1).

Des doux zéphyrs l'active et chaude haleine
Avait dissous la neige, les glaçons ;
Et sur les monts, ainsi que dans la plaine,
De mille fleurs s'émaillaient les gazons
Quand dans le chœur deux gentes pèlerines
Au doux maintien, à l'air noble, charmant,
Au teint de rose, aux lèvres purpurines,
Vinrent s'asseoir auprès du monument.

Chacun parut dans le ravissement,

Et, tout surpris de les voir aussi belles,
Il se disait : « O prodige ! mes yeux
« N'ont jamais vu rien d'aussi gracieux ! »
Des chevaliers, galamment avec elles,
D'un air courtois, tout bas s'entretenaient,
Quand derrière eux, vêtus de brocatelles,
Fraises au cou, des pages se tenaient.

   De saint Justin ce jour était la fête ;
Aussi, de fleurs le temple était orné,
Et dans le chœur, du bas jusques au faîte,
L'autel du fond était illuminé.
Le noble chant des saintes liturgies,
Le doux parfum des fleurs et de l'encens,
L'éclat de l'or, des lustres, des bougies,
Rivalisaient pour éblouir les sens ;
Bref, la surprise à tel point fut portée
Quand on eut vu l'une d'elles de près,
Et contemplé ses grâces, ses attraits,
Que l'on put croire Agnès ressuscitée.

   Du merveilleux un naïf amateur
Va s'écrier : « Quoi ! ces femmes sont-elles
« Des déités, enfin des immortelles ? »
— Déités ? non ; je ne suis ni flatteur,
Ni courtisan : la blonde est Arabelle ;
Quant à la brune, ayant non moins d'appas,
Et qui d'Agnès est l'image fidèle,

L'on aurait tort de ne m'en croire pas,

Eh bien, c'était cette nymphe charmante

Qui de l'Enclos ayant porté le nom,

Modestement, dit l'histoire galante,

L'avait quitté pour celui de Ninon (2).

    « Quoi! ces beautés, dont la foule en silence,

« Extasiée, admirait l'élégance,

« Étaient Ninon et l'aimable Churchill?

« Bah! laissez donc... Eh! comment se fait-il?...»

Il me suffit à cela de répondre :

Qu'a d'étonnant qu'avec son écuyer

Une lady nous arrive de Londre

Pour se distraire et se désennuyer?

Que par hasard, et sans qu'elle s'en doute,

Notre lady rencontre sur la route

Objet charmant, comme elle accompagné

De ses amants, la Châtre et Sévigné?

Jadis, celui qui vivait dans l'aisance

A voyager mettait sa jouissance;

Et, de nos jours, qui n'a pas le désir,

Comme Byron, Chateaubriand encore,

De visiter les rives du Bosphore?

Pour un Anglais, surtout, c'est un plaisir.

    Il faut, lecteur, reporter sa pensée

Sur le royal et brillant carrousel

Où la valeur de milord Tirconel,

Comme on le sait, fut mal récompensée ;
Depuis ce jour, cinq fois dans nos vallons
Zéphire avait fécondé nos sillons ;
Cinq fois aussi des produits de l'automne
Le vigneron avait empli sa tonne ;
Or, que d'amants, l'un de l'autre enchantés,
Après cinq ans, hélas ! se sont quittés !

   Charle était mort ; les amours le pleurèrent (3).
Roi devenu, Jacque au culte romain
Secrètement ayant tendu la main,
A White-Hall les jésuites entrèrent
A la sourdine, et Churchill en chassèrent.
Au désespoir, en si fatal moment,
Femme toujours se livre et s'abandonne ;
Peut-on sans pleurs, sans gémir, sans tourment
Perdre l'amant qui porte une couronne !

   Miss en perdit quelques nuits le repos.
Lors, d'Esculape on manda les suppôts ;
Mais dans le cœur quand le mal a son siége
Que font les loochs, l'éther et les pavots ?
L'on décida que Churchill à Barége
Incessamment irait prendre les eaux ;
Il fut, en outre, et, vu la circonstance,
Il fut prescrit que le jeune Russel,
Qui pour sa grâce et sa belle apparence
Eut mérité le prix du carrousel,

Comme écuyer la conduirait en France.

En soupirant, Churchill, à son départ,
Sur White-Hall jette un morne regard.
Le premier jour elle est inconsolable ;
Russel, témoin de son air soucieux,
Fut à son tour grave, silencieux.

Le lendemain, la voyant plus traitable,
Il hasarda cinq ou six mots à table ;
Et comme, ainsi que je l'ai dit ailleurs,
Russel plaisait, elle essuya ses pleurs.

Plus calme enfin, Churchill arrive en France,
Ne voit Paris qu'avec indifférence ;
De passer outre on s'était fait la loi,
Et quand Russel l'assurait de sa foi,
Quand de ses feux il vantait la constance,
Tout à son aise il médisait du roi.

— Il n'eût osé ! —Pourquoi? Faut-il qu'on pende
Pour attentat de lèse-majesté
L'homme de cœur qui dit la vérité?
A Londre on prend cette liberté grande (4).

« Oui, belle miss, chacun en dit autant ;
« Il est avare et faux comme Tibère ;
« Il est papiste, et, comme Jean-sans-Terre,
« Il s'est rendu d'un vieillard impotent
« L'humble vassal et lâche tributaire (5) :
« Aussi son trône est-il sur un cratère. »

Or, un matin qu'avec son écuyer
Churchill suivait l'admirable chaussée
Sur l'un des bords de la Loire exhaussée,
Et modérait les pas de son coursier ;
Près d'un bosquet où des fleurs buissonneuses
L'on respirait les odeurs amoureuses,
Bosquet charmant où Diane autrefois'
Allait s'asseoir avec un de nos rois (6),
Là, nos Anglais en chemin rencontrèrent
Jeune beauté dont les traits gracieux,
Le regard vif et tendre les charmèrent :
C'était Ninon qu'admiraient nos aïeux.
Deux chevaliers d'un air gai, radieux,
Au petit pas escortaient notre belle,
Et se tenaient côte à côte auprès d'elle
En l'amusant de leurs propos joyeux.

Ce jour Ninon, de deux amants suivie,
Moyen auquel belle a souvent recours,
Dans un château, près Saint-Martin de Tours (7),
Pour varier les plaisirs de la vie,
Allait passer la saison des amours.
Se voir, causer, se plaire, aller ensemble,
Ce fut tout un pour ce couple charmant ;
Aussi dit-on proverbialement :
« Qui se convient très-volontiers s'assemble. »
Ainsi le soir à Tours on arriva.

Le lendemain l'on s'embrasse, l'on cause-;
C'est en voyage une si douce chose!
L'on dit vingt fois d'où l'on vient, où l'on va ;
C'est le bonheur du sexe au-teint de rose.

Le jour entier se passe à converser :
Dans le récit de leurs galanteries,
Qu'interrompait parfois quelque baiser,
Quels traits exquis, que de supercheries !
Le soir ainsi les surprit à causer.

Or, comme à Tours il faut qu'on se sépare,
On ne pouvait y penser sans regret ;
De leur esprit la tristesse s'empare,
Et, l'œil baissé, quand Ninon soupirait,
De son côté la tendre miss pleurait.

Chez toute femme exempte d'artifice,
Douce, naïve, et simple dans ses mœurs,
Du sentiment les soupirs et les pleurs
Sont, à vrai dire, un éloquent indice ;
Dans ses récits jeune femme toujours
Aime à mêler celui de ses amours ;
Et plus elle est vive, galante, aimable,
Plus sur ce point elle est intarissable.

Or, un besoin qu'éprouve un jouvencel,
Ou femme encor qui voyage en Touraine,
Besoin du cœur qui le saisit, l'entraîne,
C'est de parler de la gente Sorel.

A la nommer Churchill fut la première ;
Car, bien qu'Agnès fût pour elle étrangère,
En tête à tête avec épanchement
Elle en parlait à son royal amant.
Or à Ninon sa mémoire était chère ;
C'est à tel point qu'immédiatement,
Les bras tendus, elle quitte sa chaise,
Court à Churchill, et de nouveau la baise.

   D'aller à Loche ainsi vint le désir :
Toujours on aime, on cherche le plaisir ;
L'on s'en fit un de ce pèlerinage,
D'admirer l'Indre et son joli rivage (8).
De voir les fleurs naître, s'épanouir ;
De voir surtout la belle et noble image
De cette Agnès dont, jusqu'au dernier âge,
On gardera le plus doux souvenir.
Au même instant nos jeunes héroïnes,
Continuant leurs aimables ébats,
Donnèrent l'ordre, en riant aux éclats,
Qu'on leur fournît habits de pèlerines.

   Petit chapeau sur le front retroussé,
Et sur l'oreille élégamment placé,
Où pour bouton était un coquillage,
Donnait du prix aux charmes du visage ;
Jusqu'à mi-corps de leur cou descendait
Un colletin chamarré de coquilles ;

A demi fou de les voir si gentilles,
Mon Sévigné sautait et gambadait ;
Petite gourde à leur côté pendait ;
Robe de lin à ceinture flottante
Servait d'asile aux folâtres amours
Et dessinait de leur taille élégante
Les séduisants et gracieux contours.

Bien aisément le lecteur se figure
L'air enchanteur et la piquante allure
Que dut avoir le couple féminin
Dans ce costume, un bourdon à la main.

Pour voir passer cette galante escorte,
Au bruit confus de chevaux hennissants
Et de pavés sous eux retentissants,
Chacun courut au devant de sa porte ;
Quelqu'un a dit que si les Tourangeaux
Sont bonnes gens, ils sont aussi badauds ;
Le mot est dur, choquant d'impolitesse ;
Bien plus, le sens en est injurieux.
Notez encor qu'il manque de justesse :
Est-on badaud pour être curieux ?

Le nouveau plaît : voyez cette cohue
Qui dans Paris encombre chaque rue :
Sait-on pourquoi courent de toutes parts
Ces jeunes gens, ces femmes, ces vieillards ?
C'est pour un feu qui, lancé vers la nue,

Doit éclater le soir au Champ de Mars (9).

J'aimerais mieux, pour jouir de la vue

De nos houris, dont Mahomet jadis

A cru devoir peupler son paradis,

Des boulevards parcourir l'étendue.

   Enfin de Tours l'on gagna les dehors ;

Déjà de l'Indre on côtoyait les bords,

Lorsque l'on vit, à dix pas en arrière,

Un homme seul qui, d'un air de mystère,

Les observait, réglant les mouvements

De son coursier sur ceux de nos amants.

L'on dit qu'un jour ayant vu son Hélène

Ou mieux Ninon, il en fut si charmé,

Qu'autre Pâris, et d'amour enflammé,

Il fût allé l'enlever à Mycène,

En Prusse, et même aux rives de la Seine.

On brave tout pour un objet aimé.

   Geoffroi Landry, docteur sans clientèle,

Était cet homme : on le voyait souvent

Dans la grand'rue, ayant le nez au vent,

Guetter, attendre au passage une belle.

   Or, du beau sexe intrépide amateur,

Sans peine il dut, pour l'objet qu'il adore,

Quitter de Tours le séjour enchanteur...

De Tours ! que dis-je ? au besoin mon docteur

Eût déserté le temple d'Épidaure !

S'il était fier, d'un caractère ardent,
Cette fierté s'exaltait plus encore
D'avoir son frère à Loches président.

Sire Raymond, capricieux, sauvage,
Et d'humeur brusque, était ce personnage (10).
Dans le pays il était réputé
Pour abuser de son autorité.
Chacun à Loche évitait sa présence.
Il vivait seul, et nulle part en France
Bailli n'était plus que lui détesté.

Notre docteur, soutenu d'un tel frère,
Eût tout bravé pour l'objet de ses vœux,
Comme ce duc qui, fou de deux beaux yeux,
Contre son roi fut assez téméraire,
Assez hardi pour lui faire la guerre,
Et qui, dit-on, l'eût faite même aux dieux (11).

Par nos penchants notre âme est dominée ;
Aussi Geoffroi, charmé de tant d'attraits,
Pour voir Ninon et la voir de plus près,
Hâtait le pas, suivait sa haquenée ;
Tout en riant de sa prétention,
Mon Sévigné, d'humeur fort indulgente,
De doux propos amusant son infante,
N'avait pas l'air d'y faire attention.

Tout autrement se conduisait la Châtre :
Impatient de voir un inconnu

Suivre de près celle qu'il idolâtre,
Si sa Ninon ne l'avait retenu,
A Tours Geoffroi ne fût point revenu.

Notre marquis, trop vif pour se contraindre,
A ses valets, dans le désir d'éteindre
La violente et téméraire ardeur
Qui consumait l'audacieux docteur,
Avait enjoint de le jeter dans l'Indre.
Geoffroi n'en fut que peu déconcerté,
Car il était d'humeur opiniâtre,
Et néanmoins du terrible la Châtre
Il crut devoir se tenir écarté.

Du fleuve ainsi cette troupe folâtre
Qu'accompagnaient les amours et les ris,
Joyeusement suivait les bords fleuris.
A Loches donc nos belles arrivèrent,
Et, comme à Tours, sur leur porte, au balcon,
Nobles bourgeois et dames se placèrent :
Tous, à l'aspect de Churchill et Ninon,
Surpris, charmés de leurs grâces divines,
Se demandaient : « Qui sont ces pèlerines ?»

J'espère avoir d'une vive clarté
Environné le sujet de ma fable ;
Et, s'il n'est point l'exacte vérité,
Je l'ai rendu tout au moins vraisemblable.
Cela suffit, n'en déplaise à Boileau ;

Dans le *vrai seul* n'est pas toujours l'aimable,
Dans le *vrai seul* n'est pas toujours le beau.
En tout ceci je n'expose qu'un doute,
Qui toutefois me plaît et me séduit ;
Car vers le *beau* si le vrai nous conduit,
En longs détours il complique la route :
La fiction l'abrége et l'embellit.

NOTES DU DEUXIÈME TABLEAU.

---

(1) *Sur celle où gît le faux Boanergès.*

Jacques le Majeur, surnommé Boanergès, c'est-à-dire fils du tonnerre, fut mis à mort à Jérusalem par Hérode Agrippa. (Act. des Ap., ch. xii, ℣. 2.) Cependant les Espagnols, sur le témoignage de leurs prêtres, sont persuadés de *l'avoir eu pour apôtre*, et montrent sa prétendue momie ou relique à Compostelle : fraude pieuse comme tant d'autres, ainsi que l'ont prouvé Chorier, et le cardinal Baronius dans ses Annales. On ne laisse pas néanmoins de s'y rendre en pèlerinage de presque tous les points de la Péninsule, à la grande satisfaction de ceux qui ont intérêt à exploiter toute erreur populaire. Je ne serais point surpris que dans le cours des luttes incessantes qui ont désolé ce malheureux pays, saint Jacques ait été, comme autrefois, le cri militaire des Navarrais, quand, sous les ordres de Cabrera, ils marchaient contre les christinos.

(2) *L'avait quitté pour celui de Ninon.*

Ninon de l'Enclos, que sa beauté, le tour de son esprit et ses galanteries ont rendue célèbre, reçut les hommages de Huygens, Chapelle, Saint-Evremont, du grand Condé, et des seigneurs les plus distingués de son temps. Le caractère des deux marquis n'a rien d'idéal : celui de Sévigné était un laisser-aller joint à un fond d'enjouement et d'épicurisme ; celui de la Châtre, au contraire, était une fierté vive, impatiente, mais tempérée par une sensibilité qui, pour être peu démonstrative, n'en était pas moins réelle.

Le marquis de la Châtre, quoique moins favorisé de Ninon, eut

aussi part à ses bonnes grâces ; il était de la même maison que Claude
de la Châtre, qui, au temps de la Ligue, fut créé maréchal par le duc
de Mayenne. On dit de lui que c'était un bâtard qui se ferait un jour
légitimer ; Henri IV, en effet, lors de son entrée à Paris, le maintint
dans cette dignité. Tel est pour les ambitieux l'effet ordinaire des
révolutions ; pendant leur cours on crée des bâtards qui, ensuite, se
font légitimer par le nouveau venu, ce qu'il ne refuse jamais à ceux
qui le demandent, vu le besoin qu'il a d'être à son tour légitimé par
eux ; merveilleux système, comme on dit aujourd'hui, de *transac-
tion* et de *conciliation !*

(3)   *Charle était mort ; les amours le pleurèrent.*

Charles II n'était ni fourbe ni hypocrite ; sa franchise, son affabi-
lité bien connues et qui ne s'étaient jamais démenties lui conciliaient
l'affection de tous ceux qui l'approchaient : voici en quels termes s'expriment Hume et Smollet : *Frank, open, affable, and polite, he en-
gag'd the affections of all who approach'd him.*

Tel était le caractère de Charles II, caractère assez rare chez les
princes, et, à vrai dire, exceptionnel ; car la franchise est chez la
plupart une vertu de circonstance qui disparaît avec elle. C'est
ainsi que Hugues Capet, qui le 5 juillet 987 s'empara du trône, fit, a dit
un historien, *montre de franchise et popularité ;* mais ce ne fut que
dans les premiers jours de son usurpation. L'impartiale et sévère postérité reproche au comte de Paris duc d'Orléans, titre sous lequel il
était auparavant connu, le double attentat d'avoir dérobé la couronne
à Charles de Lorraine, son légitime souverain, et de l'avoir privé de
sa liberté.

(4)   *A Londre on prend cette liberté grande.*

En tout pays constitutionnel où l'on tient pour maxime que le roi
règne et ne *gouverne point,* il est défendu de s'en plaindre puisqu'il
ne peut faire mal, et que dans son conseil il ne figure que *pour la
forme ;* c'est très-bien, mais dans les pays non constitutionnels, où les

autocrates sont, par l'entraînement des passions, exposés à mal gouverner, il semble que les peuples auraient en ce cas le droit de témoi-
gner leur mécontentement : oui, mais les prisons cellulaires, les bastilles, ou forts détachés, sont là pour réprimer les indiscrets. Ainsi
donc, sous tous les régimes, *monarchiques-constitutionnels* ou de
bon plaisir, dont, après tout, la différence n'est que dans les mots,
il est dangereux de se plaindre ; il faut se taire, où bien imiter le bar-
bier de ce roi, qui, lui voyant des oreilles d'une forme peu royale,
s'avisa de déposer son secret sur le bord d'un marais et de laisser aux
joncs agités par le vent le soin de révéler que Sa Majesté avait des
oreilles d'âne.

(5)   *L'humble vassal et lâche tributaire.*

Jacques II, disent les historiens, fut, comme homme privé, exempt
de reproche ; il fut bon père et bon époux ; mais comme roi, il s'at-
tira la haine et le mépris de sa nation, autant par les cruautés révol-
tantes de *Feversham*, *Kirke* et *Jefferies* qu'il laissa impunies au lieu
d'appeler sur leurs têtes coupables la juste vindicte des lois, que pour
s'être concerté avec des missionnaires du pape Innocent XI, pour
abolir la religion anglicane et changer la forme du gouvernement ; sa
fanatique persistance dans ce double et funeste projet fit que ses amis
mêmes l'abandonnèrent. Jacques, découragé par cet abandon et surtout
par la désertion de ses soldats, se réfugia en France, où, après treize
ans d'exil, il mourut à Saint-Germain en Laye, le 16 septembre 1701.

(6)   *Allait s'asseoir avec un de nos rois.*

Diane de Poitiers, comtesse de Maulevrier, plus connue sous le nom
de duchesse de Valentinois, maîtresse de François Ier, et plus tard de
Henri II, son fils, avait une terre à Chenonceaux, sur le bord du Cher,
en Touraine, où elle se retirait dans les beaux jours avec son amant,
au grand déconfort de la reine Catherine de Médicis. Diane eut ,
comme favorite, un grand ascendant sur l'esprit de Henri ; mais au
lieu de s'en faire, comme Agnès Sorel, un moyen d'assurer la gloire

4

du prince et de la France, on lui reproche d'avoir, avec le connétable
de Montmorency, entraîné le roi à signer le traité de paix de Cateau-
Cambrésis, que l'on appela *paix maudite et malheureuse !*

Henri II, en effet, par ce traité, fit l'abandon de la Bresse, de la
Savoie, du Piémont, de l'île de Corse et de plus de deux cents places,
dont la conquête, a dit un historien, *avait coûté à la France une
mer de sang ;* aussi Diane, après la mort de son amant, se retira dans
son château d'Anet, où elle mourut, à l'âge de soixante-six ans, dans
l'abandon et le mépris de tout le monde. D'où je conclus que s'il
convient, dans l'intérêt du peuple, de maintenir la *paix partout et
toujours,* il y a telle circonstance où, par les sacrifices exigés qui,
comme le droit de visite, blessent à la fois l'honneur de notre pavillon
et notre dignité, elle est honteuse et funeste. C'est ainsi que, de nos
jours, on a sacrifié aux exigences de l'étranger la Pologne, la Belgique,
le Luxembourg, le Limbourg et le nord de la Péninsule italique. Aussi
cette paix, qui, à quelques égards, est le pendant de celle de Henri II,
peut être qualifiée de *paix couarde et malheureuse.*

(7)   *Dans un château, près Saint-Martin de Tours.*

L'on ne se douterait pas qu'alors les rois de France eussent cru
devoir ajouter à l'éclat de ce titre celui de seigneur, abbé et chanoine
de l'église de cette ville. Tout incroyable que cela paraisse, l'histoire
est là pour l'attester. A l'appui de ce fait, je dois citer un passage
assez curieux de l'épître dédicatoire de l'Histoire de Boëce, adressée à
Louis XV, par un sieur Gervaise, qui en était prévôt ; en voici les
termes : « Sire, cet ouvrage devient le premier hommage que je
« viens rendre à Votre Majesté, comme mon roi, mon seigneur parti-
« culier et mon abbé. » Sous ce rapport, est-il étonnant qu'inférieurs
au pape dans l'ordre hiérarchique, nos rois, comme chanoines, aient,
en diverses circonstances, cru devoir se soumettre à leurs volontés.
Aujourd'hui, sans être chanoine et abbé de Saint-Martin de Tours, on
n'agit pas, dit-on, autrement ; alors que ne reprend-on le canonicat de
l'abbaye avec ses revenus pour en doter la liste civile !

(8)   *D'admirer l'Indre et son joli rivage.*

De Monbazon qui est à une faible distance de Tours, jusqu'à Loches, on suit à travers de riantes prairies les bords de l'Indre, son
flot limpide qui se promène sur des champs de verdure émaillés de
fleurs, la douceur du climat, la fertilité providentielle du sol, la ra-
vissante variété des châteaux, parcs, jardins, villages et hameaux qui
couvrent sa surface, le charme attaché aux lieux fréquentés jadis
par les Dunois, la Hire, Xaintrailles, Jeanne d'Arc et Agnès Sorel,
enfin par tout ce que la France du quinzième siècle eut de chevale-
resque et d'aimable, donnent à cette contrée, riche de souvenirs, un
aspect enchanteur.

(9)   *Doit éclater le soir au Champ de Mars.*

Les feux d'artifice ne sont point chose nouvelle, et néanmoins la
foule ne cesse d'y accourir avec une avide curiosité, malgré les nombreux et funestes accidents dont ils ont été la cause dans plus d'une
circonstance : de même qu'on n'a point oublié le triste et douloureux événement qui coûta la vie à une partie de la population assemblée à
Paris, sur la place de Louis XV, à l'occasion du mariage de l'infortuné
Louis XVI, de même aussi l'on se souviendra longtemps de la cata-
strophe arrivée au Champ de Mars dans la soirée du 14 juin 1857, à
l'occasion du mariage d'un des princes français, soirée fatale, où plus
de cent individus de tout sexe, de tout âge, furent victimes de cette
curiosité.

(10)   *Sire Raymond, capricieux, sauvage,*
            Et d'humeur brusque, était ce personnage.

J'ai quelque raison de croire que Raymond et Geoffroi Landry
descendaient en ligne directe ou indirecte de Geoffroi Landry, gen-
tilhomme angevin, qui vivait en 1550, et a laissé des mémoires sur les
événements et les mœurs de son temps. Si je remonte au sixième

siècle, je trouve un Landry qui, de concert avec la reine Frédégonde dont il était l'amant, fit, en 584, assassiner le roi Chilpéric Ier, à son retour de la chasse. Il est possible qu'ils fussent également issus de ce régicide ; mais n'étant que pèlerin et non historien, je ne puis l'affirmer. J'en laisse le soin à messieurs les antiquaires de la Bibliothèque royale.

(11)   *Et qui, dit-on, l'eût faite même aux dieux.*

On sait que ce duc de la Rochefoucauld, entraîné par son amour pour la duchesse de Longueville, se jeta dans le parti de la *Fronde*, et qu'il perdit quelques jours après la vue par l'explosion d'une arquebuse au combat de la porte Saint-Antoine : je dois rappeler les deux vers qu'il composa à son sujet et qu'il écrivit au bas de son portrait :

> Pour mériter son cœur, pour plaire à ses beaux yeux,
> J'ai fait la guerre au roi, je l'aurais faite aux dieux.

Ce duc était, il faut l'avouer, bien amoureux pour être aussi hardi ; il eût même bravé les lois *draconiennes* des 9 et 10 septembre, ce qui est bien plus téméraire que de braver les dieux.

TROISIÈME TABLEAU.

Fureur de Tirconel à la vue de Russel et de Churchill. — Trouble qui en résulte. — Des archers surviennent. — Ils en arrêtent les auteurs, à l'exception de Geoffroi, frère du bailli. — Sortie violente d'un jeune homme indigné de cette partialité. — Le trouble continue. — Ninon et Churchill sont insultées. — Un jeune clerc les prend sous sa protection. — Leur retour à l'hôtellerie.

Si du destin l'inflexible ministre
Peut à nos yeux s'offrir à chaque instant,
Corrige-toi ; l'avis est important.
Ne vois-je pas sa baguette sinistre?
Oui, c'est lui-même, il t'appelle, il t'attend.
Là tombe est là, qui s'ouvre, qui dévore,
Et pour jamais tes plans fallacieux
Et ces trésors qui furent, sont encore
De tes désirs le but ambitieux :
Ainsi, crois-moi, grave dans ta mémoire
Qu'il vaut mieux être obscur, mais vertueux,
Que dictateur et maudit dans l'histoire.
C'est le conseil qu'exempt de tous chagrins
Donnait un sage à ses contemporains (1).
Sans les grandeurs qu'à tout prix on envie,
Et sans cet or auquel on sacrifie,

Pour en jouir, les devoirs les plus saints,

Dans le bonheur peut s'écouler la vie.

Oui, c'est possible ; et puisqu'il faut mourir,

Tant que le sang circule dans nos veines,

Ornons de fleurs, pour adoucir nos peines,

Le court chemin qu'il nous faut parcourir (2).

     J'ai dit qu'à peine au chœur on les eut vues,

De toutes parts un signe approbateur,

Qui fut suivi d'un murmure flatteur,

Accompagna nos belles inconnues :

Mais Tirconel à peine les vit-il,

Qu'il s'écria : « C'est Russel et Churchill ! »

Quelques instants il fut bouche béante,

Et stupéfait, sans pouvoir dire un mot,

Comme à l'aspect de Sodome brûlante

Fut à Ségor la compagne de Loth (3).

     « Oui, c'est bien vous, couple félon et traître !

   « Et mon rival ose à mes yeux paraître !

   « Quand je n'ai d'elle essuyé que mépris,

   « C'était à toi qu'elle donnait le prix !

   « Fuis au plus tôt, car je ne suis pas maître

   « De retenir ma trop juste fureur :

   « Tu vois ici Tirconel ton vainqueur ! »

Je tenterais vainement de décrire

L'égarement, ou plutôt le délire

Dont l'Hibernois fut alors agité ;

Son naturel, violent, emporté,

Plus que jamais cette fois se déclare ;

Au monument il court, et, l'œil en feu,

Du séraphin, ou, si l'on veut, du dieu

Saisit le bras ; du tronc il le sépare,

Et dans l'ardeur qui l'agite et l'égare,

De son rival blesse et meurtrit le front :

Qui n'eût voulu d'un si cruel affront

En pareil cas réprimer l'insolence ?

Mais, par respect pour l'office divin,

Quoique étranger au culte ultramontain,

Russel s'assit et garda le silence.

Arabella, qui de ce front chéri

Voit que le sang a teint la chevelure,

Dans son effroi jette aussitôt un cri

Qui de la foule excita le murmure ;

Puis, ses genoux sous elle fléchissant,

Sur Sévigné s'appuie en gémissant.

L'orgue, les chants, tout aussitôt cessèrent ;

Chacun s'émut, les clercs se regardèrent,

Et vers sa bonne on vit au même instant

Plus d'un bambin courir en sanglotant.

Avec ses sens recouvrant tous ses charmes,

Churchill se vit dans les bras de Ninon,

Qui tendrement lui baisait le menton

En essuyant ses yeux mouillés de larmes,

Lorsque plus loin, avec un linge blanc,
Une sensible et bonne créature
Du jeune lord étuvait la blessure,
Et s'occupait d'en étancher le sang.

En tout duel, lutte, rixe, querelle
Qu'ont deux rivaux au sujet d'une belle,
Que l'un soit probe, honnête, libéral,
L'autre servile, hypocrite et vénal,
Femme toujours donne la préférence
Non au puissant, quelque crédit qu'il ait,
Mais à celui de plus belle apparence ;
Oui, c'est toujours le plus beau qui lui plaît.
Est-il blessé ; d'une main caressante
Elle le panse ; on dirait une amante :
Eh bien ! ainsi tout cœur de femme est fait.

Avec les chants avait cessé l'office ;
Geoffroi, jugeant l'occasion propice,
Dit à Ninon sur un ton familier :
« Mon cœur, mon bras, sont à votre service ;
« Acceptez-moi pour votre chevalier. »

La Châtre alors, que cette audace irrite,
Vers lui s'avance, et, l'œil étincelant,
Du poing fermé menace l'insolent.
D'un pied léger Geoffroi soudain l'évite,
Incontinent saisit un encensoir
Alimenté par un thuriféraire,

Et sur la Châtre aussitôt fit pleuvoir
Cendre et charbons sur sa vaste crinière,
Telle qu'alors avait tout dignitaire
Et tout seigneur d'un riche et beau manoir.

Lors de fumée une masse jaunâtre
Sort en flocons des cheveux de la Châtre ;
Nuage épais, mais qui, s'éclaircissant,
Et devenu phosphore éblouissant,
Se manifeste en une flamme vive
Qui d'un volcan offrit la perspective.

Sévigné rit, Ninon en fit autant,
Et toutefois, avec un de ses pages,
D'un pas rapide elle court à l'instant
Et de la flamme arrête les ravages.
La Châtre aussi rit, quoique mécontent ;
Je le conçois : le Français aime à rire,
Ainsi du moins il était autrefois :
Mais aujourd'hui qu'un odieux vampire
Nommé *budget* sur lui de tout son poids
Tombé d'en haut, l'écrase, le déchire,
Que de nos lois le chaos monstrueux
Dans leur étreinte étouffe la pensée,
Que, chaque jour, chaque instant menacée,
La liberté s'envole vers les cieux,
Il ne rit plus, il est trop soucieux (4).

Serait-il vrai qu'en cette étrange lutte

On n'ait point vu figurer Sévigné?

Sans doute ; on sait que de toute dispute

Son naturel le tenait éloigné :

Quoique témoin de la vive querelle

Qui se passait non loin d'une chapelle

Où d'*ex-voto*, l'un sur l'autre entassés,

Les murs étaient saintement tapissés,

Silencieux, debout près de sa belle,

Il s'occupait du soin de protéger

Celle des deux qu'on voudrait outrager.

La jeune miss, dans un fauteuil assise,

De son angoisse à peine était remise,

Que d'un Anglais se fit ouïr l'accent,

Accent toujours si doux pour une Anglaise ;

Churchill soudain ouvre un œil languissant

Qui de son âme exprimait le malaise :

Elle revoit, non l'aimable Russel,

Mais le brutal, l'odieux Tirconel ;

Elle frémit et détourne la tête.

Milord, outré, ne peut se contenir.

« De saint Justin, en haine de sa fête,

« Quelque démon vous a-t-il fait venir?

« Dit-il ; sortez, il est temps d'en finir ! »

Il insistait, quand Sévigné l'arrête

En s'écriant : « C'est à toi de sortir !

« De Lucifer suppôt, ministre infâme,

« Qui que tu sois, respecte cette femme,

« Ou bien ce bras t'en fera repentir ! »

L'orgueil blessé, réprimant sa furie,

Peut quelquefois se montrer généreux ;

Mais un jaloux est toujours trop heureux

De se venger quand on le contrarie.

Aussi milord, vivement indigné,

Le bras tendu, défiait Sévigné,

Quand des archers, le mousquet sur l'épaule (5),

Vinrent au chœur ; au-devant d'eux soudain

Du siége un clerc franchissant le gradin

Se présenta décoré d'une étole.

« Là, dit-il, là sont les perturbateurs :

« Pour les saisir saint Justin vous envoie,

« Il vous contemple ; et le ciel, dans sa joie

« De voir en vous de zélés défenseurs,

« Vous applaudit, comptez sur ses faveurs (6). »

Puis, s'adressant aux auteurs du tumulte :

« C'est le respect que vous portez au culte !

« Et qui de nous, faquins, eût pu prévoir

« Qu'on porterait les mains à l'encensoir (7) ?

« Tout sacrilége est en horreur en France ;

« Si du Très-Haut vous bravez le pouvoir,

« Craignez au moins du bailli la vengeance ! »

Or, de ces cris souvent réitérés,

Et que poussaient des clercs exaspérés,

Le chœur, la nef, les voûtes retentirent ;

Russel déclame, et nos marquis frémirent.

« Eh quoi ! des clercs nous traitent de faquins ?

« Dit Sévigné qu'irrite cet outrage.

« La Châtre, à moi ! tombons sur ces requins

« Qui, l'arme au bras, nous ferment le passage ! »

Mais les archers, avec leur mousqueton,

Les abordant, formés en peloton,

Sans coup férir les tournent, les surprennent,

Et chez le juge aussitôt ils les mènent.

    Coupable était Geoffroi, c'est évident ;

Ceux néanmoins qui sur lui s'avancèrent

Pour l'empoigner, bientôt le relâchèrent,

« Je suis, dit-il, frère du président (8) !

« — Quoi ! c'est en face, au pied du sanctuaire,

« Dit un jeune homme ardent, impétueux

« Et des abus intrépide adversaire,

« Que de cet acte illégal, arbitraire,

« L'on donne ici l'exemple scandaleux !

« Ainsi, messieurs, selon qu'est la personne,

« On la relâche, ou bien on l'emprisonne !

« Mais c'est affreux, c'est une indignité (9) !

    Archers et clercs gardèrent le silence :

En d'autres temps, pour sa témérité

D'avoir parlé d'après sa conscience,

Comme complice on l'aurait arrêté,

Et d'un verdict il eût subi la chance ;
Mais prince, on l'eût sans verdict acquitté.

Le sacristain, en costume hébraïque,
Que de leurs mains les archers ont sali,
Fut avec eux, comme un simple laïque,
Incontinent conduit chez le bailli.

Est-ce bien vrai lui dont l'humeur altière
A résister mettait le point d'honneur ?
Oui ; mais on dit que, chéri de la sœur,
Il n'avait rien à redouter du frère.

Chemin faisant, Martin, les yeux ardents,
La tête haute et la démarche fière,
D'un air moqueur bravait son adversaire,
Et l'outrageait tout bas entre ses dents :
De son côté, se faisant violence,
Milord Russel, d'un air froid et hautain,
Sur son rival, sans rompre le silence,
Jetait parfois un regard de dédain.

Bientôt au chœur le trouble recommence ;
On ne doit plus s'en prendre au sacristain.
La scène change : une femme en furie
Vient du dehors à pas précipités ;
D'autres encor marchent à ses côtés.
Churchill s'émeut et pleure ; on l'injurie.
Soudain Ninon, qui veut la protéger,
Court au-devant, et brave tout danger.

L'Amour alors voulant de ces mégères
Mettre à couvert nos belles étrangères,
Blesse d'un trait le bedeau Jean Lascour,
Qui pour Churchill fut soudain pris d'amour.

   Il faut toujours qu'à tout prix il domine :
Indifférent sur le choix des moyens,
Dans tous les rangs il cherche des soutiens.
Des rois aussi telle était la doctrine ;
C'est conséquent : comme images des dieux,
Deys, sultans, czars, doivent agir comme eux ;
Pour eux le peuple est rouage ou machine ,(10)
Aux longs travaux en naissant condamné,
Du maître il faut qu'il souffre le caprice ,
Et, sans murmure, esclave infortuné,
Quoi qu'il ordonne, il faut qu'il obéisse.

   D'Arabella Lascour fut donc épris :
Sa blanche peau, ses yeux bleus, son souris,
Firent sur lui l'effet prompt et magique
Qu'un trône cause à l'homme dynastique.
D'un tel effet je ne suis point surpris :
Quoique d'Eglise on n'en est pas plus sage ;
L'amour contraint est moins amour que rage (11).

   Aussi Lascour, en ce grave péril,
Veut s'opposer à toute violence ;
Avec ardeur dans le groupe il s'élance,
Court vers Ninon et rassure Churchill.

Ses yeux n'ont point l'expression vulgaire

Dont en un cercle l'on use constamment ;

Non, l'on y vit ce doux entraînement

Que jeune femme ayant le don de plaire

Sans y penser inspire à son amant.

   « Femmes, dit-il d'une voix menaçante

« Montrant Ninon dont il saisit la main,

« Cette étrangère est l'image vivante

« De notre Agnès : elle est, j'en suis certain,

« De sa famille et sa proche parente ;

« L'autre est la sœur de notre sacristain

« Qu'un hérétique arrivé d'Angleterre,

« Où le démon épand son noir venin [1],

« A le projet d'enlever à son frère :

« Dispersez—vous, et cessez d'outrager

« Des gens qu'on doit au besoin protéger ! »

   Alors survint un clerc de bonne mine

Qui, l'œil fixé sur notre pèlerine,

Fit l'inspiré, puis, d'un ton solennel,

Les bras levés et regardant le ciel,

Dit : « C'est Agnès ! Il faut être en délire

---

[1] Si, au dire du bedeau, le démon épand son noir venin sur ce pays d'un autre culte que le sien, il ne faut pas s'étonner que cette idée fanatique ait aujourd'hui de l'écho parmi nous. On apprend, en effet, que, le jour de la rentrée, à Aix, de la faculté des lettres, un professeur de théologie, dans un discours d'apparat, s'étant déchaîné avec violence contre le protestantisme, les princes protestants et le czar, cette sortie scandaleuse avait déterminé le recteur, M. Defougères, à lever la séance.

« Pour en douter ; admirez avec nous

« Cet air divin qui dans ses yeux respire ;

« Oui, c'est Agnès ; tombez à ses genoux (12) ! »

Au même instant toutes clameurs cessèrent,

Et, s'inclinant, des femmes s'écrièrent :

« Oui, c'est Agnès ! » Lors, du saint goupillon

Mon jeune clerc, à figure lutine

Que colorait un brillant vermillon,

En marmottant une oraison latine (13),

Fit jaillir l'eau sur Churchill et Ninon.

Alors, ainsi qu'aux siècles d'ignorance,

Aveuglément aux miracles divers

Imaginés par des moines pervers,

Le peuple avait entière confiance ;

Mais aujourd'hui ses yeux se sont ouverts (14).

De sa frayeur Churchill remise à peine,

Emue encor de cette étrange scène,

Amèrement s'en plaignit, mais tout bas :

Quand on est faible, isolé, sans défense,

Pour éviter de funestes débats,

Il est prudent de garder le silence (15).

Sans se parler, marchant à petits pas,

L'aimable couple enfin revit son gîte,

Eperdu, triste, et trempé d'eau bénite

NOTES DU TROISIÈME TABLEAU.

————

(1)   *Donnait un sage à ses contemporains.*

Ce sage est Socrate. Si ma citation n'est point exacte quant aux mots, elle l'est du moins quant au fond des idées. En voici trois autres qui le prouvent :

Un jour, parlant d'un prince qui avait employé des sommes énormes à construire un palais, il fit remarquer que, si l'on courait de tous côtés *pour voir sa maison, personne ne s'empressait pour le voir.*

Il disait aussi que les *richesses et les grandeurs, bien loin d'être des biens, étaient la source de toutes sortes de maux.*

Enfin, dans un mouvement d'indignation provoqué par les actes tyranniques de ceux qui étaient à la tête du gouvernement, il dit à un philosophe : *Ami, consolons-nous de n'être pas, comme les grands, le sujet de tragédies.*

(2)   *Le court chemin qu'il nous faut parcourir.*

Il y a des plaisirs innocents qui, sans blesser les principes moraux et religieux, procurent une jouissance que l'on peut avouer sans rougir, et qui n'entraînent à leur suite ni scandale ni remords : *Faire le bien et se réjouir,* a dit Salomon. (Ecclés., vers. 12, chap. III.)

(5)   *Fut à Ségor la compagne de Loth.*

Ségor, c'est-à-dire *petite* : c'est près de cette ville que l'épouse de Loth fut changée en statue de sel, lors de l'embrasement de Sodome, pour avoir, contrairement à la défense d'un ange, regardé en arrière ; curiosité qui, en pareille circonstance et dans une femme surtout, était bien pardonnable. Eh ! que de statues salines n'aurions-nous pas, si de pareilles transformations atteignaient les députés qui se permettent, non-seulement de regarder, mais de marcher en arrière, contrairement au désir de la nation ! Nous aurions plus de statues qu'il n'en faut pour remplacer celles dont on a dépouillé le pont de la Concorde; et leur vue consolerait du moins les fidèles du château de leur transformation.

(4)   *Il ne rit plus, il est trop soucieux.*

Sous le ministère Mazarin, le peuple, qu'on ne cessait d'accabler d'impôts, s'en vengeait par des chansons satiriques contre le ministre favori de la reine et régente, Anne d'Autriche. Aujourd'hui qu'au lieu de la *Taille* dont étaient exempts les ecclésiastiques, les gentils-hommes, les officiers commensaux de la maison du roi, des fils et filles de France, et des princes du sang, nous avons une contribution foncière dont, sans compter les autres, le chiffre est de près de 400 millions; aujourd'hui que nous n'avons plus de droits réunis, mais des contri-butions indirectes d'un produit de 658 millions, ni de conscription, mais un recrutement forcé, ce qui est bien différent ; aujourd'hui que nous n'avons plus à Paris de soldats du guet ni gendarmes, mais trois mille gardes municipaux tout autrement coiffés, réforme essentielle, et dont les Parisiens sont redevables aux trois journées de 1850, je m'étonne qu'au lieu de se réjouir de ces notables améliorations ils pa-raissent s'en inquiéter.

(5)   *Quand des archers, le mousquet sur l'épaule.*

C'est sous ce nom d'*archer* qu'alors on désignait les hommes chargés de protéger l'action de la police bien qu'ils ne fussent point armés d'arcs comme autrefois. Quand le peuple a contracté une habitude, il y renonce difficilement. C'est ainsi qu'à tort, sans doute, il appelle mouchards les sergents de ville qu'on voit parader, l'épée au côté, sur tous les points de la capitale, et qu'il devrait aujourd'hui désigner sous un autre nom ; car ce nom de mouchard, qui date de 1575, fut donné par les Parisiens à ceux qu'un sieur Mouchy, recteur à la Sorbonne et inquisiteur de la foi, employait pour découvrir les calvinistes échappés au massacre de la Saint-Barthélemy.

Au temps dont je parle, il y avait des *sergents* chargés d'exécuter les mandements de justice et d'écrouer les prisonniers pour dettes : bien qu'ils ne fussent ni armés, ni en état de vigie sur la voie publique, il faut qu'on les eût pris en grande aversion d'après ce passage d'un de nos poëtes, cité par Richelet, t. II, p. 146 :

> Sur trois sergents pendés en deux,
> Le monde n'en sera que mieux.

Voilà un *tiers consolidé* d'une étrange espèce : heureusement les proclamations des princes du Parnasse ne tirent point à conséquence en fait d'administration et de politique. Aussi ce tiers consolidé n'eut aucun résultat funeste pour messieurs les sergents, qui continuèrent leurs fonctions jusqu'à ce qu'ils furent supprimés par l'assemblée constituante ; ce que n'ont point à craindre messieurs les sergents de ville, dont le nombre est en progrès, à l'inexprimable satisfaction de messieurs les conservateurs.

(6) *Vous applaudit, comptez sur ses faveurs.*

La politique du clergé consistait à mettre le ciel de moitié en tout ce qui avait avec lui un rapport direct et avantageux. Notre clerc avait raison, sans doute, d'invoquer l'assistance des archers pour faire cesser une lutte aussi scandaleuse ; mais quelle nécessité de faire intervenir saint Justin comme machine dramatique, si ce n'est pour être fidèle à cette politique.

(7) *Qu'on porterait les mains à l'encensoir.*

Ce n'est pas seulement en France, mais en tout pays, que le sacrilége est justement incriminé ; or, Geoffroi, pour le fait à lui reproché, était-il sacrilége ? Distinguons : *Porter la main à l'encensoir* est une locution métaphorique admise pour le clergé, lorsqu'à tort ou raison il accuse le pouvoir séculier de toucher à sa juridiction et à ses chères prérogatives : sous ce rapport, il est évident qu'il n'y avait sacrilége ni en *fait* ni en *droit*. Y en avait-il pour s'être fait une arme défensive de l'encensoir ? Pas davantage, puisqu'il n'est pas plus que son contenu

rangé dans le nombre des choses sacrées. Ainsi donc l'accusation de sacrilége était à tous égards mal fondée, crime pour lequel le coupable était
autrefois brûlé vif lorsqu'on pouvait le punir sans recourir à un moyen
aussi odieux. Il serait difficile de compter le nombre de ceux qu'en
France, en Espagne et en Italie, le fanatisme a, sous prétexte de sacrilége et d'hérésie, précipités dans les flammes. Chez nous du moins la
peine de mort pour sacrilége avait été abolie par la constituante ; et
voilà qu'en 1825, sur l'insistance du jésuitisme, elle fut proposée et
rétablie ! Grâce à la révolution de 1850, et le 11 octobre, cette loi satanique a été de nouveau abrogée sous le ministère de l'illustre Dupont
de l'Eure ; plus tard eût-on agi de même? cela est possible ; il est néanmoins permis d'en douter.

(8)   *Ceux néanmoins qui sur lui s'élancèrent*
         Pour l'empoigner.......

C'est l'expression d'un ex-colonel de gendarmerie qui, s'étant transporté, le 4 mars 1825, à la chambre des députés pour en faire sortir
l'honorable Manuel, en vertu d'une décision votée la veille contre lui,
s'écria : *Empoignez-le, soldats !* Cette scène de violence fut d'autant
plus blâmée, qu'on pouvait par un rappel à l'ordre punir l'indiscré-
tion de l'orateur. Aussi Manuel, que le vote de la veille n'avait point
ébranlé, dit à ses amis, au moment de l'ouverture de la séance :
« Hier j'avais annoncé que je ne céderais qu'à la force, aujourd'hui je
« viens tenir ma parole. » Cette brutale expulsion abrégea ses jours.

(9)   *Mais c'est affreux, c'est une indignité.*

Cet individu, dont je n'ai pu savoir le nom, était de Strasbourg,
où l'amour de la liberté, inséparable de la justice et de la morale,
semble s'être naturalisé. Aussi l'on conçoit l'impression irritante que
dut faire sur sa jeune imagination la choquante partialité avec laquelle avait été traité le frère de Bailly ; mais quelle eût été son exas-
pération, si plus tard il eût été, comme nous, témoin de la soustraction faite à la justice du principal accusé, pour lui livrer ses complices

prétendus? Et cependant l'article Ier de la charte déclare que les Français sont égaux devant la loi, *quels que soient d'ailleurs leurs titres et leur rang.* La charte a donc été violée ; on s'en est plaint, mais inutilement.

(10)   *Pour eux le peuple est rouage ou machine.*

Les armes acérées ou contondantes, le knout ou le passer au fil de l'épée, cajoleries ou intimidation, sont les moyens auxquels ils ont recours, selon les circonstances.

(11)   *L'amour contraint est moins amour que rage.*

La continence est l'effet, ou du tempérament, comme dans Xéno-crate ; ou de la vertu, comme dans Scipion l'Africain ; ou de la piété, comme dans saint Antoine, qui dans sa solitude eut à lutter sans cesse contre le démon de la concupiscence ; s'il en triompha dans le désert, cela se conçoit ; mais si, comme nos prêtres, il eût été séduit, non par les esprits infernaux dont parle sa biographie, mais par ces anges qu'on rencontre dans nos cercles et lieux publics, et qui, par le charme de leurs attraits, l'élégance des formes, le regard enchanteur, saisissent les plus indifférents, quels droits n'eût-il pas eus à notre admiration ? Car telles sont les tentations auxquelles nos modernes Antoines sont jour-nellement exposés et qu'ils surmontent, sans doute avec une louable persévérance. Les faits néanmoins protestent contre cette officieuse supposition.

Parcourez quelques départements, et vous obtiendrez des détails ac-cusateurs de la conduite cléricale ; conduite qui, j'aime à le croire, est l'effet des circonstances, comme l'a dit, au sujet d'un ci-devant évêque d'Autun, avec quelque embarras à la vérité, son panégyriste. Voici ce passage : « Ainsi que bien d'autres, il laissa aller ses opinions et sa « conduite en contradiction avec des obligations que l'esprit du temps « n'enseignait plus à regarder comme sacrées ; beaucoup n'y regar- « daient pas plus que lui. » (M. de Barante, 8 juin 1858.)

L'on aurait tort d'attribuer à l'esprit du temps sous l'influence du quel avait vécu notre ci-devant prélat, cette contradiction entre ses devoirs et sa conduite : le docte et célèbre le Pogge, qui, dans le cours du quinzième siècle, avait été secrétaire de plusieurs papes, le prouve. On en peut juger par sa réponse au cardinal Julien de Saint-Ange, qui lui reprochait d'avoir un commerce avec une fille et d'en avoir trois enfants : *Exprobras me habere filios, quod clerico non licet, quod sine uxore laico non decet; possum respondere me habere filios, quod laicis expedit; et* sine uxore, *quod* est mos clericorum ab orbis exordio fideliter observatus. (Grosley, tom. II, page 545.)

Le moyen de faire cesser cette contradiction prétendue entre l'esprit du temps et la conduite du prêtre est de le faire jouir du droit que Dieu et la nature donnent à tous les êtres de se reproduire; c'est en cela que l'institution du mariage est sainte et nécessaire. La Genèse nous enseigne qu'après avoir créé Adam, Dieu dit : *Il n'est pas bon que l'homme soit tout seul.* (Chap. II, v. 18). Et aussitôt il lui donna une compagne. Et contrairement à ce précepte de la sagesse divine, contrairement au vœu de la nature, l'Eglise dit : *Il est bon que le prêtre soit et vive seul.* Ainsi par cette formule elle donne à entendre que le prêtre n'est point homme, ou qu'il a cessé de l'être par l'effet instantané de son ordination. Et cependant il n'a jamais cessé et ne cessera point de donner des preuves du contraire. Voici au reste comment s'exprime le respectable M. Goubault, ancien magistrat, dans un écrit sur la liberté religieuse : « La Belgique lutte courageusement con- « tre la domination cléricale; le nouveau monde réclame pour son « clergé, dans *l'intérêt des bonnes mœurs et de la morale, le ma- « riage des prêtres,* et prétend nommer ses évêques sans attendre le « bon plaisir de la cour de Rome. »

Si je remonte au dixième siècle, je trouve le pape Sergius III, amant de Marozie, dont il eut un fils qui fut pape comme son père, sous le nom de Jean XI. Plus tard, Alexandre VI, qui, de l'épouse du signor Arimano, eut cinq enfants adultérins, au nombre desquels figure César Borgia, digne fils d'un tel père. Et pour ne parler que de nous, je citerai Jean de Montluc, évêque de Valence, marié secrète- ment à une demoiselle Anne Martin, dont il eut un fils qui, en 1594, devint maréchal de France; François Harlay de Chauvallon, archevêque de Paris en 1671, connu de son temps pour trop aimer les femmes ; M. de Montazet, archevêque de Lyon, amant de la duchesse de Ma-

zarin ; l'abbé Terrai, amant de la duchesse de la Garde et d'une dame
de Clercy dont il eut une fille ; Louis Roure, chanoine de Sainte-Ge-
neviève, accusé, en 1775, par le sieur la Godinière, avocat à Thouars,
d'avoir un commerce adultérin avec sa femme ; le jésuite Girard, qui
fut pendu à Aix pour avoir abusé de sa pénitente ; et de nos jours,
Molitor, Roubignac, de la Colonge ; l'abbé Lecomte, chanoine et principal du collége de Saumur, traduit devant le tribunal d'Angers, en
janvier 1841, pour avoir exercé des actes d'une profonde immoralité
envers des enfants confiés à ses soins ; et Martin, curé des Grandes-
Ventes, condamné pour violences exercées sur des femmes et des filles
au-dessous de quinze ans. Tels sont ceux que le public accuse avec
raison d'avoir compromis l'honneur et la dignité du sacerdoce

(12)   *Oui, c'est Agnès ; tombez à ses genoux.*

Les prêtres, a dit un homme de talent qui doit les connaître, *com-
manderont au nom du Christ de nous être soumis en tout, quoi
que nous fassions et quoi que nous ordonnions.* Cet homme est l'abbé
de Lamennais. (*Paroles d'un croyant,* p. 71.) Tout le clergé s'est ému
et a crié : *A la trahison !* comme s'il pouvait ignorer qu'on n'est trahi
que par les siens. Mais s'il a trahi, il n'a point calomnié.

(13)   *En marmottant une oraison latine.*

L'abbé de Bois-Robert, qui possédait l'abbaye de Châtillon-sur-
Seine, confident initié dans les secrètes intrigues du cardinal de Richelieu, nous donne une idée de l'effet de ces oraisons dans la bouche des
moines de son abbaye :

> Mes moines sont cinq pauvres diables,
> Mais qui n'ont pas plus de raison
> Qu'en pourrait avoir un oison.
>
> . . . .
> Sans livre ils chantent par routine
> Un jargon qu'à peine on devine ;
> On connaît moins dans leur canton

Le latin que le bas breton :
Mais ils boivent, comme il me semble,
Mieux que tous les cantons ensemble.

(Tome I, ép. XII.)

(14)   *Mais aujourd'hui ses yeux se sont ouverts.*

Si aujourd'hui le peuple a les yeux ouverts, que d'efforts n'a-t-on
pas faits pendant plus de treize siècles, et ne fait-on pas encore pour
les fermer ! Les défaites réitérées qu'éprouvent ceux qui s'en occupent
ne les découragent point : comme le géant Antée qui, trois fois terrassé
par Hercule, reprenait chaque fois une nouvelle vigueur, ils recom-
mencent la lutte avec une égale persistance ; et comme ils ne peuvent
agir de vive force, ils ont recours à leur arme familière, le merveilleux ; témoin le pèlerinage que le clergé de Saint-Roch, à Paris, vient
de faire pour adorer un petit morceau de bois de chêne qui aurait
fait partie de la *vraie croix*, et dont on fit sans doute l'acquisition
sur le Golgotha, d'un descendant de Simon de Cyrène, le même jour
où l'on avait fait la découverte d'une des épines de la couronne de Jé-
sus-Christ ; épine qui, au dire des religieuses du couvent de Port-
Royal, où la nièce de Pascal était pensionnaire, guérit celle-ci d'une
fistule lacrymale désespérée.

L'on va croire que cette récrudescence de contagion superstitieuse
date du cinquième siècle, après la bataille de Tolbiac ; non, c'est au
dix-neuvième, en 1856. Le peuple a vu cette scène d'idolâtrie, et il en
a été, sauf un petit nombre, scandalisé. Aussi ai-je raison de dire que
ses yeux se sont ouverts. Ce n'est pas tout : la presse départementale
nous apprend qu'en juillet de l'année 1841, un moine du couvent
de Solesme, dans la vue d'attirer les pèlerinages et offrandes des dévots,
a produit à Angers, non une épine, c'est trop peu, mais une portion
de la couronne du Christ. « On peut juger par ces faits, ajoute l'écri-
« vain, si l'esprit monacal est en baisse, et s'il a tort de spéculer,
« comme par le passé, sur la crédulité des esprits faibles. » Et l'on s'é-
tonne de l'indifférence qu'en général on a pour la religion, quand ses
ministres ont recours à de tels moyens !

(15)   *Il est prudent de garder le silence.*

Je me suis sur ce point rencontré avec un estimable député des bords de l'Ariége qui, lors de la discussion du projet de loi contre les associations (séance du 25 mars 1854), s'écria, en répétant les paroles de sir James Fox dans une circonstance analogue : « Si le peuple me « demande mon sentiment, je dirai que l'obéissance n'est plus un « devoir, mais un acte de prudence. »

QUATRIÈME TABLEAU.

Comparution des prévenus à l'audience du bailli. — Jugement. — Tirconel
est acquitté. — Les trois autres sont conduits à la tour du château. —
Désespoir de Churchill et Ninon. — Envoi d'un page à la tour. — Visite
de celles-ci au bailli. — Elles y trouvent OEnone, sœur de ce dernier,
et son frère Geoffroi. — Accueil qu'elles reçoivent.

De la justice, au beau pays de Grèce,

L'on fit jadis, l'on fit une déesse;

On eut raison : c'est le nerf d'un État;

Et, sous le nom d'archonte ou magistrat,

Sa voix austère et sa toute-puissance,

En rassurant la timide innocence,

Jetaient l'alarme au cœur du scélérat;

Tout autre, un jour, elle apparut en France.

Qui n'a gémi, lorsque l'autorité,

Comme Brennus, jeta dans sa balance

Brutalement son glaive ensanglanté?

Qui n'a gémi, quand, sur notre contrée,

Fut étendu cet instrument de mort

De sang avide, à la pointe acérée,

Que la justice accueillit tout d'abord,

Et rejeta, depuis mieux éclairée (1)?
Et, néanmoins, comme les immortels,
Comme eux, elle a son culte, ses autels;
Chez nous enfin, comme chez nos ancêtres,
Elle a ses rits, ses offrandes, ses prêtres;
Sur tout cela nul doute, c'est fort bien;
Où la déesse est-elle? on n'en dit rien.

Dans un donjon, d'aspect mélancolique,
Repaire impur de hiboux, de corbeaux,
Fut une salle élevée et gothique
Où, chaque jour, des chicaneurs Manceaux
Venaient plaider contre les Tourangeaux;
Là, dans un angle orné de balustrades
Et d'un tapis chargé de fleurs de lis (2),
Était placé, dès le temps des croisades,
Un grand fauteuil où siégeaient les baillis.

C'est en ce lieu que, gonflé d'arrogance,
Raymond Landry, dont l'œil de basilic
Était sans cesse ouvert sur le public,
Tenait les plaids et donnait audience;
C'est là qu'on vit plusieurs hallebardiers,
D'un air farouche, à sa barre conduire,
Avec cet air qui distingue tout sbire,
Le sacristain et nos trois chevaliers.

Si de la Châtre on rit outre mesure
De voir son front privé de chevelure,

Ses traits noircis, presque défigurés,
Par la colère et la cendre altérés ;
De Sévigné l'on vantait la tournure,
L'air dégagé, ces dons extérieurs,
Dons précieux qui nous gagnent les cœurs,
Qu'on n'acquiert point, qu'on doit à la nature.

   L'on dit qu'avant et pendant les débats
Des jeunes gens, au fond de l'auditoire,
Sur Tirconel racontaient mainte histoire,
Et du bailli se raillaient, mais tout bas :
Quant à Russel, sa blonde chevelure
Et de son air la noble fermeté
Dans le public causèrent un murmure
Qui, pour chacun, parut d'un bon augure ;
Plus le public en était enchanté,
Plus l'Hibernois en était irrité ;
Et pour affront prenant ce témoignage,
Il avait peine à modérer sa rage.

   Quand Sévigné, sur un ton naturel,
Parfois piquant, mais néanmoius modeste,
Et, sans citer le Code ou le Digeste,
Eut démontré que le seul criminel,
Que l'agresseur était lord Tirconel ;
Quand du parquet, dans sa longue réplique,
Le magistrat, bannal accusateur,
Eut vivement, d'un ton déclamateur,

Du sacristain fait le panégyrique,
Sire Raymond, sur qui, de toutes parts,
Chaque assistant dirigea ses regards,
Se redressant, composa son visage,
Et, d'une voix qui crie en s'élevant,
S'imaginant être un aréopage,
Il prononça le jugement suivant :
  « Puisque, malgré tous les efforts du suisse,
« Puisqu'au mépris des ordres du bedeau,
« De Saint-Justin l'on a troublé l'office,
« Qu'on a d'Agnès envahi le tombeau ;
« Que, mutilant de l'ange la statue,
« On s'est créé du bras une massue ;
« Et que, bravant du clergé le pouvoir,
« Sans écouter ni raison ni devoir,
« L'on a poussé l'audace téméraire,
« Pendant le cours de l'office divin,
« Au point d'avoir, au pied du sanctuaire,
« Apostrophé le digne abbé Martin,
« Et du scandale affiché la bannière,
« Lorsqu'il faisait sa quête journalière :
  « Après avoir tout bien considéré,
« Et mûrement, surtout, délibéré ;
« J'ordonne, dit notre aréopagite,
« Que Tirconel s'en retourne à son gîte ;
« Mais que les trois, pour s'être mutinés,

« Et pour avoir, complices du tumulte,

« Avec scandale interrompu le culte,

« Pendant deux mois restent emprisonnés. »

Au même instant le nombreux auditoire,

Poussant un cri, s'indigne, est agité ;

Landry, soudain, pâle, déconcerté,

Saisit sa toque et quitte le prétoire.

De cet arrêt qui blessait l'équité

Telle fut donc la triste conséquence :

Que l'on punit et flétrit l'innocence

Quand le coupable était seul acquitté (3).

Sur Tirconel, qui sourit dans son âme,

Russel soudain jette un sombre regard ;

De son côté, la Châtre, l'œil hagard,

Contre Landry violemment déclame,

Quand Sévigné, sur un ton goguenard,

A haute voix lançait mainte épigramme (4).

Tel fut l'arrêt qui saisit de douleur

Les Grecs témoins du triomphe d'Ulysse,

Lorsque étouffaut le cri de la justice

L'intrigue obtint le prix de la valeur.

Et cependant Churchill à sa fenêtre,

Avec Ninon, jetait dans le lointain

A chaque instant un regard incertain,

Espérant voir nos galants reparaître.

Dirai-je ici l'effroi qui les saisit

Quand du public la voix retentissante
De cet arrêt leur eut fait le récit?
Churchill pâlit, sa douleur fut poignante;
Douleur, c'est peu; Miss fut au désespoir;
Elle faisait compassion à voir;
Certe, et comment ne pas être alarmée
Sans protecteur et près de Tirconel?
Comme ses yeux, sa bouche était fermée,
Et ne s'ouvrait, en ce moment cruel,
Que pour se plaindre en appelant Russel.

À s'attrister quoique fort peu sujette,
Ninon, d'abord, fut rêveuse, inquiète;
Enfin, après quelques moments d'ennui,
Dans un retour d'humeur vive et folâtre,
Par un billet elle informe la Châtre
Que son cœur bat et ne vit que pour lui.
— Que pour lui? non; cela n'est pas croyable;
Et Sévigné, d'un caractère aimable,
Si jovial, serait donc oublié,
Et lestement ainsi sacrifié?
Oh! point du tout; fidèle à son système
Dont l'on a dit qu'assez communément
Plus d'une belle use envers son amant;
Oui, par un autre, écrit à l'instant même,
Ninon l'instruit que c'est lui seul qu'elle aime (5).

Si d'une belle on doit croire l'aveu,

Lorsque d'amants un essaim l'environne,
Pour plaire il faut ne rebuter personne,
Beaucoup promettre et n'accorder que peu.

Mais on n'est pas toujours indisposée ;
Grâce à l'éther, Churchill reprit ses sens,
Et, l'air calmant sa poitrine embrasée,
On vit ses yeux tristes et languissants
Briller, finir par être éblouissants.

Alors, Ninoh manda l'un de ses pages
Qui, de sa main, reçut les deux billets ;
C'était l'élite et la fleur des valets,
Le confident de ses secrets messages.

L'on a conté qu'avec son air fripon
L'Amour, sous main, favorisait nos belles ;
Que, sous les traits d'un jeune et beau garçon,
Fils d'un voisin, ami de la maison,
Il folâtrait et jouait avec elles.
Il mit en tête à ce couple joli
Sans différer d'aller chez le bailli.

Toilette faite, on partit sans rien dire.
En tout pays de France on est courtois,
Et tel était à Loches le bourgeois ;
Aussi l'on dit qu'à l'hôtel du messire
Un citadin, voyant leur embarras,
Obligeamment offrit de les conduire
Et leur donna civilement le bras.

De tout plaideur c'était alors l'usage
De voir son juge et le solliciter
Pour obtenir et capter son suffrage ;
L'est-il encor? Je n'ose l'attester (6).

Chez le bailli Ninon arrive et sonne,
La porte s'ouvre ; elle entre et voit Geoffroi,
Raymond, son frère, avec leur sœur OEnone,
Dont le regard causait un tel effroi,
Qu'on redoutait et fuyait sa personne ;
Et, néanmoins, malgré sa dureté,
Son cœur haineux, violent, irascible,
Et qu'à l'amour on croyait insensible,
Par Tirconel avait été dompté.

Aussi longtemps qu'elle fut assurée
De posséder le cœur du sacristain,
Sûre avec lui de passer la soirée,
Elle riait, chantait dès le matin :
Mais, maintenant, elle est triste, effarée,
Et de soucis son âme est dévorée.

En comité le trio vivement
S'entretenait du grand événement
Qui ne cessait d'occuper le vulgaire ;
Aussi, Geoffroi, dans le ravissement,
Félicitait, glorifiait son frère,
Et de l'arrêt lui faisait compliment.

Que l'homme en place, ayant quelque puissance,

Vienne à trahir ses devoirs, son serment,

A ses remords il impose silence,

Et du public, comme il est à distance,

La tête haute il marche fièrement.

Au doux aspect de nos deux pèlerines

Raymond resta muet, tout ébahi :

Eh ! pouvait-il de leurs grâces divines,

De leurs attraits ne pas être ébloui !

L'amour sourit, de tels jeux il s'amuse,

C'est bien aussi de cela qu'on l'accuse ;

A lui permis d'enflammer nos blondins

Abbés de cour et jeunes citadins,

Mais il devait garder plus de mesure

En s'adressant à la magistrature.

Ninon, voyant l'effet prestigieux

Que produisait le charme de ses yeux,

En femme adroite, en habile coquette,

Fit du bailli la facile conquête,

Et, de cet air attrayant, séducteur,

Dont une femme agréable, frivole

Sait embellir un geste, une parole,

Elle acheva de captiver son cœur ;

Car, quoique dur, farouche, atrabilaire,

Et, quoiqu'il fût un type de laideur,

A toute belle il se flattait de plaire.

De ce travers qui choquait nos aïeux

Plus d'un exemple est offert à nos yeux.

Lorsque Churchill timidement supplie,

D'un air aisé, tranchant et gracieux,

Ninon se plaît à dire une folie

Et n'en paraît, n'en est que plus jolie.

Elle témoigne, en riant, son désir,

Que sans retard chaque prisonnier sorte

Et du château qu'on leur ouvre la porte.

« Oui, cher bailli, tel est mon bon plaisir (7) ! »

 Pourquoi faut-il que ce don de nous plaire

Sur une femme ait un effet contraire

Et ne provoque en elle que froideur !

Que dans un cercle à ses yeux se présente

Une beauté qui soit intéressante

Par son esprit, ses grâces, sa candeur.

Vous la voyez pensive, sérieuse,

Déconcertée et presque dédaigneuse.

 Telle, en voyant la beauté de Churchill

Et de Ninon l'humeur vive et folâtre,

Fut du bailli la sœur acariâtre.

D'un ton caustique et d'un air incivil,

Sur elles deux jetant un œil farouche,

Elle traita d'insipide babil

Le doux parler qui coulait de leur bouche.

Ninon se tut, et même elle sourit;

Car pour s'en plaindre elle avait trop d'esprit.

Longtemps on crut que l'Amour n'y voit goutte ;

C'est ce qu'en chaire on prêchait aux païens

Qui, sur ce point, n'avaient non plus de doute

Que sur les saints nos théologiens.

Où sont les yeux plus perçants que les siens ?

Argus lui-même, aidé d'un télescope,

Auprès de lui passerait pour myope.

Voyez OEnone, au cri de Tirconel,

Que dans l'église, avec un grand scandale,

Il se permit à l'aspect de Russel,

A sa conduite odieuse, brutale,

A son regard sur l'Anglaise arrêté

Elle comprit, connut la vérité,

Et dans Churchill devina sa rivale ;

Elle sortit la rage dans le cœur,

Ne méditant, ne rêvant que vengeance,

Et des archers réclama l'assistance :

Presque aussitôt, revenant dans le chœur,

Elle excita, par des ruses obliques,

Contre Churchill des femmes fanatiques

Avec l'espoir que son sang... oh ! l'horreur (8) !

De cette intrigue ignorant l'existence,

D'un air naïf notre couple joli

Avait toujours pour la sœur du bailli

Mêmes égards et même complaisance ;

Mais, plus Churchill par sa beauté plaisait,

Par ses attraits plus Ninon séduisait,
Et plus la sœur de rage était saisie ;
D'un rire amer couvrant sa jalousie,
De temps en temps sur le bailli charmé
Elle lançait un regard enflammé ;
Et, cependant, d'un air d'espièglerie,
Assez commun au sexe féminin,
Ninon, sans cesse, agaçait le robin
Et le charmait par sa coquetterie.

    A ses désirs n'osant se refuser,
Dans le transport d'une amoureuse ivresse,
Sire Raymond céda sans balancer ;
Et sur la main de son enchanteresse,
Avec cet air que dut avoir Satan
Lorsqu'il trompait la compagne d'Adam,
De trois baisers il scella sa promesse.

    Dans les serments quoiqu'elle eût peu de foi
Ninon sourit et parut satisfaite ;
Mais, aujourd'hui, que de serments on prête
Qui, certes, sont d'aussi mauvais aloi !
Si le parjure en amour est blâmable,
En politique il est vil, méprisable.

    Voyez celui qui, dans un comité,
A fait serment qu'à son mandat fidèle
Il voterait sur l'illustre escabelle
Où Manuel et Lamar ue ont voté (9).

Le scrutin s'ouvre, il en sort député :
Mais, vers la chambre à peine il s'achemine,
Que l'honorable a changé sa doctrine
Et son drapeau, dans l'espoir que sous peu
Un doux rayon émané de haut lieu
De sa splendeur le couvre, l'illumine ;
Aussi, bientôt, son collège en émoi
Apprend qu'il est doté d'un riche emploi
Et d'un ruban dont rougit sa poitrine
Prix, nous dit-on, d'un air de bonne foi,
Prix de son zèle au service du roi.

Nos belles, donc, accueillant l'espérance
Que leurs amants allaient être élargis,
Dans cette heureuse et douce confiance,
Avec Geoffroi revinrent au logis.

NOTES DU QUATRIÈME TABLEAU.

(1)   *Et rejeta, depuis mieux éclairée.*

L'on comprend que je veux parler de la mise en état de siége de Paris, du 6 juin 1852, le lendemain du jour où la lutte, entre une fraction du peuple parisien et le gouvernement, avait cessé, et de la création de commissions militaires pour prononcer sur la vie des citoyens : création qui, bien qu'interdite expressément par les articles 53 et 54 de la charte, fut autorisée par un arrêt de la cour royale de Paris. Heureusement que cet arrêt, qu'on essayerait en vain de justifier, tant ces articles sont évidemment prohibitifs, fut annulé par la cour de cassation. Je dis heureusement, car l'histoire nous apprend que, lors du massacre de la Saint-Barthélemy, nombre de catholiques furent confondus avec les protestants, et furent sacrifiés par suite de haines et rivalités dont la religion ne fut que le prétexte ; c'est ce qui serait arrivé à bien des citoyens étrangers à l'émeute, si, par le maintien de ces commissions, l'on eût lâché la bride aux mauvaises passions : honneur donc à la cour suprême qui a conjuré ce sinistre et funeste ouragan qu'un pouvoir, qui se dit constitutionnel, avait provoqué malgré ces articles de la charte-*vérité*.

(2)   *Et d'un tapis chargé de fleurs de lis.*

On n'ignore pas qu'elles sont aujourd'hui au château de Versailles, d'où l'on s'attend à les voir tôt ou tard arriver à Paris par le chemin de fer pour se réunir à celles qu'on voit rayonner au Louvre au plafond du musée espagnol, et d'où elles n'auront qu'un pas à faire pour s'établir un jour aux Tuileries. Ce pas est déjà fait, d'après la réponse

d'un préfet au conseil municipal, d'une commune qui s'était plainte du
rétablissement, dans son église, d'un tableau à fleurs de lis. « Pour-
« quoi, a dit le préfet, ne ferait-on pas ici ce que l'on fait à Paris,
« dans le palais du roi ? » Au reste, si ce retour au passé était le seul,
on s'en occuperait peu.

(3)   *Quand le coupable était seul acquitté.*

Nous possédons en France et à Paris d'honorables magistrats qui,
pour l'intégrité et les lumières, jouissent de l'estime générale ; je ne les
nommerai point, d'autant mieux qu'ils sont bien connus du public, et
qu'en le faisant je blesserais leur modestie.

Je ne puis néanmoins me dispenser de citer le nom d'un magistrat
étranger, M. Liedts, président du tribunal d'Anvers, qui, par une ordonnance du 19 avril 1834, a fait défense d'exécuter, comme contraire à
la constitution belge, un arrêté du roi Léopold, concernant l'expulsion
de la Belgique du sieur Cranmer, négociant. Ce trait, qui honore son
auteur, devrait l'élever au plus haut rang de la magistrature, si, comme
autrefois, le peuple nommait aux emplois judiciaires et administratifs ;
mais ce n'est pas ainsi qu'en agissent les hommes au pouvoir : arrière
ceux qui se permettent de contrôler leurs actes ! cette témérité se
grave dans leur souvenir d'une manière ineffaçable.

(4)   *A haute voix lançait mainte épigramme.*

Si autrefois le plaideur qui avait perdu son procès avait vingt-
quatre heures pour maudire ses juges, il n'en est pas de même aujour-
d'hui ; c'est ainsi qu'un mot échappé à la vive émotion d'un condamné
ou de son défenseur, est puni avec une extrême sévérité ; témoin le
sieur Vignerte qui, pour un fait de cette nature, a subi deux ans de
prison. Il faut sans aucun doute respect au magistrat ; mais serait-il
moins considéré si la peine qu'il inflige était moins grave : la clémence n'est-elle plus une vertu !

Nous trouvons un autre exemple de cette sévérité dans la personne
de Me Dupont, avocat d'un talent incontesté, et qu'un arrêt a interdit

pendant un an de ses fonctions pour quelques mots qui n'ont été en-
tendus ni des juges ni de l'auditoire, et dont la cour n'a eu connaissance que le lendemain par l'indiscrète révélation d'un journaliste
assis auprès de lui. Ainsi, Me Dupont, malgré les représentations du
conseil de l'ordre, a vu, par cette mesure, son avenir compromis; heureusement qu'il n'en a point souffert, si, comme je l'ai ouï dire, le public s'est empressé de l'en dédommager par un redoublement d'estime
pour la loyauté de son caractère et pour ses talents.

(5)   *Ninon l'instruit que c'est lui seul qu'elle aime.*

Une femme d'esprit qui connaît les anecdotes recueillies par le marquis de Saint-Simon est persuadée que ce billet avait été écrit à Paris
et non à Loches. Je ne suis pas de son avis; au reste il se peut que la
comique exclamation de Ninon : *Ah ! le bon billet qu'a la Châtre !*
ait eu lieu à Paris, en mémoire de celui qu'elle avait écrit à Loches.
Or on sait que les protestations même jurées ne sont pas plus sincères
en galanterie qu'en politique ; aussi tout prince qui violerait le serment qu'il a fait d'être fidèle à la constitution, pourra s'écrier comme
notre héroïne : *Ah ! le bon billet qu'a la Châtre !* Combien de députés, après leur élection, peuvent en dire autant de leur profession
de foi !

(6)   *L'est-il encor ? Je n'ose l'attester.*

De nos jours Ninon serait probablement mal reçue, si j'en crois ce
qu'on a dit d'un de nos présidents, à qui un ministre de la restauration avait adressé une demande dont j'ignore l'objet : *La cour rend
des arrêts et non pas des services,* fut sa réponse : c'est exactement
celle qu'avait faite un président au parlement de Paris à un ministre
de Louis XVI. N'importe, quand les traditions sont bonnes il y a du
mérite à les reproduire, le calque en ce cas est permis et même louable.

Mais, s'est demandé le public, est-ce un service, sous la forme d'un
arrêt, qu'aurait rendu la cour de cassation à la liste civile quand, le

26 avril 1856, elle a rejeté le pourvoi de l'administration des domaines, contre un jugement du tribunal de la Seine ; rejet par suite
duquel le Trésor public s'est vu privé d'une somme de 560,000 francs,
réclamée par cette administration, en vertu de l'article 5 de la loi
du 16 juin 1824, pour droit d'enregistrement de la donation immo-
bilière et entre-vifs, faite par Louis-Philippe à ses enfants, la veille
du jour de son élévation au trône ? Que le public ait été surpris de ce
rejet, je le conçois ; mais comme un corps judiciaire n'est pas, plus
qu'un individu, exempt d'erreur, il est plus juste d'attribuer ce rejet
à cette cause qu'à une officieuse obséquiosité ; aussi par un arrêt du
1er août suivant, cette même cour, dans une question identique, mais
étrangère à la liste civile, a, sur la demande de cette même administration, cassé un jugement qui, ainsi que celui du tribunal de la Seine,
avait violé la loi de 1824.

(7)　　*Oui, cher bailli, tel est mon bon plaisir !*

Il serait à souhaiter que le caprice des princes fût aussi doux à
subir que celui d'une femme telle que Ninon, les peuples ne seraient
point agités du besoin de s'en affranchir. Or quels moyens ont-ils
pour cela ? Aucun, sauf le droit de pétition traité par les hommes à pri-
viléges avec la plus choquante indifférence. Selon eux, un juste équi-
libre social, réclamé par nos économistes, est là pierre philosophale
impossible à découvrir, puisqu'elle n'existe, disent-ils, que dans l'i-
magination maladive de ces utopistes. S'ils étaient de bonne foi, sans
fouiller dans le volcan des révolutions, ils la trouveraient dans la ré-
duction du cens électoral mis en rapport numérique avec la population de la France ; dans le rétablissement d'une juste indemnité aux
députés ; dans la substitution d'une chambre élective et nationale à
celle des pairs ; dans la liberté d'enseignement, sous le droit de surveillance conservé à l'université ; enfin dans la restitution aux colléges
électoraux du droit de voter les dépenses départementales et de nommer
leurs magistrats administratifs et judiciaires. Il resterait à la couronne
assez de prérogatives, telles que la formation du cabinet ; le droit de paix
et de guerre ; la nomination aux emplois de l'armée et de la finance ;
la haute surveillance pour le maintien des institutions organiques du
corps social ; les encouragements à donner aux sciences et aux arts ;

les récompenses à provoquer des chambres en faveur de ceux qui se
sont signalés par des services rendus à la patrie ou à l'humanité, prérogatives qui, sans compter les autres, suffiraient pour lui mériter le
respect et la reconnaissance de la nation, et que les nombreux fonc-
tionnaires, qui à chaque élection accourent grossir dans les chambres
le bataillon ministériel, ne pourront jamais lui concilier. Néanmoins
l'auteur d'une brochure publiée en 1857 a prétendu que la couronne ne jouit pas de toute l'influence qui lui appartient dans l'intérêt du bien général, vu qu'elle est en réalité soumise, dans l'exercice
même de ses prérogatives, à la volonté capricieuse de la majorité des
pouvoirs limités des chambres « Elle est, ajoute-t-il, dominée : voilà
« le mal ; il faut qu'elle domine : voilà le remède. » Si, comme on l'a
dit, l'auteur est chef de division dans un ministère, ce langage n'é-
tonne plus ; car, dans sa position, il n'avait que le choix du silence ou
du paradoxe : nous n'en dirons pas davantage.

(8)   *Avec l'espoir que son sang... oh ! l'horreur !*

Le besoin de se défaire d'une rivale avait suggéré à Œnone l'idée
de cette émeute féminine ; c'est ainsi que, sur la place de la Bourse, à
Paris, des hommes du peuple ont, à ce qu'on assure, été poussés secrètement à des désordres par ceux mêmes qui sont chargés de les réprimer.
Ce machiavélisme, contre lequel la presse s'est élevée dans le temps,
est ce qu'il y a en politique de plus parfait au dire des optimistes
quand même.

(9)   *Où Manuel et Lamarque ont voté.*

J'aurai commis une erreur, s'il est vrai, comme l'assurent des personnes qui sont à portée de le savoir, que, sauf un certain nombre resté
fidèle à la cause de la liberté, quelques autres récemment élus vont figurer dans une antichambre, où en s'inclinant, suivant l'étiquette admise à l'*Œil-de-bœuf*, ils ont soin de saisir les brevets, diplômes et croix
que les ministres en se promenant ont soin de laisser tomber derrière
eux ; aux reproches qu'on leur en fait, ils peuvent répondre : « Sommes-
nous coupables pour ramasser ce que nous trouvons ? »

CINQUIÈME TABLEAU.

Lorsqu'un rival s'offre à nos yeux jaloux,

Le sang fermente, il bouillonne, s'allume,

Moins promptement s'enflamme le bitume;

Comment pouvoir retenir son courroux!

Nous voulons vaincre ou périr sous ses coups.

Mais Tirconel, quels que fussent l'urgence

Et le besoin pressant, impérieux

De se venger d'un rival odieux,

Ne pouvait-il ajourner sa vengeance?

En tous pays les tombeaux, les autels (1)

Sont faits pour être honorés des mortels.

La foule à peine eut déserté le temple,

Qu'au monument le chapitre contemple

L'état de l'ange. « Il faut du sacristain,

« S'écrie un clerc, oui, messieurs, que soudain

« Et sans retard vous fassiez un exemple! »

Chez le doyen la fureur les conduit,

Et gravement, en roi de la basoche,

Messire Grim, l'official, les suit (2).

   Sire Janus, que le public à Loche, . .

Traitait fort mal et croyait peu chrétien,

Était le nom qu'on donnait au doyen ;

A plus d'un clerc on faisait ce reproche.

Depuis douze ans la goutte aux doigts crochus

Qui se complaît à causer des tortures,

De ses deux pieds disloquait les jointures

Et tellement, qu'il en était perclus.

Le blâmait-on de marcher en arrière,

Il répondait : « Je suis sexagénaire !

« Et si parfois je suis, étant goutteux,

« Forcé d'agir ; eh bien, en sens contraire,

« A reculons j'agis et marche mieux. »

   Autour de lui l'on se presse en tumulte.

Dans son fauteuil le doyen, l'œil hagard,

Qui, pour ses pieds, appréhende une insulte,

Fait signe aux clercs qu'on se tienne à l'écart.

« Ah ! point de presse ! Elle m'est trop fatale !

« N'approchez pas ; s'écrie avec émoi

« Leur digne chef ; éloignez-vous de moi ! »

   Or, tous parlaient de trouble, de scandale,

Et de s'entendre il n'était nul moyen :

Messire Grim, dans son impatience,

Lève les mains, réclame le silence ;

En s'agitant il heurte le doyen

Qui pousse un cri dont frémit l'assistance.

L'official, presque la larme à l'œil,

Et tout confus de son inadvertance,

En s'inclinant s'éloigna du fauteuil.

Lors, jeune femme, au mince et droit corsage,

Rapidement, avec un air piteux,

Vint tout émue au secours du goutteux,

Et de vinaigre humecta son visage.

Femmes, par vous nos maux sont adoucis!

C'est vrai. « Pour moi, quels que soient mes soucis,

« Disait au temple un sybarite aimable,

« Qui de Vendôme égayait les loisirs,

« Dès qu'à mes yeux s'offre nymphe agréable,

« Que je sois gai, que je sois affligé,

« Ce que j'éprouve est inimaginable :

« Gai, mon esprit plus vif, plus dégagé,

« A plus de traits ; un charme inexprimable

« Autour de moi semble avoir tout changé ;

« Souffrant, je suis aussitôt soulagé (3). »

Grâce à Nanette, à ses soins débonnaires,

Le sang reprit ses routes ordinaires ;

De Mons Janus la douleur se calma

Et, par degrés, son teint se ranima ;

Pour éviter que pareille disgrâce

Ne vînt encore alarmer leurs esprits,

En hémicycle et le long du lambris
Chacun des clercs loin du doyen se place.

Fin politique, entre tous ses plaisirs,
Etait celui d'augmenter sa finance;
Soupçonnait-il qu'on dût à ses désirs
Faire une vive et grave résistance,
Avec un art subtil et peu commun,
Sur ses projets il gardait le silence
Pour les reprendre en temps plus opportun (4).

L'on tint conseil, où l'on vit sans emphase
La métaphore unie à l'antiphrase,
Où plus d'un clerc, comme improvisateur,
Eût mérité le titre d'orateur.
L'homme, en public, s'électrise, s'anime;
Plus élevé, son horizon grandit;
Comme Dupont, qu'il pense ce qu'il dit,
Sans être même un orateur sublime,
De son pays il obtiendra l'estime (5).

L'abbé Garnier, qui, sans ambition,
S'alarmant peu du bruit et du tumulte,
Avait horreur de la corruption,
Ne nia point qu'on eût troublé le culte.
« Mais, pour vous, juge, est-ce une vérité?
« Quand sur le nombre un seul est acquitté,
« C'est au mépris du droit le plus vulgaire
« Que pour lui seul vous évoquez l'affaire!

« Est-ce légal ? j'ose dire que non ;

« Car cela choque et blesse la raison.

« Lorsque d'ailleurs nulle enquête n'existe,

« Quel homme sage oserait prononcer !

« L'on veut poursuivre, il y faut renoncer ;

« Comme la loi, la raison y résiste.

« Ah ! direz-vous, je suis trop formaliste ;

« De cette enquête où serait le besoin,

« Chacun connaît l'auteur et le signale !

« Mais pouvez-vous, sans un triple scandale,

« Accusateur, être juge et témoin ?

« Non ; gardez-vous de tout acte arbitraire !

« Messire Grim, toujours impartial,

« Comme l'on sait qu'est un official,

« Le croit ainsi ; je soutiens le contraire.

« Par l'intérêt, trop souvent obscurcis,

« Bien rarement les faits sont éclaircis.

« La vérité, fantastique déesse,

« Que l'on poursuit, qu'on invoque sans cesse,

« S'est trop souvent refusée à nos vœux (6) ;

« Et si jadis s'en sont plaints nos aïeux,

« De ce refus, qui même encor nous blesse,

« Sans contredit, se plaindront nos neveux.

« De tout ce trouble, Agnès seule est la cause.

« Chaque printemps, des flots de curieux

« En pèlerins débordent en ces lieux,

« Le mal est là ; je vois ainsi la chose ;

« Que loin de nous sa cendre ailleurs repose,

« Et, désormais, qu'il ne soit plus permis

« Qu'auprès du saint le profane soit mis.

« L'on sait qu'Agnès ne fut rien moins que sainte,

« De notre crypte ainsi purgeons l'enceinte.

« Quoique païens, croyez-vous que jadis

« Les Grecs, à Delphe, eussent placé Laïs ? »

    Un bruit soudain, précurseur d'un orage,

Contre Garnier d'avance concerté,

Parti du centre, à droite répété,

Sans altérer toutefois son visage,

Vint échouer contre sa fermeté.

    « Du vrai, le doute est donc pour vous le type !

« S'écria Grim, sur un ton peu chrétien,

« Et vous suivez l'école d'un païen !

« Un paradoxe est pour vous un principe !

« Laissez Pyrrhon, lisez Tertullien,

« Ou bien Jean Scot et le savant Trithème (7) ;

« Ces grands docteurs ne savaient point douter ;

« Si vous avez à résoudre un problème,

« Faites comme eux, gardez-vous d'hésiter.

« Du sacristain vous prenez la défense ?...

« —Non ! dit Garnier. Je n'ai, dans mon discours,

« Fait aujourd'hui, comme je fais toujours,

« Que d'un principe invoquer la puissance.

« —A vous, permis ; mais, comme official,

« Je défends, moi, l'intérêt général ;

« Entre nous deux, voici la différence :

« Monsieur Garnier ne croit jamais au mal,

« Et moi, fort peu je crois à l'innocence (8),

   « — De mon collègue, avec juste raison,

« L'official, dit l'abbé Dubuisson,

« A puissamment réfuté le système,

« Et, je dis plus, l'a frappé d'anathème :

« Quand Tirconel, de l'ange, sous nos yeux,

« A profané, mutilé la statue,

« Pour le prouver, faut-il qu'on s'évertue ?

« Non ; car le fait n'est point mystérieux ;

« Il est public ; l'enquête est superflue ;

« Il est des cas, a dit dans un discours,

« Au parlement, un homme de science,

« Où de la loi, malgré son importance,

« On peut suspendre ou détourner le cours ;

« Où même on peut, selon la circonstance,

« De l'arbitraire invoquer le secours.

« Messire Grim n'agit qu'avec prudence,

« De son avis je suis, comme toujours.

   « — Ah ! s'écria sur le ton romántique

« Un jeune clerc que l'on nommait Duclos,

« Si de Sorel vous votez, à huis clos,

« Pour imposer silence à la critique,

« De transférer autre part sa relique,

« J'ai, hors de Loche, un vaste et bel enclos

« Où se plairait sa momie angélique.

« J'aime un tombeau qu'environnent des ifs

« Où, chaque soir, le hibou solitaire

« A ma douleur mêle ses cris plaintifs ;

« Où de pavots la tige somnifère,

« Le nénufar, habitant des marais,

« Avec le houx se balancent auprès.

« J'ai du penchant à la mélancolie ;

« Le sage est grave, il est silencieux ;

« Celui qui rit est près de la folie (9),

« Aussi les fous n'ont jamais vu les cieux.

« J'aime les pleurs, la tristesse a des charmes ;

« Heureux qui peut pleurer à chaudes larmes !

« Oui, le soleil a moins pour moi d'attraits

« Qu'un clair de lune et l'ombre des forêts.

« Agnès était aussi sage que belle ;

« Avec Laïs pourquoi ce parallèle ?

« Sage elle était ; et je suis convaincu

« Que si cent ans plus tard elle eût vécu,

« J'ose affirmer qu'à ses devoirs fidèle

« Elle aurait pris *Thérèse* pour modèle,

« Et, fuyant l'air insalubre des cours,

« A Port-Royal elle eût fini ses jours (10).

« — Quoi, dit alors un demi-casuiste

« Nommé Bizot, habile partisan,

« Tout à la fois gallican et papiste,

« Et, du doyen effréné courtisan ;

« Quoi, nous ferions une chose arbitraire !

« Quoi, l'on ne peut être juge et témoin,

« A prétendu mon scrupuleux confrère !

« Non ; d'une enquête il n'est aucun besoin.

« D'absurdité j'accuse son système ;

« Quand, sous nos yeux, tout vient de se passer,

« Il me faut croire un tiers plus que moi-même ;

« Ce n'est pas tout, je dois me récuser !

« Cet argument, qui choque l'évidence,

« Est une erreur que je dois repousser :

« Mais on propose, et même avec instance,

« De transporter Agnès en autre lieu..

« Il faut, messieurs, agir avec prudence,

« Le sage, en tout, prend un *juste milieu*.

« Un Grec l'a dit. Ainsi, mondaine ou sainte (11),

« Faut-il bannir Agnès de cette enceinte?

« Non ; il suffit d'en éloigner l'amour ;

« Car c'est le nom, par un abus étrange,

« Que le public, qui devient chaque jour

« Plus incrédule, ose donner à l'ange.

« J'opine donc, et propose à mon tour.

« Qu'incessamment l'équivoque statue

« Et sans retard, messieurs, soit abattue. »

Soudain, Garnier se lève derechef.

« Messieurs, » dit-il. Mais le bruit recommence...

« Je n'ai qu'un mot à dire et serai bref :

« J'ai cru, parlant d'après ma conscience,

« Pouvoir compter sur votre bienveillance... »

Du côté droit et du centre à la fois

Partent des cris qui couvrirent sa voix (12).

« Vos cris, messieurs, sont nuls dans la balance

« Quand la raison leur sert de contre-poids. »

Lors, en acteur qui possède son rôle,

Jetant sur eux des regards caressants,

Janus fait signe à ses chers partisans

Qu'il se dispose à prendre la parole.

Au centre, à droite, alors des deux côtés

Chacun s'écrie : « Écoutez ! écoutez !

« Silence à gauche ! — Eh ! messieurs, point d'esclandre !

« Je hais le bruit ici comme dehors,

« Car de mon âme il brise les ressorts.

« — Parlez ! parlez ! On aime à vous entendre !

« — Non plus que vous je n'aime un long discours ;

« Je vais au but ; je me trompe, j'y cours.

« Au monument l'on parle de descendre !

« Quand deux cents ans le céleste flambeau

« A de Sorel éclairé le tombeau

« L'on veut troubler le repos de sa cendre !

« Si c'est le vœu de la majorité,

« Organe chaste et pur de vérité,

« Qu'incessamment Agnès soit exhumée

« Et qu'on la livre au chanoine Duclos.

« Son ombre, errant dans son riant enclos,

« Étant de fleurs jour et nuit embaumée,

« De leur parfum ne peut qu'être charmée :

« Mais un scrupule ébranle mes esprits...

   « — Silence donc ! — Ah ! messieurs, point de cris !

« Du faux toupet qui couronne ma tête,

« En m'émouvant, ils font pencher le faîte. »

   Au bruit, soudain succédèrent les ris.

   « Que de l'asile où nous l'avons placée,

« Reprit Janus d'une voix oppressée ;

« De l'équité que, brisant les liens,

« Agnès par nous soit demain expulsée ;

« Ses héritiers, car chacun a les siens,

« Demain viendront nous réclamer ses biens ;

« Quand du chapitre elle est la bienfaitrice,

« De les garder, où serait la justice ?

« L'oisiveté, l'aisance où nous vivons,

« Cet or, enfin, cet or que nous avons,

« Qu'envie autant la vertu que le vice,

« C'est cette Agnès à qui nous les devons ;

« Mais de son legs, s'il est vrai qu'on rougisse,

« Ne faisons rien d'incomplet ; achevons,

« Et de ses dons faisons le sacrifice ;

« Quitte envers elle, alors du monument

« Chacun pourra voter l'éloignement (13). »

Jamais, à Londre, un discours d'ouverture

N'eut un succès plus grand, moins contesté.

La gauche, alors, proposa la mesure

Que de ses biens le don fût rejeté.

— « A ce sujet faut-il qu'on délibère ?

« — Oui, dit Garnier; et, si vous l'adoptez

« Vous relevez l'honneur du sanctuaire ;

« Soyons plutôt pauvres, mais respectés ! »

L'on crie : « A l'ordre! » Enfin, le débat cesse.

L'on arrêta dès lors par un décret

Qui mit le centre et la droite en liesse,

Qu'aux biens donnés et que leur donnerait

A l'avenir toute âme pécheresse

Pour racheter ses fautes de jeunesse,

Jamais, jamais on ne renoncerait.

Des cris de joie aussitôt retentirent,

Qui sur Janus, cette fois, produisirent

Une agréable et telle impression,

Que du toupet les faux cheveux reprirent

Leur régulière et noble station.

Se maintenir dans la possession

De son emploi; gouverner le chapitre

Et le trésor à sa discrétion;

Rester doyen, en conserver le titre,

Étaient le but de son ambition (14).

Dans ses discours, du pressant syllogisme

S'il employait fort peu l'autorité,

Personne aussi n'abusait du sophisme

Avec plus d'art et de dextérité.

Au même instant, d'un air d'hilarité,

Ses partisans de lui se rapprochèrent

Et, s'inclinant, tous le complimentèrent.

L'abbé Garnier, et dix autres votants,

Qui, du doyen, conseillers non serviles,

Dans son esprit passaient pour protestants,

Silencieux restèrent immobiles.

Aussi, jamais, aux somptueux repas

Qu'avec l'argent de la caisse publique

Bigotement le rusé politique

Faisait servir, ceux-ci n'assistaient pas.

Mais, des ventrus la masse complaisante,

Au souvenir de la truffe odorante,

Des mets exquis dont en profusion

Il leur offrait l'amorce séduisante,

Était fidèle à son amphitryon.

C'est cette masse insatiable et vile,

Qui de Gaster fait son unique dieu,

De tout doyen idolâtre servile,

Que Rabelais, dans un accès de bile,

A surnommés gens du *juste milieu* (15).

Ainsi vota l'honorable cabale ;
Et, quant à l'ange, il fut délibéré
Que sans retard il serait restauré,
Et que Martin, pour l'énorme scandale,
Publiquement, dans l'église excité,
Pour sa conduite indécente, brutale,
De son emploi serait déshérité (16).

Incontinent on leva la séance.
Alors, nos clercs, précédés du bedeau,
Reprirent tous le chemin du tombeau :
Mais, ô douleur ! pendant qu'ils faisaient route,
Les uns louant, d'autres blâmant leur chef,
Dans son fauteuil, le doyen, derechef,
Se débattait contre un accès de goutte.

Des dignités mille soucis divers,
Mille tourments sont les produits amers ;
Tel qui le dit, en secret les envie ;
Les obtient-il, l'orgueil est satisfait,
Oui, mais adieu le repos de la vie,
Le sommeil fuit, le bonheur disparaît (17) :
Or, l'insomnie, en échauffant la bile,
De nos humeurs gêne, altère le cours.

Heureux celui qui, vivant loin des cours,
Peut, riche ou non, vivre et dormir tranquille !
Si, riche, il a quelque fille nubile
A marier, ou quelque fils encor,

Il n'ira point tendre une main servile ;

Pour les doter n'a-t-il pas son trésor ?

Si pauvre il est, certes, c'est moins facile ;

Mais, toutefois, il peut, sans mendier,

Trouver quelqu'un à qui les marier ;

C'est ce qu'on voit aux champs comme à la ville.

    Soudain, les clercs, des gagistes suivis,

Du temple saint ont franchi le parvis,

Et, dans le chœur, arrivent à la file ;

En ce moment, tous, d'un air affairé,

Cherchent ce bras qui dirige à son gré

Ce que la terre et le brillant Olympe

Eurent jadis de puissant et de beau.

    Non moins zélé, le sensuel bedeau

Va, vient, s'agite, et dans la chaire grimpe ;

Celui-ci cherche à l'entour des piliers,

Celui-là fouille au banc des marguilliers ;

L'un, de la nef court vers le sanctuaire,

L'autre poursuit un chemin tout contraire :

On les voit tous l'un l'autre se presser ;

L'on s'interroge ; on ne sait que penser.

Parmi les bancs, les chaises qu'on culbute,

On cherche encore, et nul ne se rebute.

Les mêmes lieux qu'on a vingt fois scrutés,

Autant de fois sont vus et visités.

    « Est-il possible, aurais-je la berlue !

« Dit hautement Bertin le chevecier ;

« A notre insu je pense qu'un sorcier

« A dû, messieurs, réparer la statue ;

« Ainsi, du moins, elle m'est apparue. »

Chacun s'approche, et chacun, curieux,

Veut de ce fait s'assurer par ses yeux.

De la fracture on ne voit nul vestige ;

On se regarde, on est silencieux,

Quand un des clercs, pris d'un autre vertige,

S'exprime ainsi : « C'est la fête, aujourd'hui,

« De saint Justin ; il doit de ce prodige

« Être l'auteur. Nul doute que c'est lui ! »

A son exemple, au pied du tabernacle,

Chacun s'étant aussitôt incliné,

Par sire Grim, en l'honneur du miracle,

De saint Justin l'hymne fut entonné (18).

Qu'à débrouiller fût obscure une chose

Qui, plus ou moins, eût rapport au clergé ;

Il se croyait, par état, obligé

De soutenir qu'un saint en est la cause.

Dehors, l'on fut d'un autre sentiment ;

La vérité triompha du prestige,

Car il fut dit qu'à l'aide d'un ciment

L'adroit Bertin avait secrètement,

Après l'office, opéré ce prodige ;

Et quand les uns criaient : « Vive Justin ! »

D'autres riaient, criant : « Vive Bertin ! »

NOTES DU CINQUIÈME TABLEAU.

---

(1)   *En tous pays les tombeaux, les autels*
        Sont faits pour être honorés des mortels.

Si un culte de patrie et d'amour est dû à la divinité, un culte de respect est dû aux tombeaux, lorsque surtout ils renferment les cendres d'un grand homme, non de celui que l'on a surnommé l'*ogre de Corse*, qui, inspiré par les Furies, déserta en Egypte l'armée dont il était le chef, pour venir à Saint-Cloud étouffer la liberté ; qui, à Vincennes, fit périr un prince français après l'avoir fait enlever, contre le droit des gens, d'une terre hospitalière, et couvrit les plaines du Portugal, de l'Estramadure, de Lutzen, d'Eylàu, d'Austerlitz, d'Iéna, de Moscou, de Leipsick et du Mont-Saint-Jean, de cadavres, victimes de son am-bition titanienne ; mais de ceux qui, tels que les Bertrand du Guesclin, Dunois et Bayard, Condé, Turenne, Catinat, Villars, Junot, Molitor, Mortier, Hoche, Moncey, Lecourbe, Lannes, Masséna, Kléber, Jour-dan et Damrémont, tous ambitieux de gloire, sans doute, de cette gloire qui consiste, non à profiter du moment pour se faire couronner, mais à défendre la patrie. Aussi, en reconnaissance, elle rend à leurs cendres le culte destiné à immortaliser leurs services.

(2)   *Messire Grim, l'official, les suit.*

C'était un chanoine désigné par l'évêque ou le chapitre, afin de poursuivre les délits ecclésiastiques, et pour remplir au besoin les fonctions du ministère public.

(5)   *Souffrant, je suis aussitôt soulagé.*

Ce sybarite est l'abbé de Chaulicu, qui logeait au Temple, chez le duc de Vendôme ; et cependant, quoique prêtre et titulaire de la riche abbaye d'Aumale, il ne cessa, comme Anacréon, de chanter les jeux, les amours et les plaisirs de la table. Dans le cours de sa vie qui fut longue, puisqu'il mourut à quatre-vingt-quatre ans, il fut non moins recherché pour ses qualités aimables qu'estimé pour son empressement à secourir l'infortune ; aussi, dans une épître adressée peu de temps ayant sa mort au marquis de la Fare, il dit avec ce calme qu'une conscience pure est faite pour inspirer :

> Plus j'approche du terme, et moins je le redoute.

Je doute que ses confrères, qui prêchaient le jeûne et l'abstinence, eussent pu en dire autant.

(4)   *Pour les reprendre en temps plus opportun.*

Cette tactique du doyen est celle de tout prince qui, n'osant s'emparer à haute lutte d'un pouvoir sans contrôle, replie ses voiles à l'instar du clergé romain, et se borne à louvoyer pour atteindre le but de son ambition. Voici comme, sur ce point, s'exprimait en 1772 un grave écrivain : « La cour de Rome, inébranlable dans ses principes, sait se « prêter au temps, se régler sur les circonstances et attendre avec lon-« ganimité les changements qu'apporte le temps et souvent le hasard ; « son code politique est celui qu'un Allemand voulait introduire dans « la médecine par le traité *de Modo curandi morbos expectatione...* « C'est par cet art que Clément XI est sorti victorieux de ses démêlés « avec la cour de Vienne et avec la régence, après la mort de Louis XIV, « qui avait lui-même éprouvé, sous la plus brillante époque de son « règne, combien le flegme romain a d'avantages sur la *furia francese,* « malgré l'axiome posé par le célèbre Servin, dans son plaidoyer pour « le bréviaire de Paris : *Non cedit crista gallica italico supercilio.* » (Grosley, t. IV, p. 147.)

Hélas ! plus aujourd'hui que jamais, le coq gaulois se résigne à baisser sa crête devant l'épervier d'Italie et le vautour anglais.

(5)   *Comme Dupont, qu'il pense ce qu'il dit,*

. . . .

De son pays il obtiendra l'estime.

Dans la séance du 8 mai 1855, un député osa reprocher à un ministre de penser le contraire de ce qu'il disait ; celui-ci s'en défendit et protesta qu'il pensait tout ce qu'il disait de même que ses collègues. Je ne puis dire l'effet que fit cette candide manifestation sur l'honorable assemblée ; au fait, c'est qu'elle en rit beaucoup.

Telle, en pareille circonstance, avait été la prétention de Robert Valpole, ministre de Georges II, sycophante comme jamais il y en eut, et qui avait pris pour devise : *fari quæ sentiat.* On raconte que le 11 février 1741, sur la motion de sir Sandys, pour demander au roi son éloignement du cabinet pour cause de malversation, ce ministre, affectant un grand sang-froid, s'appliqua ce vers d'Horace :

>   Nil conscire sibi, *nulli* pallescere *culpæ.*

L'estimable sir Pultney, qui siégeait non loin du ministre, lui reprocha, en ricanant, d'altérer ce passage ; ce dernier soutint le contraire et paria une guinée. Le pari accepté, un exemplaire fut produit dans le cours de la séance, où le vers cité était comme suit ·

>   Nil conscire sibi, *nulla* pallescere *culpa.*

Aussitôt sir Pultney, haussant la main et montrant la guinée du ministre, s'écria d'un air railleur que c'était la première qu'il touchait du Trésor.

Deux ans plus tard, ce ministre ayant été accusé devant la chambre des communes d'avoir illégalement, dans l'espace de dix années, disposé avec un sieur Scrope, secrétaire de la trésorerie, de la somme d'un million cinquante-deux mille livres sterling (environ vingt-trois millions cent cinquante mille francs), la chambre rendit contre lui un bill d'*impeachment ;* mais l'intrigue tory le fit rejeter par la chambre haute. En butte néanmoins au mépris général, il se vit forcé de remettre son portefeuille entre les mains du roi, qui, pour le dédommager, le créa comte d'Oxford. Ce fait historique nous fournit trois exemples d'une rare et curieuse moralité : 1° que l'argent du trésor public est chose sacrée pour les hommes du pouvoir ; 2° qu'entre une chambre de pairs et les ministres, il existe une louable réciprocité de services ; 3° enfin, que les rois ne sont pas aussi ingrats qu'on l'a dit, et qu'ils récompensent au besoin ceux qui, pendant dix ans, disposent indûment des sommes que les contribuables sont contraints de verser au trésor public.

(6)   *S'est trop souvent refusée à nos vœux.*

Lacyde et Carnéades, philosophes anciens, soutenaient qu'il n'y avait rien de certain ni de vrai. Aristote, qui n'était point sceptique par système, convenait toutefois que le doute est le commencement de la sagesse. Ce fut depuis l'opinion de notre Gassendi, qui, quoique d'Église, s'en faisait honneur. A propos de Lacyde, je dois rappeler un fait qui peint et honore à la fois son caractère : sollicité par Attale, roi de Pergame, de venir à sa cour, ce philosophe répondit *qu'il fallait regarder de loin le portrait des rois* ; aujourd'hui l'on est plus traitable ; on laisse le portrait pour courir à la personne : il est vrai qu'un courtisan n'est point philosophe ; on voit plutôt un philosophe devenir courtisan. En Grèce, on eût sifflé cette palinodie ; mais, dans notre pays, type de civilisation, d'un philosophe palinodiste on ferait un pair de France.

(7)   *Ou bien Jean Scot et le savant Trithème.*

L'Anglais Jean Duns, plus connu sous le nom de Scot, fut le chef de l'école opposée à celle de saint Thomas ; aussi, quoique docteur et moine, comme ce dernier, il ne reçut point à Rome les honneurs du culte de dulie. Je n'en dirai pas davantage sur ces deux puissances qui, depuis cinq siècles, divisent l'armée théologique en deux camps rivaux peuplés d'infatigables ergoteurs.

Quant au savant Trithème, qui, selon M. Grim, est un phare éblouissant, je me borne à dire que, né à Trèves, et moine comme les deux précédents, il fut pourvu en 1485 de l'abbaye de Spanheim, où il acheva son ouvrage sur les auteurs qui avaient traité des matières ecclésiastiques et dont le nombre ne s'élève pas à moins de huit cent soixante et dix. Grand Dieu! si quelqu'un eut jamais le courage de les lire, ce n'est certainement pas M. Grim, qui, oublieux de son caractère, négligea d'écrire une histoire contemporaine dont le marquis de Louvois l'avait chargé.

(8)   *Monsieur Garnier ne croit jamais au mal,*
           Et moi, fort peu je crois à l'innocence.

Dans le nombre des officiers du parquet dont le gouvernement a soin de fournir les cours et tribunaux, s'il en est quelques-uns plus occupés de plaire au pouvoir pour s'élever à de plus hautes fonctions, que de défendre et soutenir la cause du faible contre le puissant, il en est d'autres que je pourrais nommer dont les réquisitoires sont le produit de leur intime et honorable conviction.

Pour ne parler que du passé, je citerai la conduite de l'illustre Servin, avocat général au parlement de Paris, qui, dans un lit de justice tenu le 19 mars 1626 par Louis XIII, tomba mort à ses pieds au moment où il lui adressait avec une respectueuse, mais vive énergie des remontrances sur quelques édits bursaux, c'est-à-dire onéreux au peuple, et dont ce prince était venu ordonner l'enregistrement.

Telle fut encore celle du sieur du Châtelet, avocat général au parlement de Bretagne, lorsqu'en 1652, le roi, de qui l'on sollicitait la grâce du duc de Montmorency, condamné à mort à Toulouse, pour rébellion, dit en regardant ce magistrat : « Je crois que M. du Châtelet donnerait un bras pour le sauver. — Plût à Dieu, sire, répondit celui-ci, que j'eusse perdu les deux et que M. de Montmorency, qui vous a gagné des batailles, obtînt sa grâce de Votre Majesté. » Voilà les images qui, avec celles de l'Hôpital, de Daguesseau et de Malesherbes, devraient exclusivement figurer dans les salles d'audience de nos tribunaux, pour exciter l'émulation des magistrats. J'y ai vu, avant 1814, celle de Buonaparte, et depuis celles de Louis XVIII et de Charles X. Que sont-elles devenues ?

(9)   *Le sage est grave, il est silencieux ;*
        Celui qui rit est près de la folie.

Aristote en ses problèmes (sect. 30, p. 815) enseigne que les grands hommes sont mélancoliques ; à l'appui de son opinion, il cite Socrate, Hercule et Platon. Je m'étonne qu'il n'ait point parlé d'Héraclite, surnommé le philosophe ténébreux. Un plus ancien qu'Aristote et sage par excellence, quoiqu'il eût sept cents femmes et trois cents concubines, Salomon a dit, bien qu'il ne fût ni philosophe ni triste : *Le cœur des sages est où se trouve la tristesse, et le cœur des insensés où la joie se trouve.* (Ecclésiaste, chap. 7, v. 5.)

(10)   *A Port-Royal elle eût fini ses jours.*

Cette assertion est aussi hasardée que bien d'autres, quoique officielle. Il n'y avait, certes, aucun rapport entre Agnès, dont l'unique et incessante préoccupation était d'exciter son apathique amant à chasser l'Anglais de la France, et Thérèse, qui, dans les paroxysmes de sa fièvre pieuse, borna son ambition à opérer la réforme de l'ordre du Mont-Carmel, ordre qui, ainsi que la plupart des cloîtres, scandalisait la société comme aujourd'hui les jésuites par leurs diffamations réitérées contre notre docte et honorable milice universitaire excitent son indignation.

Grâces immortelles à l'assemblée qui, en 1789, en purgea la France. Celles qui lui ont succédé en eussent-elles fait autant ? nul doute que non, puisqu'elles souffrent que l'hydre monacale, terrassée par l'Hercule de la révolution, relève de toutes parts ses têtes hideuses, et que le clergé étale en public un costume auquel il semblait, après les trois journées, avoir renoncé. Et cependant en Allemagne, en Autriche, le clergé romain ne s'y montre qu'en habit séculier. Que conclure de ces faits ? que nous sommes moins avancés ; car ce sont moins les institutions d'un pays que ses usages et ses mœurs qui donnent la mesure de sa civilisation. Que dans l'intérieur des temples, des hospices et couvents, le prêtre et la religieuse aient tel costume qu'ils croient utile et convenable ; fort bien : mais qu'au dehors ils affectent de paraître et circuler avec un habit charlatanesque et une coiffure que Pasquin seul eût pu imaginer, c'est une insulte à la raison publique.

Que dirait-on si, à leur exemple, les rabbins, les ministres de l'Église réformée, et certes ils en auraient le droit, puisqu'ils sont par la Charte placés sur le même niveau, circulaient avec leur costume religieux sur la voie publique; si les juges, avocats et docteurs parcouraient les rues avec leurs toques et simarres? on en rirait d'abord et, à la longue peut-être, on s'y ferait; mais l'homme de bon sens n'en hausserait pas moins les épaules comme il fait à la vue des manteaux longs, soutanes, ceintures et rabats qu'il voit journellement passer sous ses yeux, et dont un nouveau prélat a récemment imposé l'obligation sous peine d'être interdit de l'exercice du ministère clérical!! Je ne dirai pas, de peur qu'on ne m'accuse de jouer sur les mots, que c'est affreux, mais que c'est contraire au bon sens.

(11)   *Un Grec l'a dit.* . . . .

Je suis incertain si c'est Amyntas, roi de Macédoine, ou Philippe, son fils ; c'est du moins l'un ou l'autre.

(12)   *Du côté droit et du centre à la fois*
Partent des cris qui couvrirent sa voix.

Il paraît qu'au chapitre en question, ces cris étaient une tactique arrêtée pour fermer la bouche aux orateurs du parti contraire et terminer la discussion ; cette tactique cléricale qui a des continuateurs, a provoqué une sortie de la part d'un honorable député dans la séance du 26 janvier 1855 ; les traditions de ce genre sont trop favorables à certain parti pour qu'il ne fasse pas tous ses efforts pour les conserver. De là le nom de *Conservateurs* donné à Londres à ceux dont tout le talent consiste à s'agiter sur leurs bancs et à étouffer par leurs cris la voix de l'orateur de l'opposition. Il en est toutefois plus d'un qui les brave et qu leurs clameurs ne sauraient déconcerter.

(13) . . . . Alors du monument
Chacun pourra voter l'éloignement.

Le discours de messire Janus se résume en ce peu de mots : Messieurs, l'on vous propose de rayer du budget la donation qui constitue la richesse du chapitre; si tel est votre vœu, je ne m'y oppose point : mais alors je ne pourrai continuer à vous faire participer a..... vous comprenez.

(14) Etaient le but de son ambition.

Un écrivain politique, aujourd'hui traducteur, a dit :

L'homme qui veut se vendre est toujours acheté,
Le ministre qui paye a la majorité.

L'on dit que ce perspicace écrivain en est aujourd'hui plus que jamais convaincu.

Le dégoût que causait au célèbre Horne-Tooke l'idée d'un marché aussi révoltant était tel, que, dans une lettre publiée à Londres en 1787, à l'occasion du bruit qui avait couru du mariage du prince de Galles avec madame Fitz-Herbert, il déclara que, quelle que fût son aversion pour le papisme, il aimait encore mieux voir un roi d'Angleterre marié à une femme catholique que traîner à sa remorque un parlement corrompu.

(15) A surnommé gens du juste milieu.

J'avoue que j'ai commis une erreur; ce mot n'est point de Rabelais, mais d'un autre personnage dont le nom m'échappe, qui, pour diriger à son gré les mouvements de bascules politiques, se plaçait au point central, d'où en faisant, avec l'aide de ses affidés, contre-poids à ceux qui lui résistaient, il assurait, par ce moyen emprunté à la mécanique, sa prépondérance : telle est l'origine du nom de juste milieu, sous lequel le public désigne aujourd'hui les amateurs du jeu de bascule.

(16)   *De son emploi serait déshérité.*

Cette décision du chapitre, qui, à l'égard de Tirconel, diffère essentiellement de celle du bailli, prouve qu'il est plus juste, plus rationnel d'être traduit non devant *les*, mais devant *ses* pairs ; car, à part l'intolérable abus de transformer une assemblée législative en cour suprême de justice criminelle, c'est une injure grave que l'on fait au jury, quand la loi l'a investi du droit de connaître des crimes qui compromettent la sûreté publique, d'en excepter ceux dirigés contre la personne du roi : ajoutons que le droit qu'ont les chambres de connaître des injures, à elles adressées, pour les constituer juges en leur propre cause, choque non moins le bon sens naturel que la justice. Serait-ce parce qu'on se méfie du dévouement ou des lumières du jury ? C'est ce dont on n'ose convenir, toujours est-il qu'une pareille exception est une monstrueuse anomalie, une offense à la nation, dont le jury dans les assises est le représentant. Aussi croyons-nous que l'article 28 de la Charte devrait être modifié, et que les chambres ne devraient se constituer en cour de justice que pour juger leurs membres ; outre que cette modification serait agréable à ceux du moins qui s'abstiennent de figurer à ces assises parlementaires, elle serait favorablement accueillie du public.

(17)   *Le bonheur fuit, le sommeil disparaît.*

Antigonus, successeur d'Alexandre, avait coutume de dire, quoiqu'il fût loin de le penser, « que la royauté est une honnête servitude, et que si l'on savait ce que pèse une couronne on craindrait de la mettre sur sa tête. » Et cependant malgré sa pesanteur il eut le courage de la porter jusqu'à l'âge de quatre-vingts ans, époque de sa mort.

Si c'est ainsi, quel tribut d'éloges ne doit-on pas aux rois et reines qui, par dévouement, sans doute, au bonheur des peuples, se sont résignés,

et se résignent encore, partout et toujours, à subir cette servitude !
Il serait trop injuste de ne pas leur savoir gré d'un tel sacrifice. Eh !
qui pourrait ne pas admirer le courage des rois Jean et Othon, que
nous avons vus courir, l'un au nord et l'autre au sud, pour saisir une
couronne étrangère, et se résigner, malgré sa pesanteur, à la placer sur
leur auguste front. Voilà, certes, du dévouement, si ce n'est de l'hé-
roïsme ! !

(18)   *De saint Justin l'hymne fut entonné.*

Saint Justin, né à Naplouse, était philosophe platonicien ; ayant postérieurement embrassé le christianisme, il aima mieux mourir que d'y
renoncer. Des esprits élastiques disent que c'est fanatisme, et moi, que
c'est du caractère et de la vertu. Car en religion comme en politique,
l'apostasie est odieuse et détestable ; si la première est rare aujourd'hui, il
n'en est pas ainsi de la seconde : la raison en est que l'apostat religieux
est en butte au mépris, sans profit aucun, tandis que la fortune et les
honneurs sont la récompense de l'apostasie politique. Aussi je ne suis
point surpris qu'une conduite aussi vile provoque la censure des citoyens honnêtes et probes. Que faire en pareil cas ? Suivre le conseil
d'un célèbre écrivain : « Quand, dit-il, les hommes sans mœurs et sans
principes sont au pouvoir, le poste de *l'honneur est dans la vie
privée.*

When impious men bear sway,
The post of honour is a private life.
                                    ADDISSON.

SIXIÈME TABLEAU.

Tour de Loches. — Claire Duroc, épouse du concierge. — Sa prédilection pour lord Russel. — Influence du beau sur nos sens. — Exemples. — Lettres de Ninon remises au guichetier. — Quiproquo. — Effet qu'il produit. — Arrivée d'OEnone à la prison. — Elle défend de relâcher les prisonniers. — Duroc croit qu'il est de son intérêt d'obéir. — Son épouse est d'un avis contraire.

L'on a raison d'aimer la liberté :
Elle protége, ennoblit l'existence (1),
Fait les héros, enflamme leur vaillance
Et les conduit à l'immortalité.

Pendant onze ans de son autorité
Elle avait fait éclater la puissance
Quand ses autels, par le peuple dressés,
Furent un jour à Saint-Cloud renversés
Par un ingrat qui lui devait sa gloire ;
Et qui, voyant leurs augustes débris,
Avec orgueil, de son char de victoire,
Jetait sur eux un regard de mépris (2).
Mais, relevés par le bras populaire,
Tout bon Français parut s'électriser...
Damnation! malheur au téméraire !
Haine, mépris au parjure, au faussaire
Qui songerait encore à les briser !

Si vous n'avez une âme fière et forte,

Que je vous plains, quand d'un donjon affreux,

Tel que Doullens, s'ouvre l'horrible porte,

Qu'un guichetier au teint hâve, aux yeux creux,

Pousse sur vous de son bras vigoureux.

Que l'égoïste, à l'aspect des murailles

De Saint-Michel, de Clairvaux, de Poissy,

Indifférent, n'en prenne aucun souci,

Je le conçois, car il est sans entrailles ;

Mais l'homme bon, sensible, vertueux

Le cœur navré, reste silencieux ;

D'effroi, d'horreur son âme est pénétrée,

C'est à tel point qu'il détourne les yeux

Et de l'enfer qu'il croit être à l'entrée (3).

    Un château fort et flanqué d'une tour

Alors de Loche attristait le séjour,

Qu'un Chilpéric, à ses sujets hostile,

A dit Froissart, fit élever un jour

Sous le semblant de protéger la ville (4).

Puis, du château quand on vit les geôliers

Peupler sans cesse et recruter l'enceinte

D'infortunés et nombreux prisonniers,

Les Lochiens furent saisis de crainte ;

Mais, soutenu de ses hallebardiers,

Le fourbe adroit se moqua de leur plainte.

    C'est la prison où nos trois chevaliers

Furent conduits quand, témoins de ce drame,
Sur leur passage, ouvriers et bourgeois
Contre Landry, d'une commune voix,
Se déchaînaient et le traitaient d'infâme.

    Or, fiers étaient nos jeunes paladins,
Ils possédaient cette âme peu commune
Qui fait braver les coups de la fortune
Et d'un sultan les édits anodins.

    Un chef d'école, à qui peu je me fie,
A prétendu que c'est l'impression
Produite en nous par l'éducation
Et par l'effet d'une étude suivie ;
Pour moi je suis, n'en déplaise au docteur,
A cet égard, d'un sentiment contraire :
Tel homme est franc, généreux, populaire,
Et de la loi rigide observateur,
Comme tel autre est vil adulateur
Quoique pourvu d'un brevet littéraire ;
A force d'art, gardez-vous d'en douter,
L'on peut un temps déguiser sa nature,
Du sentiment prendre, affecter l'allure,
Mais, quoi qu'on fasse, on ne peut la dompter,
Et sous le masque est toujours la figure.

    Au sombre aspect de vieux murs crénelés,
Tout hérissés de doubles fers maillés
Par où se glisse un jour mélancolique,

Nos chevaliers sont à peine troublés,
Car ils avaient, sans nul doute, en partage
Un grand sang-froid, porté jusqu'à l'excès ;
Et, pour aider, affermir leur courage
L'amour, encore, avec le cœur français.

   Contre Landry, la Châtre en sa colère
Se consultait pour lancer un pamphlet ;
Quand Sévigné, toujours soigneux de plaire
Avec Russel causait pour le distraire,
Comme il eût fait à l'hôtel Rambouillet :
Mais, sans répondre, occupé d'Arabelle,
Russel semblait n'exister que pour elle.
J'ai toujours vu, quand on est malheureux,
Qu'on a le cœur plus tendre, plus sensible ;
A la pitié l'on est plus accessible ;
Est-on amant, l'on est plus amoureux (5).

   Si cette tour inspirait l'épouvante,
Tout prisonnier du gardien se louait ;
Sous les dehors d'une âme indifférente
Monsieur Duroc toujours se dévouait
A secourir l'humanité souffrante.
Quand ses pareils avaient un cœur de roc
Il était bon, indulgent, serviable ;
Mais nul n'était plus humain, plus affable,
Meilleur, enfin, que madame Duroc (6).

   Est-ce bien vrai ? n'est-ce pas une fable ?

Ignorez-vous qu'en ce siècle falot,

Tout est hasard, intrigue et coterie?

Les rangs, les biens sont une loterie.

Quelqu'un a dit qu'agitant son grelot

Le dieu railleur, capricieux, fantasque,

Dont l'œil malin se cache sous un masque,

Quand nous naissons, jette à chacun son lot.

    Ainsi, tel est pieds nus, vêtu de bure,

Qui de valets devrait être escorté,

Comme tel autre est richement doté

Qui devrait suivre ou guider la voiture (7).

Ce contre-sens, qu'on ne peut définir,

Sans doute un jour, c'est ainsi qu'on l'assure,

Disparaîtra pour ne plus revenir.

    Tout cœur de femme incline à la tendresse,

Et plus il est sensible, généreux,

A tout blondin et jeune et malheureux

Plus vivement il faut qu'il s'intéresse.

Le beau, toujours, a su nous fasciner,

Lorsque vers lui sans cesse il nous attire

Peut-on ne pas céder à son empire?

Comment ne pas se laisser entraîner?

    Quand, du public, Falcon est applaudie

Qui de sa voix n'aime la mélodie?

De Taglioni, nymphe aux traits gracieux,

Qui n'aime à voir les pas voluptueux,

Quand, sur la scène, arrivant en sylphide,
Elle séduit un public curieux
De l'admirer chaque jour plus avide?

Qui ne jouit près du riant tableau
Qu'à Tivoli, séjour aimé de Flore,
Offrent les bords du limpide Anio,
Lorsque, du haut de la côte sonore,
En flots d'écume il descend au vallon
Naguère encore admiré de Byron?
Et quand, le soir, de jeunes pastourelles,
Au son aigu d'un rustique pipeau
Qui se marie au bruit des cascatelles,
Dansent en rond au pied d'un vieil ormeau?
Quelles que soient sa forme, sa figure,
Tel est l'effet que sur notre nature
Et sur nos sens produit toujours le beau;
Il nous séduit, nous charme outre mesure.

Tel fut aussi l'intérêt vif et doux
Que Claire prit à l'amant d'Arabelle,
Sans toutefois cesser d'être fidèle
A ses devoirs ainsi qu'à son époux.

Pour écarter tout fâcheux commentaire
J'ai cru l'aveu séant et nécessaire :
Dans le public il est plus d'un méchant
Qu'à censurer entraîne son penchant;
Or, de Russel voyant le teint de rose,

Ses blonds cheveux en mèches d'or flottants,
Dans son extase elle fut bouche close,
Et sans parler resta quelques instants.

De lord Russel il n'en fut point de même :
Si Claire est belle, à peine le sait-il ;
Il n'a des yeux que pour celle qu'il aime,
Son cœur ne bat, ne vit que pour Churchill.

Quoiqu'il eût peine à dompter sa colère,
Dans sa douleur d'être loin de Ninon,
La Châtre, ému, lorgnant l'aimable Claire,
A son destin soumettait sa raison.

De son côté, charmé de sa geôlière,
Mon Sévigné, tout en rongeant son frein
Et, folâtrant, comme à son ordinaire,
Songeait, pour elle, à rimer un quatrain.

Au jeu d'amour, jeu charmant du bel âge,
Et qu'à Paris, aussi bien qu'au village,
On joue à deux ; femme qui veut gagner
De son amant ne doit point s'éloigner.
Forcée ou non, des dangers de l'absence
Plus d'une a fait la triste expérience !
Elle est funeste aux amants, aux époux,
Aux sentiments, aux émotions vives ;
Brise, détruit les liens les plus doux ;
Jean nous le dit dans ses œuvres naïves.

En ce moment, un gentil jouvenceau

Nommant Ninon, ayant habit de Page,
Et se disant chargé de son message,
Vint se montrer au devant du château ;
Du pont-levis les flèches abaissées,
Il se flattait qu'à ce nom les geôliers
Le conduiraient auprès des chevaliers ;
Mais vain espoir, chimériques pensées !
Il est à peine à la herse introduit,
Qu'un guichetier, farouche personnage,
Sourd, insensible aux prières du Page,
Prend les billets et soudain l'éconduit.

Tournant le dos, faisant triste figure,
Il s'en revint presque la larme à l'œil
De n'avoir pu, de l'antique masure,
Franchir le morne et redoutable seuil ;
Et, toutefois, en ressources fertile,
Toujours sur pied, non moins prudent qu'habile,
Il possédait le précieux talent
De bien conduire un commerce galant ;
Et Figaro, si rusé qu'il pût être,
L'aurait, plus tard, reconnu pour son maître.
Chacun aurait, oui, soit dit entre nous
Sans quiproquo, reçu son billet doux :
Mais du donjon l'intraitable cerbère
Négligemment agit en sens contraire ;
Par suite ainsi d'un quiproquo fatal

Chacun reçut l'écrit de son rival.

Ces incidents ont, en galanterie,

Des résultats graves et dangereux.

Eh ! que d'amants, par cette étourderie,

Que de jaloux ont été malheureux !

    Choqué d'abord de cette perfidie,

Notre duo, qui connaissait Ninon,

Pensant n'y voir qu'un trait de comédie,

Finit par rire ; et, certes, il eut raison.

    De l'incident, Claire bientôt instruite,

Chez Russel monte, et, d'un air satisfait,

Tout en riant lui raconta le fait.

« Voilà, dit Claire, une étrange conduite !

« — Et vous riez ! s'écria mon Breton ;

« Comment, chez vous c'est donc ainsi qu'on aime ?

« C'est ce qu'en France on nomme le bon ton ?

« Dans mon pays il n'en est point de même.

« Cela révolte ; ils sont donc fous, dit-il.

« Qu'heureux je suis d'être aimé de Churchill !

« Comme Ninon si ma princesse est belle,

« Au lieu d'avoir comme elle deux amants,

« Et d'étaler de pareils sentiments,

« J'ose assurer qu'au sien elle est fidèle.

« Toi, dont l'austère et sombre coloris,

« L'âpre génie et la touche énergique

« Dans mon pays ont peint l'amour tragique,

« Qu'aurais-tu fait, Shakespear, à Paris?

« Ton beau talent, ta verve dramatique,

« Étiolés, tournés vers le comique,

« Eussent perdu leur valeur et leur prix (8)!

    « —Oui, j'en conviens, c'est vrai, répondit Claire,

« De voyageurs si j'en crois les récits,

« Pour bien aimer il n'est que l'Angleterre :

« Là, deux amants, l'un près de l'autre assis,

« Sans se parler s'admirent à leur aise;

« Là, pour billets, point d'erreur ni soucis;

« Que je serais heureuse d'être Anglaise!

« Quant aux Français, ils sont trop étourdis;

« En Angleterre est le vrai paradis!

    « —De votre époux vous plaignez-vous, madame?

« Reprit Russel. — Hé! milord, tant s'en faut!

« Jamais mari n'a plus aimé sa femme,

« Et des Français il n'a point le défaut. »

    Dans le château parut alors OEnone,

Cachant l'ardeur de ses transports jaloux

Sous les dehors d'un visage aigre-doux;

A son aspect, on se tait, l'on frissonne,

Dans le donjon, elle prescrit, ordonne,

Et de son frère on craint moins le courroux.

    « Si votre zèle et votre vigilance

« Pour me servir, dit-elle, ont éclaté,

« Si vous avez jusqu'ici mérité,

« Monsieur Duroc, ma juste bienveillance,

« J'attends de vous la même déférence,

« Mêmes égards, même docilité.

« L'on vous a dit qu'avec un grand scandale

« Trois étrangers, arrivés hier matin,

« Ont, dans le cœur de la collégiale,

« Indignement traité le sacristain ;

« Et qu'un Anglais, mécréant insulaire,

« Avait conçu le funeste projet,

« Car c'est ainsi que l'énonce l'arrêt,

« De l'immoler au pied du sanctuaire ;

« Et, néanmoins, mon honorable frère,

« Foulant aux pieds honneur et dignité,

« Veut maintenant les mettre en liberté !

« A cet abus d'une injuste puissance

« Vous ne devez aucune obéissance.

« S'il est bailli, vous êtes citoyen ;

« Et s'il usurpe un pouvoir arbitraire,

« Il en est un supérieur au sien,

« Oui, sans nul doute, et c'est le caractère. »

     OEnone dit, et, sortant du château,

Prenant soudain le chemin de la ville,

Avait atteint la pente du coteau

Quand, tout surpris, le gardien, immobile,

Baissant le front, était resté muet,

Et, quoique absente, encor la saluait

Tel un pacha qui, craignant pour sa tête,
De son sultan n'ose affronter l'aspect,
Et, s'inclinant, par un salamalec,
Espère ainsi conjurer la tempête.

Or, cet oiseau réel ou fabuleux
Qui, nuit et jour, va déployant ses ailes
Pour écouter, recueillir des nouvelles,
Et qui les sème et disperse en tous lieux,
Cet oiseau donc, bavard et curieux,
Sema le bruit qu'au greffe était OEnone :
Dans le dessein de lui servir d'appui,
Pour son époux Claire, attentive et bonne,
Quittant Russel, accourut près de lui ;
Mais quand survint l'aimable sulamite,
Le cœur encor vivement agité,
OEnone avait, d'un pas précipité,
Du vieux donjon dépassé la limite.

De sa présence, encor bouleversé
Était Duroc; car dans son cœur sensible,
En traits profonds, le ciel avait tracé
De ses devoirs la règle indestructible;
Mais il craignait de se voir déplacé.
Timide, ainsi qu'on l'est au premier âge,
Il en avait cette molle langueur
Qui, de l'esprit énervant la vigueur,
Dans l'âge mûr nous ôte le courage.

Tout autre était sa pudique moitié :

Avec un cœur ouvert à la pitié,

Avec les dons qui parent une femme,

Elle avait ceux qui font une grande âme ;

Pareil contraste est sensible en tous lieux ;

Tel homme est faible, à s'alarmer facile,

Et dont souvent l'épouse offre à nos yeux,

Montre, au besoin, l'âme la plus virile. »

  « Ma Claire, il faut qu'à de nouveaux dangers,

« Dit son époux, notre cœur se prépare :

« Quand le bailli soutient ces étrangers,

« Contre eux, sa sœur vivement se déclare ;

« Dans ce conflit, cause de mes chagrins,

« C'est au bailli que je voudrais complaire,

« Mais à ses vœux quand la sœur est contraire,

« C'est celle-ci, c'est elle que je crains :

« En pareil cas, consultant la prudence,

« Ainsi que font tous ceux qui, comme moi,

« Ont du pouvoir obtenu quelque emploi,

« A tout scrupule, à toute remontrance,

« Ma Claire, il faut que j'impose silence (9).

« Des hommes droits et consciencieux,

« Mais sans crédit, vu qu'ils sont vertueux,

« Vont m'accuser d'avoir, en cette affaire,

« Fait un trafic coupable et mercenaire ;

« Je répondrai qu'ils sont des factieux (10).

« Si du bailli nous avions à nous plaindre,

« Pour nous sa sœur est encor plus à craindre.

   « — Oui, je le sais. Ainsi, vous décidez...?

   « — Quoi que le frère en leur faveur ordonne,

« De ne jamais contrarier OEnone.

   « —Aveuglément, ainsi vous lui cédez ;

« Mais le devoir est-il si peu de chose !

« Vous vous perdez, chacun vous blâmera ;

« Des prisonniers le bailli seul dispose :

« Point de faiblesse, advienne que pourra (11).

NOTES DU SIXIÈME TABLEAU.

(1)   *Elle protége, ennoblit l'existence.*

« La liberté n'est pas un placard qu'on lit au coin d'une rue ; celui
« qui se couvre de son nom est le pire des oppresseurs, il joint le men-
« songe à la tyrannie, et à l'injustice, la profanation ; car le nom de
« liberté est saint. » (*Paroles d'un croyant*, page 104.)

C'est par des actes sérieux, et non par des symboles de pur étalage,
que doit se manifester la liberté : que nous importe de voir flotter
sur nos édifices et sur le faîte de quelques palais ces insignes qui n'at-
tirent nos regards que pour les attrister. En 89, 92, et 1830 ne s'est-
on levé de toutes parts que pour en changer la couleur ! C'est cependant à ce glorieux résultat que nous sommes arrivés, grâce aux efforts
mystérieux des prétendus amis de cette liberté. Allez a l'hôtel de ville !
au lieu des arrêtés pris avant le 7 août, qui ont disparu, vous n'y
verrez qu'un flasque et insignifiant drapeau. Compensation que l'auteur de la Physiologie du bien et du mal doit trouver bien peu propre
à nous dédommager de leur disparition.

(2)   *Jetait sur eux un regard de mépris.*

Telle fut la conduite de l'Ange Noir, nom sous lequel madame
Krudner, auteur de *Valérie*, désignait Buonaparte, du jour où il prit
la couronne des mains du pape pour la placer sur sa tête. L'ex-roi
Joseph a essayé, depuis peu, de le justifier de cet attentat, en annonçant
que son frère se proposait de « rétablir le peuple dans tous ses droits
lors de la pacification générale. » Quel est l'homme assez simple pour
croire à cette pudique assertion ? ce n'est pas même celui qui le dit.

Si telle était son intention, qui a donc pu l'en empêcher? Est-ce qu'il le fit après la victoire de Marengo, dont, au reste, l'honneur appartient au général Desaix? Le moment était néanmoins favorable, car il prit alors le titre de pacificateur : mais il n'en fit rien; car si le mot était dans sa bouche, la passion de régner à tout prix était dans son cœur.

Comment donc se fait-il que, par la plus choquante des contradictions, l'on ait prodigué 2,500,000 francs pour aller à trois mille lieues exhumer et reporter en France les ossements de celui que, vivant, l'on avait obligé de s'en éloigner, et leur donner une sorte de consécration à laquelle tout homme qui aime son pays a dû refuser son assentiment! César, qui, en punition de sa félonie, fut frappé au sénat de vingt-trois coups de poignard, reçut-il, après sa mort, une pareille ovation? Non; les Romains étaient plus conséquents, ils eussent plutôt porté ses cendres aux gémonies.

Un jeune écrivain, dont les premiers essais annoncent un talent poétique du premier ordre, en parle avec une verve que le cœur seul est capable d'inspirer :

> Je n'ai chargé qu'un être de ma haine,
>   Sois maudit, ô Napoléon !
>
> (Aug. Barbier, *Iambe*, 7.)

Voici encore le portrait qu'avec une couleur aussi fidèle que poétique un grand artiste a fait de cet autre Attila :

« Si l'on voulait élever un monument à Buonaparte, ce fils parricide de la révolution, il faudrait le représenter les bras croisés, sur la cime d'une montagne formée de cadavres, de canons, de drapeaux, de caissons brisés; tous ces débris amoncelés pour qu'il pût donner un trône à chacun des membres de sa famille; à sa base on sculpterait des soldats le menaçant du geste et le maudissant !... »

> (David d'Angers.)

(5)   *Et de l'enfer qu'il croit être à l'entrée.*

Lasciate ogni speranza, voi ch'intrate.

Vous qui entrez ici, perdez toute espérance.

> (Dante, chant 3ᵉ de l'*Enfer*.)

(4)   *Sous le semblant de protéger la ville.*

La démolition du château de Loches, avec vingt-trois autres, situés dans l'intérieur de la France, fut ordonnée, comme inutiles à la défense de nos frontières, par un décret de l'assemblée nationale, du 10 juillet 1791. L'article 4 du titre Iᵉʳ veut en outre que nulle construction nouvelle de *places de guerre* ne puisse à l'avenir être ordonnée que sur l'avis d'un conseil de guerre confirmé par une loi.

Si, à la veille d'une invasion dont nous étions menacés par l'étranger, la constituante décréta cette démolition, c'est qu'elle n'ignorait pas que les châteaux forts construits *dans l'intérieur* ne sont utiles qu'aux princes pour opprimer les peuples. Le gouvernement de Louis-Philippe était sans doute inspiré par tout autre motif quand il a témoigné le désir d'enlacer Paris dans un réseau de bastilles, ou de forts détachés ; c'était, a-t-on dit, pour la sauvegarde de la capitale et le salut de la France. Heureuse conception ! et toutefois Paris et la France en ont été alarmés, et n'eussent point voulu d'un salut acheté à ce prix ; on s'est demandé pourquoi la citadelle d'Huningue, détruite sur nos frontière par la *sainte coalition,* ne serait point rétablie quand l'intérêt général en fait une impérieuse nécessité : on s'est demandé si, le 14 juillet, le peuple parisien avait renversé la Bastille pour se voir plus tard emprisonné dans un cercle de forts menaçants et hostiles à sa liberté : ces alarmes du public ont été justifiées dans un discours prononcé à la tribune par l'estimable et savant Arago, et dans lequel il a démontré, par des calculs évidents, que les forts détachés, ouvrages fermés à la gorge, n'étaient bons qu'à bombarder Paris, au lieu de le défendre.

Est-ce qu'au lieu du système de forts détachés, une ligne de défense continue, comme l'entendent les généraux Haxo, Pelet et Richemont, serait plus propre à garantir la capitale que des places fortes à nos frontières ? N'avons-nous pas assez et même trop de cette ligne de barrières continue, consacrée à la perception de ce vorace impôt déguisé sous le nom d'octroi, ligne qui, après avoir été détruite en 89 par les Parisiens, a été rétablie par Napoléon, dit le Grand ?

L'on a dit que l'*homme du destin* avait eu l'idée de fortifier Paris, et qu'il avait témoigné son regret de ne l'avoir point exécuté. Mais cette idée lui est-elle venue dans le cours de ses succès ? C'est après ses revers et pendant son exil, non à l'île d'Elbe, puisqu'il ne fit à son retour aucune disposition analogue, mais à Sainte-Hélène. Admettons que les fortifications eussent existé ; elles n'eussent retardé l'entrée à Paris de l'ennemi que de quelques jours, retard qui eût inévitablement amené la perte et la ruine d'une partie de ses défenseurs.

Voici comme s'exprimait César, au sujet d'une ville assiégée : « Quand on entreprend d'assiéger un ennemi, on le fait ordinairement parce qu'il est enfermé *et faible, et qu'on l'a battu,* ou qu'on lui est supérieur en infanterie et en cavalerie ; et la raison la plus ordinaire qu'on ait de l'investir *est de l'affamer.* » (*Comment., de Bell. civ.,* trad. de M. de Wailly, livre 5, page 11, tome 2.)

Il n'est pas nécessaire d'être initié dans l'art des Vauban et des Pagan pour savoir qu'une ville assiégée est d'autant plus facile à affamer et à capituler qu'elle est vaste et populeuse ; c'est ce qui, en 1590, arriva lors du siége de Paris par Henri IV. La famine qui survint bientôt après fut telle, que les Parisiens au désespoir allaient ouvrir leurs portes à Henri, si le duc de Parme, qui vint à leur secours, ne l'eût contraint à lever le siége : ce trait historique justifie notre réflexion. (*Hist. de France, siége de Paris.*)

Il se peut donc que ce projet de fortification ait été conçu dans un autre but que celui de nous défendre contre l'étranger. Dans Machiavel, que tout prince qui se trouve dans une position délicate a sous son oreiller, comme Alexandre avait Homère, je lis ces mots : « Le château que « Sforce a bâti à Milan, sa capitale, a fait plus de mal à la maison de « Sforce que pas un autre désordre de cet État... Il n'y a pas de meil- « leure forteresse que de n'être pas *haï* du peuple. » (*Du Prince,* chap. 20.) Et c'est Machiavel qui parle ainsi ! Un autre a dit : « Un « prince est véritablement roi quand l'amour du peuple le proclame ; » cet autre est Massillon, dans l'oraison funèbre de Louis XIV. Aujourd'hui, avec des troupes, des sergents de ville et un million de fonds secrets, un roi peut-il se passer de cet amour ? On le dit à la cour, mais ailleurs on en doute. Voulez-vous, grands hommes d'État, défendre Paris et la France : allez aux frontières ! La convention n'employa que ce moyen contre l'Europe coalisée, et elle en triompha.

(5)   *Est-on amant, l'on est plus amoureux.*

> Personne ne saurait nier
> Que la prison ne soit une cruelle gêne;
> Mais rien n'est égal à la peine
> D'être amoureux et prisonnier!

Bussi de Rabutin, auteur de ces vers, était à portée d'apprécier cette gêne cruelle; lui qui, doué d'une sensibilité exquise, fut enfermé, par lettre de cachet, à la Bastille où il passa huit mois pour avoir, dirent ses ennemis, quoiqu'il eût protesté du contraire, fait allusion dans son *Histoire amoureuse des Gaules* à deux dames qui avaient un grand crédit à la cour. Telle fut la cause ou le prétexte de sa disgrâce. Les dames de la cour avaient alors une influence qu'elles ont perdue : quel dommage !

(6)   *Meilleur, enfin, que madame Duroc.*

Il serait à souhaiter qu'on eût aux prisons de la Force, Pélagie, Poissy, Versailles, Vincennes, Doullens, le Mont-Saint-Michel, Clairvaux, du Ham, Bicêtre, etc., des gardiens de la trempe de M. Duroc et de son épouse, ou tel que l'honnête Favrot, concierge de la prison de l'hôtel de ville, à Lyon, mort depuis peu, au grand regret des âmes sensibles; ou tel encore que ce bon et vertueux Schiller, geôlier de cette infernale prison de Spielberg, où, sous l'affreux régime du *carcere duro e durissimo*, ont gémi, tant d'années, les signori Oroboni, Maroncelli, Gonfalonieri, ces nobles victimes du gouvernement autrichien, et dont Silvio Pellico, leur compagnon d'infortune, nous fait dans ses Mémoires une aussi vive que pathétique description : et, chose déplorable, cet honnête Schiller était forcé, pour complaire à ses chefs, de réprimer les épanchements de son cœur sensible et d'affecter les dehors d'un homme dur et féroce.

(7)   *Qui devrait suivre ou guider la voiture.*

Ce n'est point la naissance, effet du hasard, mais la nature qui décide de nos penchants ; en telle sorte que tel est né grand seigneur,
qui devrait être cocher ou maçon, et réciproquement : ainsi était à
Rome le successeur de Claude, dont Racine a dit :

> Pour toute ambition, pour vertu singulière,
> Il excelle à conduire un char dans la carrière,
> A disputer des prix indignes de ses mains,
> A se donner lui-même en spectacle aux Romains.

Voici un autre exemple de cette anomalie, qui, pour sa singularité,
mérite de trouver ici place. Les mémoires du temps nous apprennent
qu'en 1771, pendant qu'à Vanvres le prince de Condé faisait réparer
son château, mademoiselle de Bourbon, sa fille, vêtue d'un sarrau, se
plaisait à délayer le mortier et à le porter ensuite dans un baquet aux
ouvriers comme un aide-maçon (*Mémoires secrets*). Si mademoiselle
de Bourbon n'était point reine, elle n'était pas moins de sang royal.

(8)   *Eussent perdu leur valeur et leur prix.*

Shakespeare, comme créateur, sur la scène anglaise, de l'art tragique,
avait un droit incontestable aux éloges de lord Russel ; mais s'il fût
né en France, est-ce que l'influence du climat ou de nos mœurs eût
donné, comme il l'assure, une toute autre direction à son génie ! c'est
là son erreur ; car Rotrou, Corneille, Racine, Crébillon et Voltaire
étaient Français, et cependant ils ont, sous l'inspiration du génie tragique, obtenu d'éclatants succès que la postérité ne cesse d'honorer
de ses suffrages, succès dont celui de M. Ponsard, dans sa tragédie de
Lucrèce, est une nouvelle preuve.
Que quelques Anglais mettent Shakespeare au-dessus d'eux, il ne faut
point s'en étonner ; l'amour-propre national explique cette prédilection :
mais que l'auteur de l'*Apologie du romantisme*, qui a paru en 1824,
prétende qu'il n'y a point d'exemple en Angleterre d'un seul homme

qui préfère notre Racine au *divin* Shakespeare, c'est ce qu'on est en
droit de nier. Je lis en effet dans un recueil, aussi précieux sous le
rapport de la forme que du fond, que Pope, Dryden, lord Roscomonn
et Addisson surtout, étaient pleins d'admiration pour Racine : il
ajoute que lord Byron avait été assez incivil pour douter du génie de
ce divin Shakespeare et pour dire que la mode entrait pour beaucoup
dans l'estime qu'on lui portait ; aussi n'avait-il dans sa bibliothèque
ni les œuvres de ce tragique, ni celles de Milton. (*Revue britannique.*
Voir aussi le *Dictionnaire historique.*)

Je conviens toutefois que lord Byron, à son début, dans la carrière
des lettres, prit la livrée de Shakespeare, mais il la quitta pour revêtir
celle des principes et du bon goût. Voici la lettre curieuse qu'il écrivit
à ce sujet à sir Shilley.

« On dit que la *Revue d'Edimbourg* a critiqué mes tragédies
« comme elle a pu ; je n'ai pas vu l'article. Murray m'écrit d'un style
« de détresse... Je vois ce que c'est que de jeter des perles devant des
« pourceaux ; *margaritas ante porcos.* Tant que j'ai écrit ces vers
« exagérés et emphatiques qui ont corrompu le goût national, leurs
« applaudissements n'avaient pas de bornes : voici trois ans que je
« compose sérieusement et de bonne foi, et le troupeau tout entier se
« met à grogner, me tourne le dos et rentre dans la fange. Il est juste
« d'ailleurs que je sois puni de ma faute ; c'est moi qui les ai gâtés, je
« leur ai donné le premier exemple de cette *manière fausse et ampou-*
« *lée* : dorénavant toute production réellement classique sera traitée
« comme mes pièces de théâtre viennent de l'être. »

Je terminerai cette note par ces quelques lignes que j'extrais d'un écrit
juste appréciateur du mérite et des talents : « Presque toutes les nations
polies du quinzième et du seizième siècle sentirent le besoin de l'art
théâtral, qui adoucit les mœurs et conduit à la morale par le plaisir.
Les Espagnols approchèrent un peu des Italiens ; mais ils ne purent
parvenir à faire aucun ouvrage régulier. Il y eut un théâtre en Angleterre, mais il était encore plus sauvage. Shakespeare donna de la ré-
putation à ce théâtre sur la fin du seizième siècle, son génie perça au
milieu de la barbarie, comme Lopès de Vega, en Espagne ; c'est dommage qu'il y ait beaucoup plus de barbarie encore que de génie dans
les ouvrages de Shakespeare. Pourquoi des scènes entières du *Pastor
fido* sont-elles sues par cœur aujourd'hui à Stockholm et à Péters-
bourg ? et pourquoi aucune pièce de Shakespeare n'a-t-elle pu passer la

mer ? C'est que le bon est recherché de toutes les nations. Un peuple qui aurait des tragédies, des tableaux, une musique, uniquement de son goût et réprouvés de tous les autres peuples policés, ne pourrait jamais se flatter justement d'avoir le bon goût en partage. » (*Usages des quinzième et seizième siècles.*)

(9)   *A tout scrupule, à toute remontrance,*
         Ma Claire, il faut que j'impose silence.

M. Duroc, pour me servir de la métaphore empruntée à la Bible par un ex-député, était la chair de la chair et les os des os du bailli ; député qui, pour cet emprunt devenu fameux, a encouru la disgrâce de son collége électoral : à cette nouvelle la chair ministérielle s'en est émue, et pour l'en dédommager, elle a fait de l'ex-député un os préfectoral. Et l'on ose reprocher au pouvoir d'être ingrat ! !...

(10)   *Je répondrai qu'ils sont des factieux.*

C'est la réponse que font les serviteurs passionnés du gouvernement à ceux qui se permettent de critiquer leur conduite quand elle est en contradiction avec les intérêts et le vœu du pays. Est-ce à l'imitation de M. Duroc, que nos honorables conservateurs répondent ainsi ? Il faut bien que cela soit, car celui-ci, qui vivait au dix-septième siècle, n'a pu prévoir ce qui devait arriver au dix-neuvième.

(11)   *Point de faiblesse, advienne que pourra.*

Quand l'épouse d'un simple concierge est un exemple de désintéressement et de loyauté, il est pénible de voir des hommes en place sacrifier, comme M. Duroc, leur conscience à leur position lucrative. C'est là une des plaies de notre société. Je m'abstiendrai d'offrir aux yeux de ces hommes ce qu'une telle conduite a de blessant ; car, outre qu'ils sont cuirassés contre les stigmates de l'opinion, nul doute que, comme

M. Duroc, ils me traiteraient de factieux. Ainsi je me tais; et, me servant des expressions du marquis de Sévigné, qui, écrivant à sa mère dans une circonstance difficile, essayait de la rassurer, je m'écrie et dis avec lui : « Français, rassurez-vous, tout ira bien à force de mal aller! »

SEPTIÈME TABLEAU.

Lord Russel est placé dans le même lieu où Ludovic Sforce, dit le More, avait été enfermé dix ans. — Changement qu'y fait Claire Duroc pour en rendre le séjour moins désagréable. — Émeute à la prison. — Alarmes de Claire. — Le concierge est maltraité. — La Châtre et Sévigné rétablissent l'ordre. — Discours de lord Russel à la vue des victimes de cet événement.

Charles le Grand, dont on a fait un saint,
Couvrit de sang l'Italie et la Saxe,
Et des impôts doubla, tripla la taxe,
Du moins ainsi l'histoire nous le peint ;
Mais de l'Église il maintint les aubaines,
Grossit l'épargne, étendit les domaines,
A Rome, aussi, l'a-t-on canonisé (1),
Lorsque son fils, pieux et débonnaire,
Roi malheureux, plus infortuné père,
Par un clergé fourbe, fanatisé,
Fut relégué dans un vil monastère,
Exclu du trône, anathématisé.
Pour être ainsi privé du diadème,
Quel fut son crime ? on n'en parlait que bas ;
C'était d'avoir, au mépris du carême,
Un jeudi saint, convoqué les états (2).

Tout au sommet de notre tour antique,
Dont les créneaux, de harpons hérissés,
Sont au dehors de lierre tapissés,
Est une salle isolée et gothique,
Vrai galetas, triste et morne local,
Où des sorciers, dit certaine chronique,
Ayant pour chef un esprit satanique,
Auraient tenu leur tripot infernal.
Par une corne, en forme de vitrage,
Le jour cherchait à s'ouvrir un passage
Et se perdait dans l'épaisseur des murs
Quand Arachné, dans un coin solitaire,
Les noircissait de ses réseaux impurs
Tout parsemés d'une immonde poussière.

C'est cette salle, en ce lieu ténébreux,
Où fut placé notre Anglais amoureux.
Est-il bien vrai qu'on ait dans ce repaire,
Fatal objet de malédiction,
Mis le plus beau des enfants d'Albion?
C'est surprenant. Eh quoi, sensible Claire,
Ne fîtes-vous nul essai, nul effort,
Pour consoler cet aimable insulaire,
Pour adoucir la rigueur de son sort?

Presque aussitôt Claire fit disparaître
L'entassement, l'assemblage hideux
Des saletés qui dégradaient ces lieux.

Du soupirail on fit une fenêtre ;
Quelques vitraux, d'un modeste appareil,
En pivotant sur un châssis mobile,
A volonté, dans ce lugubre asile,
Donnaient accès aux rayons du soleil ;
Aux noirs débris d'une cage maudite,
Que sans horreur l'on n'eût osé toucher,
Succède un lit que plus d'un sybarite,
Avec plaisir eût pris pour son coucher.

Dès ce moment, la tristesse, la plainte
Ont de ces murs abandonné l'enceinte ;
On respira dès qu'on y vit le jour ;
Jamais pitié n'eut plus l'air de l'amour.
Sainte pitié, que tout bon cœur révère,
C'est toi qui fis à Russel tout ce bien ;
Oui, c'est constant, l'amour n'y fut pour rien,
Quoique des gens prétendent le contraire !

Quand les créneaux qui couronnaient la tour
Étaient dorés des premiers feux du jour,
Et que Vesper faisait place à l'Aurore,
Russel, au lieu de se désespérer,
Tout occupé de celle qu'il adore,
A la fenêtre aimait à respirer
L'air parfumé de l'haleine de Flore :
Si vers le nord il reportait les yeux,
Milord voyait sur la terre émaillée

L'Indre onduler en détours gracieux
Jusques au point où l'immense vallée
A l'horizon se mêle avec les cieux.

Au premier plan, Beaulieu, sur l'autre rive,
Vers l'orient ouvrait la perspective ;
Bien au delà, comme un vaste rideau,
Une forêt, à haute et vaste crête,
Bornait la scène où les fils de *Bruno*
Avaient fixé leur oiseuse retraite (3).

« Quoi! s'écria Russel, c'est là le lieu
« Où, quand des gens manquent du nécessaire
« Et sont, hélas! sans vêtement, ni feu,
« Quelques reclus font grande et bonne chère!
« C'est se jouer des hommes et de Dieu.
« C'est bien assez que prélats et lévites
« Vivent oisifs et sans payer d'impôts
« Dont sont exempts leurs terres et châteaux (4);
« Mais à quoi bon ces moines, ces ermites?
« Ah! suis-je en France, ou chez les Hottentots! »

Dans tous les lieux où le soleil pénètre,
Du prisonnier il dissipe l'ennui,
Et de son cœur si l'espoir s'est enfui,
Dès qu'il le voit il sent l'espoir renaître (5).

Dans une chambre, en regard des fossés,
Où l'on n'avait, pour toute perspective,
Que de vieux murs par le temps renversés,

Nos deux marquis d'abord furent placés :
Si Claire fut pour eux moins attentive,
On le conçoit; rien de plus naturel,
C'est que des deux aucun n'était Russel.

   Toujours debout et l'âme encore émue
De ces beautés, l'Anglais, silencieux,
En admirait les détails gracieux
Quand Claire vint se montrer à sa vue.

   « Eh bien ! milord, cet aspect vous plaît-il?
« Pourra–t-il bien, dit-elle, avec cette âme
« Qui part du cœur et trahit une femme,
« Vous consoler d'être loin de Churchill?

   « — Me consoler? vous me croyez peut-être
« Ce qu'à Paris on nomme un petit-maître
« Qui, de sa belle à regret séparé,
« Dans son courroux parle de tout abattre,
« Et qui, le soir, s'en console au théâtre,
« Dans quelque cercle, ou dans un bal paré?
« Notre méthode est, sans doute, moins vive,
« Mais bien plus franche et plus expéditive ;
« De notre part, nul éclat fastueux,
« Aucune plainte ; un Anglais fait bien mieux :
« En pareil cas, son arme est toute prête
« Et froidement il se casse la tête.
« Quoi qu'il en soit, madame, en vérité,
« De ce lointain mon œil est enchanté ;

« D'une prison rien ici ne présente

« L'aspect hideux, l'image repoussante.

   « — Ce lieu, soustrait à la clarté du jour,

« Dit Claire, fut d'un prince le séjour.

« De Sforce il vit couler dix ans les larmes.

« Oui, c'est ici que, maudissant le sort

« Et l'accusant d'avoir trahi ses armes,

« En soupirant, Sforce invoquait la mort ;

« Et toutefois, au fort de sa détresse,

« L'amour, sensible aux amères douleurs,

« Au noir chagrin qui le rongeaient sans cesse,

« Vint un moment sécher, tarir ses pleurs. »

   Lors à Russel, qui répugnait à croire

Qu'en un tel lieu, qu'en cette même tour

Eût jamais pu s'introduire l'amour,

Claire du prince allait conter l'histoire

Quand un bruit sourd, qui, bientôt grandissant,

S'élève, éclate, et va toujours croissant,

Du vieux donjon fit retentir l'enceinte.

   De la fenêtre, en pâlissant de crainte,

Claire s'approche, et voit dans le préau

Un alarmant et sinistre tableau :

De prisonniers une troupe exaltée,

Les bras en l'air, la fureur dans les yeux,

Courait poussant des cris impétueux.

Par ces clameurs la tour est agitée.

Au même instant Russel songe à Churchill ;
A son époux de même songeait Claire ;
Elle s'écrie : « Hélas ! que va-t-il faire?
« Que ferons-nous, milord, en ce péril? »

Russel, troublé, mais calme en apparence,
Mordait son ongle, et, d'un air sérieux,
De la fenêtre observait en silence
Et regardait courir ces furieux (6) :
L'on sait que tel était son caractère ;
Nos chevaliers s'y seraient bien mieux pris :
Obligeamment chacun eût entrepris
De consoler l'inconsolable Claire.
Elle aperçoit, voit des Alsaciens,
De la réforme intrépides soutiens (7),
Qui, des tronçons de leurs chaînes brisées
Et des débris de portes fracassées
S'étant armés, menaçaient leurs gardiens ;
Or, ces derniers n'osant leur tenir tête,
Quoique flanqués de deux énormes chiens,
Au petit pas se battaient en retraite.

Dans la fureur dont il est transporté,
En jurant Dieu, sur son antagoniste
L'un deux, soudain, s'élance à l'improviste,
Remplissant l'air des cris de liberté :
Et toutefois l'un et l'autre cerbère,
Des porte-clefs compagnons assidus,

Étaient sans vie à leurs pieds étendus,

Quand, succombés sous leur dent meurtrière,

Deux insurgés, sanglants, défigurés,

Hideusement mutilés, déchirés,

Étaient près d'eux couchés sur la poussière.

Découragés, craignant un nouveau choc,

Les guichetiers, dans leurs justes alarmes,

Délibéraient s'ils mettraient bas leurs armes;

Lorsque apparut soudain monsieur Duroc.

De nouveaux cris sont contre sa personne

Vociférés; mais, loin qu'il s'en étonne,

Menaces, cris, rien ne peut l'arrêter,

Lui qu'un seul mot de la bouche d'OEnone,

Qu'un seul regard pouvaient déconcerter (8).

« De vos écarts que faut-il que je pense?

« Dit-il, d'un ton où la sévérité

« Laissait parfois entrevoir l'indulgence;

« J'entends pousser des cris de liberté

« Et je ne vois qu'excès et violence!

« La liberté, vous l'avez dans la loi (9);

« Elle est pour vous aujourd'hui suspendue,

« Oui; mais demain, vu la bonté du roi,

« Vous pouvez tous en jouir comme moi;

« Attendez donc qu'elle vous soit rendue (10)!

« — *Bonté!* c'est juste, et l'édit en fait foi,

« S'écrie un d'eux armé d'une massue;

« Si haute elle est, que je la perds de vue :

« Que l'on nous juge, et nous nous soumettrons;

« Voici huit mois et plus que nous souffrons!

« La liberté, fallacieuse amorce,

« Plus que jamais est le prix de la force (11);

« Ouvrez la porte, ou nous la briserons! »

   Puis il s'élance en écumant de rage,

Et de Duroc, avec vivacité,

Saisit le bras. « Voici, dit-il, l'otage

« Et le garant de notre liberté! »

   Nymphe du Pinde, immortelle déesse!

Non, vous, plutôt, vallons éblouissants,

Voix du désert, vous, harpe enchanteresse

Qui d'Ossian animiez les accents,

De Claire ici dites-nous la détresse,

Quand de Luther les zélés partisans

Eurent saisi l'objet de sa tendresse (12)!

Tout éperdue, et les larmes aux yeux,

D'un pas rapide elle accourut vers eux :

« De la douleur, dit-elle, qui m'oppresse

« Soyez touchés, j'embrasse vos genoux;

« Ah! rendez-moi, rendez-moi mon époux! »

   En ce moment, précédé de la Châtre,

A tout braver comme lui résigné,

Dans le préau se montra Sévigné.

Du haut d'un chêne ainsi l'on voit s'abattre,

Comme un éclair, sur quelques passereaux
Longtemps entre eux acharnés à se battre,
Un épervier caché dans ses rameaux ;
Au même instant des soldats, qu'à Marsailles
Avaient conduits la Châtre et Catinat,
Du vieux donjon franchissaient les murailles.
Victorieux deux fois malgré Versailles,
De leur triomphe on dédaigna l'éclat.
Est-ce à la cour que l'on aime l'État?
Le peuple seul s'émut de la victoire (13) :
Mais conçoit-on que dans mon chevalier
Chaque soldat ait vu son officier
Et reconnu son compagnon de gloire !
« Veuillez, lui dit leur chef, nous commander ! »
La Châtre hésite et finit par céder.
Ah ! ce n'est plus un simple corps de garde
De tout pouvoir esclave malheureux ;
Non, ces guerriers, ces hommes valeureux
Sont tous couverts des lauriers de *Staffarde !*
      « Fuyez, leur dit la Châtre, éloignez-vous !
« N'espérez pas, à moins que d'être fous,
« Triompher ; non, vous n'êtes point de taille
« A résister. —Eh bien, qu'on nous mitraille (14) !
« Nous, fuir ! mais où? s'écrie avec transport
« Un insurgé ; nous, fuir ! quelle apparence !
« Nous sommes tous pour Luther et la France ;

« Tous nous voulons tolérance ou la mort! »

Un des soldats, du pouvoir idolâtre,

D'un coup de feu qui lui perce le cœur,

L'étend sans vie à deux pas de la Châtre.

« Traiter ainsi des Français, quelle horreur!

« Dit le marquis, est-ce là du courage?

« Doit-on ainsi verser le sang humain!

« Que de mes yeux on ôte ce sauvage;

« Un vrai soldat n'est point un assassin!

« — A bas l'Édit que le pays décide!

« S'écrie un d'eux d'un ton plus qu'indigné,

« L'homme de cœur de rien ne s'intimide,

« Chacun de nous à tout est résigné.

« Pour les vainqueurs on dresse une statue,

« Mais les vaincus, on les traque, on les tue (15);

« Si c'est ainsi, faites-nous fusiller,

« Mais point d'exil; non, point de Sibérie!

« Oh! nous verrons la mort sans sourciller

« Si nous mourons au sein de la patrie!

« — Vous le pouvez si vous êtes Français :

« Plus de Luther, abjurez! — Nous, jamais!

« Plutôt la mort que cette apostasie!

« — Je suis touché vivement de vos maux,

« Et je dis plus, mon âme en est saisie :

« Je n'y puis rien; rentrez dans vos cachots (16). »

La Châtre à peine eut proféré ces mots,

Qu'avec ardeur les gardiens s'élancèrent
Sur les vaincus ; et, dans un noir réduit
Où toujours règne une profonde nuit,
Les porte-clefs rudement les poussèrent (17).
Ainsi pour eux sont l'exil ou les fers ;
Mais eussent-ils, comme plus d'un sectaire,
Changé de culte ainsi que de bannière,
On les eût faits généraux, ducs ou pairs,
Ou bien admis dans quelque ministère.

De sa frayeur heureusement remis,
Duroc serrait, baisait les mains de Claire,
Lorsque Russel, en digne auxiliaire,
Accourt et vient en aide à ses amis.
Quel est l'Anglais qui, témoin d'une lutte
Qu'à *Charing-Cross* lui montre le hasard,
Où, poings fermés, on se boxe, on dispute,
Ne soit aussi tenté d'y prendre part ?
Plus vive elle est, plus son ardeur s'irrite,
Et brusquement *John Bull* s'y précipite.
Tel est un dogue, au naturel fougueux,
Qui, sur ses pas, voyant une cohue
De ses pareils s'attaquant dans la rue,
L'œil enflammé court se battre avec eux.

Un peu trop tard, et respirant à peine,
Le beau Breton se montra dans l'arène :
En le voyant de la sorte accourir,

On va penser qu'au bon ordre fidèle,

De nos soldats, épousant la querelle,

Il voulait vaincre avec eux ou mourir;

Cette pensée est assez naturelle,

Et toutefois on se serait trompé :

Russel était d'autres soins occupé.

Lorsque surgit un trouble populaire,

D'y figurer on nous dit : « Gardez-vous!

«—Mais nous souffrons!—N'importe! il faut se taire;

« Maintenir l'ordre est un devoir pour nous,

« Au pouvoir donc obéissance entière.

« — Eh! s'il a tort. — Lui! jamais; laissez faire! »

Mais les enfants de la fière Albion

Ont sur ce point une autre opinion.

   « O ciel! dit-il, que vois-je? quel carnage!

« Trois corps, dont deux tout sanglants et mordus,

« Sont à mes pieds sur la terre étendus!

« Serais-je donc dans un pays sauvage

« Où les devoirs et droits soient confondus (18)?

« Quoi! cette loi divine, universelle,

« Qu'avec raison l'on nomme naturelle,

« Que dans son cœur chacun porte en naissant,

« N'a donc sur vous qu'un effet impuissant!

« Si donc en France on a cette apathie,

« Quand au sénat un despote inhumain

« Ose venir sa cravache à la main,

« Où de vos droits sera la garantie ?

« L'autorité, qu'ici chacun de vous,

« Quoi qu'elle fasse, adore à deux genoux,

« Dans mon pays est, selon sa conduite,

« Publiquement applaudie ou maudite ;

« Loin d'y tenir sous d'infâmes verrous

« Les ennemis du parti fanatique,

« On rend hommage à leur zèle civique (19) ;

« Pour les louer, oui, mille et mille voix

« De toutes parts éclatent à la fois,

« Et leur triomphe a l'aspect d'une fête :

« Succombent-ils ! sensible à leur malheur,

« Tout bon Anglais s'émeut, s'en inquiète ;

« Le patriote en parle avec douleur,

« Le tory seul sourit de leur défaite.

« Que tout ceci fût à Londre arrivé ;

« A leur destin lié par l'infortune,

« Chacun de nous, dans la crise commune,

« Se fût, par eux, comme avec eux sauvé ;

« Heureux serait chacun près de sa belle,

« Vous, chez Ninon ; et moi, près d'Arabelle :

« En vous voyant, tout Loche applaudirait,

« Le bailli seul de rage frémirait.

« De ce donjon quand la porte est ouverte,

« Étourdiment vous la fermez sur vous !

« De votre part, oui, soit dit entre nous,

« C'est une école, et bien grande, oui, certe;

« *God'dam*, messieurs, vous êtes de grands fous ! »

   A ce discours, qu'il impute au délire,

Sans dire mot la Châtre se retire,

Quand Sévigné, songeant à sa prison,

Tout en marchant ne cessait de lui dire :

« Ma foi, marquis, notre Anglais a raison. »

NOTES DU SEPTIÈME TABLEAU.

(1)   *A Rome, aussi, l'a-t-on canonisé.*

Charlemagne, autant qu'un autre, a des titres au surnom de *Grand*, car il usurpa la moitié de la France sur son frère Carloman, qui mourut trop subitement pour ne pas laisser, disent les historiens, de justes soupçons d'une mort violente; il usurpa l'héritage de ses neveux et le royaume de Lombardie sur Didier, son beau-père. On connaît ses bâtards, ses bigamies, ses concubines; et, dans la guerre qu'il fit aux Saxons pendant trente-trois ans, l'humanité déplorera à jamais le nombre infini de victimes qui périrent dans le cours de cette guerre féroce, et par suite des massacres ordonnés par ce digne prédécesseur de Charles IX, pour les contraindre à professer le christianisme.

Il passa ensuite en Espagne pour combattre les Sarrasins; mais, n'ayant pu s'y maintenir, il fut dans sa retraite, comme, mille ans plus tard, le fut Buonaparte à Vittoria, battu à Roncevaux, où périrent le fameux Rolland et l'élite de son armée. Pour se consoler de cet échec, Charlemagne se fit couronner empereur à Rome le jour de Noël, par le pape, comme, à son exemple, le fut Buonaparte par Pie VII, en décembre 1804, dans l'église Notre-Dame de Paris. Voilà ses titres.

Passons à ceux qui lui ont mérité d'être inscrit dans la légende parmi les saints :

Il contraignit Witikind, roi des Saxons, à se faire baptiser; introduisit dans les églises le chant grégorien, et fit tenir le concile de Francfort; enfin, comme roi d'Italie, il fit donation au pape des États romains, appelés depuis le patrimoine de Saint-Pierre, dont, pour être qualifié tel, il faudrait que le saint apôtre en eût eu la possession, lui qui, au contraire, vécut sous Néron dans une honorable pauvreté et fut, comme tant d'autres, mis à mort par ordre de ce monstre.

(2)   *Un jeudi saint, convoqué les états.*

Louis, surnommé le *Débonnaire* et le *Pieux*, qui, à ce titre, eût
mérité, plus que son père, d'être mis au rang des saints, fut, chose
incroyable, déclaré déchu, non par les états, mais par une réunion de
prélats et de moines présidés par Ebbon, archevêque de Reims; « assemblée, a dit un historien, digne de l'horreur de tous les siècles. »
Dans le nombre des chefs d'accusation, on énonça celui d'avoir fait
marcher ses troupes un mercredi des cendres, et d'avoir convoqué les
états pour un jeudi saint. Si cette convocation eût eu pour objet d'a-
grandir le domaine du saint-père aux dépens de quelque principicule
italien, cette assemblée aurait été tout autre à son égard.

(Sur la conduite de ce prince et la cause de sa chute, voyez l'*Histoire de France*, par le père Daniel, tome I, p. 645.).

(3)   *Avaient fixé leur oisive retraite.*

C'était la chartreuse de Liget, située à l'est, auprès de la forêt, à peu
de distance de Beaulieu, et supprimée lors de la révolution. J'ignore
si elle a été rétablie; si elle ne l'a pas été, il est probable qu'elle le sera,
d'après la marche des événements qui se pressent sous nos yeux. C'est
ainsi qu'au signal donné par un télégraphe mystérieux, les ordres monastiques se reproduisent sur divers points de la France avec une audace qui
est un outrage au bon sens public. Ainsi les jésuites, qui, expulsés du
royaume, en 1619, après l'assassinat de Henri IV; chassés de nouveau,
en 1765, par un arrêt du parlement de Paris, ainsi que du Portugal,
de l'Espagne et de Naples, en 1767, et, finalement, supprimés par une
bulle du pape Clément XIV, viennent de se reproduire à Saint-Acheul,
à Toulouse, à Bosserville, près Nancy, à Tulle, à Boulogne, à Séez, à
Avignon et à Orléans. A leur exemple, on voit des bénédictins, des
lazaristes, des congrégations monastiques de tout genre et de tout sexe,
essayer, par leur présence, de renverser l'acte monumental du 15 février 1790 qui prononça leur suppression, *sans qu'il puisse*, dit cette
loi, *en être établi de semblables à l'avenir.*

Quand ce décret de la constituante a reçu la sanction du roi et de la nation, quel est ce vertige qui pousse aujourd'hui le gouvernement à fermer les yeux sur d'aussi choquantes innovations? Est-il donc vrai que la suppression des abus est, chez nous, une chose impossible?

Le travail est la sauvegarde des vertus sociales. La société tout entière repose sur le travail. L'homme oisif vit donc aux dépens des autres; c'est un vol qu'il fait à la société. L'homme laborieux n'a pas même le temps de songer au mal, quand l'homme oisif est sans cesse en butte aux tentations : saint Antoine dans le désert en est la preuve.

(4)   *Dont sont exempts leurs terres et châteaux.*

Lord Russel était dans l'erreur, car le clergé, dans une assemblée qui avait lieu tous les cinq ans, votait, à titre de *don gratuit,* une somme de 5 millions au profit de l'État ; mais, à vrai dire, elle était bien minime eu égard aux immenses propriétés dont il jouissait, et qui embrassaient le cinquième à peu près du territoire. Quelle reconnaissance lui devait la nation pour un don aussi généreux ! Que l'on permette au clergé d'exécuter ses projets, et il saura bien ressaisir cette portion de territoire dont, selon lui, des hommes *vomis de l'enfer, réunis en assemblée nationale,* l'ont indignement et arbitrairement dépouillé.

(5)   *Dès qu'il le voit il sent l'espoir renaître.*

Quand le cri général qui s'élève contre le régime des prisons atteste le besoin de réformer notre système pénitentiaire, que ne s'empresse-t-on de supprimer ces cellules impures dans lesquelles, en aggravant son supplice, on isole un condamné? Un procédé aussi tyrannique n'aurait rien d'extraordinaire si nous étions au temps où le pouvoir monacal précipitait dans un souterrain, appelé *vade in pace,* un individu suspect d'hérésie ; mais aujourdhui quelle nécessité d'user de ce moyen de répression contre un détenu, fût-il même coupable d'hérésie politique !

Si un prisonnier est insoumis, l'on peut, sans cet indigne moyen, dompter sa résistance. Or, c'est presque toujours l'arbitraire du régime

intérieur qui est la cause de cette insoumission, et des désordres qui en
sont la suite. Qu'à un traitement rigoureux on substitue une surveillance active, incessante, non exclusive toutefois des égards dus à
l'humanité, et l'on ne parlera plus de ce régime cellulaire, tombeau an-
ticipé qu'on dirait être imaginé par les furies, et dont s'est plainte
avec toute la chaleur d'une âme sensible la respectable sœur de Bar-
bès, en octobre 1841. Honneur à *M. Brétignières* (d'Indre-et-Loire)
pour le zèle avec lequel, en dénonçant les abus du régime suivi dans
les prisons, il conjure les chambres d'y remédier dans l'intérêt des
mœurs et de l'humanité! Dans le nombre des moyens qui doivent ame-
ner ce résultat, il conseille à l'administration de ne confier la surveillance des lieux destinés à recevoir des prisonniers qu'à des hommes
dignes de son choix; « car, ajoute-t-il, le pouvoir moral du directeur
d'une prison est inouï. »

(6) *Et regardait courir ces furieux.*

L'on a assez parlé du caractère flegmatique de nos voisins d'outre-
Manche; mais il y a loin de cette froideur apparente à la dureté. Dans
un Anglais, l'âme, au lieu de se répandre au dehors, se réfugie dans
le cœur: c'est l'observation de tous ceux qui ont vécu en Angleterre.
Ainsi Russel, malgré son extérieur froid et impassible, avait pour Arabelle une passion dont la vivacité ne s'explique que par l'extrême sensibilité de son cœur. Quelle est la femme qui ne préférât, dans son
amant, ce caractère à celui de notre nation?

(7) *De la réforme intrépides soutiens.*

Ces insurgés étaient des luthériens poursuivis pour s'obstiner à rester dans leur patrie après la révocation de l'édit de Nantes. Cet édit
fanatique, cause déplorable du massacre des religionnaires dans les
Cévennes, et qu'on attribue aux cauteleuses insinuations de la veuve
Scarron et du père de la Chaise, fut ruineux pour la France, en ce que
ceux qui purent échapper au sabre apostolique et au gibet transpor-
tèrent à l'étranger nos richesses industrielles. Aussi cette révocation,

digne pendant de la Saint-Barthélemy, a imprimé une tache ineffaçable
à la mémoire de celui qu'on a, comme Napoléon, décoré du nom de
Grand, lorsque les flots de sang qu'ils ont fait répandre leur eût, à
plus juste titre, mérité ceux d'insensés et de furieux.

(8)   *Qu'un seul regard pouvait déconcerter.*

Ce contraste de faiblesse et de fermeté s'explique par la différence
qui existe entre le courage martial et le courage civil. Ainsi Marius,
qui, à la tête des légions, montrait une rare intrépidité, était saisi de
crainte devant le peuple sur la place publique. Le maréchal de Luxembourg, au contraire, fut brave sur le champ de bataille et dans le
malheur. Accusé devant la *chambre ardente* d'avoir fait un pacte avec
le diable, afin de marier son fils avec la fille du ministre Louvois, qui
le haïssait, il répondit fièrement : « Quand Matthieu de Montmorency
épousa la veuve de Louis le Gros, il ne s'adressa point au diable, mais
aux états généraux, qui déclarèrent que pour acquérir au roi mineur
l'appui des Montmorency il fallait faire ce mariage. »

Il est bon de rappeler que cette chambre ardente, créée pour juger
les prévenus de sorcellerie, était présidée par le sieur de la Reynie. Un
jour, la duchesse de Bouillon lui ayant été amenée par suite d'une accusation de cette nature, ce président, qui était fort laid, car la beauté
n'est point l'attribut obligé de la présidence, lui demanda si elle avait
vu le diable. « Oui, répondit l'accusée, je le vois en ce moment; il
est fort laid, fort vilain et déguisé en président. » L'interrogatoire ne
fut pas poussé plus loin.

Ce drame ridicule eût moins étonné en 1611, quand, sur une accusation de magie, un sieur Gaufrédy, curé à Marseille, fut, par arrêt
du parlement d'Aix, condamné à être brûlé vif; ou lorsque, vingt-
trois ans plus tard, Urbain Grandier, curé et chanoine de Loudun,
accusé d'incantations à l'égard de quelques religieuses, fut, sur la déposition des démons Astaroth, Cédon et Asmodée, condamné, le 18
août 1654, à la même peine ; ce qui fut exécuté nonobstant la réponse
des docteurs de Sorbonne qui, consultés à ce sujet, répondirent que,
la possession fût-elle certaine, on ne devait point admettre, en justice,
la déposition du diable, attendu que, de sa nature, et selon saint Jean
(Év., VIII, 44), il est menteur et calomniateur.

(9)   *La liberté, vous l'avez dans la loi.*

Comment pouvait-il dire que la liberté était dans la loi, quand la nation était à cette époque divisée en deux classes : l'une de seigneurs, et l'autre de serfs ? Cela s'explique par sa position précaire. Nous n'avons plus aujourd'hui de seigneurs ni de vassaux, et toutefois on ne pourrait pas plus prétendre que la liberté soit dans la loi. Comment cela serait-il possible lorsque les quatre-vingt-dix centièmes de la nation sont exclus des collèges électoraux, lorsque, par suite de cette mesure quasi féodale, la distribution des emplois n'est plus, en réalité, qu'un marché politique ; lorsque par la conscription, maintenue sous le nom spécieux de recrutement, la classe pauvre est annuellement, quoique en temps de paix, mise en coupe réglée, tandis que la classe riche obtient par sa naissance ou sa fortune un brevet d'exemption ?

Quoique M. Duroc n'eût pas été témoin de l'arrestation des auteurs du trouble, il n'ignorait pas que l'un d'eux avait été soustrait au cours de la justice, lorsque ses complices prétendus avaient été l'objet exclusif de ses poursuites. C'est ce qui vient de se reproduire à nos yeux à l'égard d'un prétendant visionnaire qu'on eût mieux fait d'envoyer à Charenton qu'au château de Ham.

(10)   *Attendez donc qu'elle vous soit rendue.*

Attendez ! C'est le mot à l'aide duquel on abuse de la patience d'un détenu ; mais s'il est au secret, ce mot *attendez* est une cruelle dérision. Pour se faire une idée de cette torture morale, il faut lire l'ouvrage sur cette matière du respectable M. Bérenger. La loi veut que toute personne arrêtée soit interrogée au plus tard dans les vingt-quatre heures (art. 93, code inst.). Il faut bien cependant qu'il n'en soit pas toujours ainsi, puisque le 22 février 1857 les sieurs Perrodin et Brunat se sont plaints de sa violation à leur égard ; et que le sieur N... a été détenu huit mois à Sainte-Pélagie sans motif légitime, puisqu'il en sortit en vertu d'une ordonnance de non-lieu : mais quelle affreuse position fut la sienne, lorsque, rentrant chez lui, il trouva sa femme et sa fille qui, de désespoir, s'étaient suicidées ! (Jour... 25 janvier 1840.)

(11)   *La liberté, fallacieuse amorce,*
        Plus que jamais est le prix de la force.

C'est selon : la force, entre les mains d'un peuple opprimé, le conduit sans nul doute à la liberté. C'est ainsi que les Suisses en 1570, les Hollandais en 1579, les Anglo-Américains en 1775, et les Français en 1789, l'appelèrent à leur aide. Mais, à l'exception des Américains et des Suisses, aucun de ces peuples n'a pu ou su conserver sa conquête. Cela s'explique par la même cause, car si la force conduit un peuple à la liberté, elle l'en dépouille lorsqu'elle est à la disposition d'un fourbe adroit et rusé, tel que Périandre, tyran de Corinthe, ou d'un soldat ambitieux comme Buonaparte. Ainsi les droits qu'on a conquis s'évanouissent, et il ne reste d'une victoire si chèrement achetée qu'un souvenir glorieux sans doute, mais poignant et douloureux ; ce qui n'arriverait point si l'on prenait les précautions que les notions de l'histoire et l'expérience du cœur humain suggèrent en pareil cas.

(12)   *Eurent saisi l'objet de sa tendresse.*

J'aurais mieux aimé invoquer quelque muse, mais j'ai été retenu par la crainte d'encourir la censure du romantisme et de ses fidèles. Aussi me suis-je adressé, après toutefois quelques hésitations, aux divinités ossianiques, telles que la *voix du désert* et les *vallons éblouissants*, bien autrement influentes sur l'imagination par leur jeunesse, que ces muses surannées que le Tasse, Boileau, Voltaire, ont, ainsi qu'Homère et Hésiode, invoquées dans le cours de leurs chefs-d'œuvre poétiques.

(15)   *Le peuple seul s'émut de la victoire.*

Les mémoires du temps nous apprennent que le maréchal de Catinat, contrarié dans ses opérations militaires en Italie par le ministre de la guerre Barbezieux, et madame de Maintenon, qui le haïssait, n'en gagna pas moins, en 1693, la bataille de Marsailles, bataille qui lui fit d'autant plus d'honneur, que le prince Eugène y commandait les Impériaux : aussi le public se livra à des manifestations de joie d'autant plus vives, que la cour en était mécontente. Catinat avait, trois ans auparavant, gagné celle de Staffarde : le marquis de la Châtre avait, à la tête de son régiment, contribué au succès de cette journée, qui nous valut la conquête du Piémont, conquête qui, ainsi que beaucoup d'autres, n'a eu d'autre résultat que de faire couler inutilement le sang français.

Je dois dire que la circonstance d'avoir été reconnu par des soldats ayant servi sous ses ordres ne choque nullement la vraisemblance ; au reste, le lecteur peut y donner telle confiance qu'il voudra.

(14)   . . . . *Eh bien! qu'on nous mitraille!*

Voilà des hommes qui, au péril de leur vie, sont fidèles à leurs principes religieux. Il n'en fut pas ainsi de l'ancien évêque d'Hippone, qui, après avoir arboré le drapeau de *Manès*, en fut par la suite le plus implacable adversaire. Les sectes politiques n'offrent que trop d'exemples de cette palinodie. Rome nous en fournit un vraiment caractéristique dans la personne de Dellius-Quintus, qui passa du parti de Dolabella dans celui de Cassius, puis dans celui d'Antoine, enfin dans celui d'Octave : aussi fut-il appelé *le cheval de relais des guerres civiles.*

De nos jours, que de Dellius n'avons-nous pas vus qui sont passés du parti de la république à celui de l'empire, qui, ultra-radicaux sous la restauration, sont passés du carbonarisme à celui du juste-milieu; et qui, vrais chevaux de relais, n'ont cessé, depuis qu'ils sont au pouvoir, d'accabler de ruades ceux qu'ils traitaient de frères et amis!

(15)   *Mais, les vaincus, on les traque, on les tue.*

Dans les luttes de prince à peuple, c'est le vainqueur qui a toujours raison. « Quels sont vos complices? demanda le président de la commission militaire au général Mallet. — Toute la France, fut sa réponse, et vous-même, si j'avais réussi. » Grande fut la sensation de l'auditoire, et le président parut déconcerté. Le lendemain, comme on le conduisait à la plaine de Grenelle pour y être fusillé, voyant la foule accourir pour le voir, il s'écria d'une voix forte : « Citoyens, souvenez-vous du 25 octobre ! »

(16)   *Je n'y puis rien, rentrez dans vos cachots.*

A cette époque, une sommation aux insurgés de se séparer n'était point ordonnée par une loi, et néanmoins elle fut faite par le marquis de la Châtre. Cette mesure de sagesse et d'humanité de la part d'un colonel, grand seigneur, comme on disait alors, contraste péniblement avec la conduite d'un ex-préfet de l'Ariége qui, *sans sommation* et au mépris de la loi, a ordonné le feu sur une foule d'hommes et de femmes réunis pour s'opposer à une taxe arbitraire, et qui a causé la mort d'une vingtaine d'individus.

(17)   *Les porte-clefs rudement les poussèrent.*

Qu'est-ce que ces meules qui tournent sans cesse, et qui broient-elles? Fils d'Adam, ces meules sont les lois de ceux qui vous gouvernent ; et ce qu'elles broient, c'est vous. (*Paroles d'un croyant*, page 162.)

(18)   *Où les devoirs et droits soient confondus.*

Lorsqu'il s'agit de dissiper un mouvement improvisé pour repousser un état de choses qui lui fait préjudice, on peut, à l'exemple de notre marquis et à l'aide de sommations préalables, obtenir ce résultat sans recourir à l'indigne moyen de la force brutale.

Voici la réflexion d'un écrivain, juste appréciateur des perturbations politiques et des violences qui en sont l'odieux remède :

« Si des officiers et des soldats courent aux combats sur un ordre de leur maître, cela est dans l'ordre de la nature ; mais que, sans aucun examen, ils aillent assassiner de sang-froid un peuple sans défense, c'est ce qu'on n'oserait pas imaginer des furies de l'enfer. Ce tableau soulève tellement le cœur de ceux qui se pénètrent de ce qu'ils lisent, que, pour peu qu'on soit enclin à la tristesse, on est fâché d'être né, on est indigné d'être homme. » (Voltaire, *Conspiration contre les peuples dans la vallée du Piémont.*)

(19)   *On rend hommage à leur zèle civique.*

Dans l'émeute qui eut lieu à Londres en 1855, où un agent de police fut tué, le coupable du meurtre fut acquitté par le jury, sur le motif que c'était par suite de sa *légitime défense*. J'aime à croire que chez nous le verdict eût été le même ; c'est toutefois douteux malgré le soin scrupuleux avec lequel on compose le jury d'hommes *probes et libres.*

J'ai cité l'émeute de 1855 ; si je remonte plus haut, je trouve celle du 16 avril 1765, dont Grosley fut témoin, et qu'il raconte en ces termes :

« Les artisans investirent le palais de Wetsminster, où le parlement
« était assemblé. Le lord maire s'étant montré dans son carrosse de
« cérémonie, et commençant à haranguer le peuple, on cassa les glaces
« du carrosse, qui fut chargé de boue comme un tombereau ; celui du
« duc de Bedfort, ministre secrétaire d'Etat, fut en même temps cou-
« vert d'ordures, et les traits de l'attelage coupés. La chambre haute,
« redoutant de plus grands excès, manda les officiers civils de Londres :
« aux reproches qu'on leur fit sur leur négligence, ils répondirent
« *qu'ils ne connaissaient aucune loi qui défendît au peuple de s'as-*
« *sembler pour demander justice aux chefs de la nation sur des*
« *objets qui lui faisaient grief.*

« Le roi fit afficher une ordonnance ou proclamation pour interdire
« tout attroupement : le peuple rassemblé pour la lire riait en la lisant ;
« et s'il se dispersa (observe l'auteur de cette narration) ce fut moins
« par respect pour cette ordonnance, qu'à cause de la satisfaction qu'il
« éprouva de la retraite de lord Bute du ministère, et du rappel de
« William Pitt et de lord Temple. » (Grosley, tom. IV, p. 211.)

HUITIÈME TABLEAU.

Amour, Amour, si dans maint sacrifice
De nos parfums l'arome précieux
Pour toi jadis s'éleva jusqu'aux cieux,
Je t'en conjure, à mes vœux sois propice!
Ah! qu'ai-je dit? ce n'est qu'à ce moteur,
Conception anormale, emphatique,
Que l'écrivain, poëte ou prosateur,
Doit adresser sa prière érotique
Pour obtenir le don inspirateur :
Mais à l'Amour, être mythologique,
Offrir encor son encens poétique,
Cela répugne et sent le vieil auteur.

L'astre qui luit dans le vaste empirée
Avait déjà de la voûte éthérée
Dépassé l'axe, alors d'un rouge ardent
Se colorait, s'empourprait l'occident (1);

De toutes parts la plaine étincelante
Rivalisait d'éclat avec les cieux,
Et des couleurs les tons harmonieux
Offraient à l'œil d'une scène brillante,
D'un grand tableau l'ordonnance imposante.

   En ce moment, au sommet du donjon,
Où, comme on sait, logeait le beau Breton,
Avec milord Claire était remontée ;
Quoique plus calme, on lisait dans ses yeux,
Dans ses regards tristes et soucieux,
L'émotion qui l'avait tourmentée.

   « Vous aspirez à sortir de ces lieux ?
« Je le conçois et je l'approuve même ;
« Pour tout mortel, quoi de plus odieux
« Qu'une prison, et loin de ce qu'il aime !
« Quel eût été, milord, votre tourment,
« Si, dans les fers et séquestré du monde,
« Pendant dix ans, de cette salle immonde
« Vous eussiez dû souffrir l'isolement ?

   « — Souffrir dix ans une prison cruelle,
« Reprit Russel, est un supplice affreux (2) ;
« Mais exister sans voir mon Arabelle,
« Deux mois languir et vivre éloigné d'elle,
« Est un tourment presque aussi rigoureux !
« Serait-il vrai qu'en ce lieu lamentable,
« D'un sort cruel victime déplorable,

« Un prince ait vu finir ses tristes jours,

« Et que l'amour, touché de sa souffrance,

« De son Argus trompant la vigilance,

« Ait essayé d'en abréger le cours?

« De ces détails instruisez-moi, de grâce ;

« A vous entendre, oui, certes, je me plais ;

« Parlez, ils vont adoucir ma disgrâce,

« Rendre à mon cœur l'espérance et la paix.

« M'avez-vous cru l'esprit assez épais

« Pour ne pas voir, tout aussi bien qu'un autre,

« Le gracieux, l'élégance du vôtre?

« Quel charme auraient de Churchill les appas,

« Si le récit d'histoires attachantes

« Sortait parfois de ses lèvres charmantes :

« Que j'ai regret qu'elle ne conte pas! »

Du compliment si Claire fut flattée,

Elle n'en fut pas moins déconcertée ;

Tout autre aurait de son émotion

Apprécié la cause et la portée :

Milord n'y fit aucune attention ;

Uniquement curieux de l'entendre,

D'un air fort grave auprès d'elle il s'assit :

Claire sourit, et sans le faire attendre

S'assit de même et lui fit ce récit :

« Ainsi que moi, nul à Loches n'ignore,

« L'histoire même atteste qu'en ce lieu,

« Usurpateur des droits de son neveu,

« Fut enfermé Ludovic dit le *More* (3).

« A ce même angle, autrefois très-obscur,

« Où quatre anneaux sont scellés dans le mur,

« Là, dans ce coin, fut cette horrible cage,

« D'atrocité monument infernal,

« Et qu'un esprit dur, farouche et brutal

« A dû créer dans un accès de rage (4).

   « Ce fut, milord, au milieu de la nuit,

« Au sombre éclat des torches et des armes,

« Qu'environné d'archers et de gendarmes

« En cette tour Ludovic fut conduit.

« Qu'en tout pays, n'importe, l'on arrête

« Un malheureux pour un faible larcin,

« Nul pour le voir ne détourne la tête;

« Mais, comme Sforce, a-t-il de son cousin

« Ou d'un neveu dérobé la couronne (5),

« Sur son passage on se presse, l'on court,

« De curieux un essaim l'environne;

« Ainsi la foule accourut vers la tour.

   « De sa prison l'humiliant outrage,

« Tel qu'un charbon couvert mais non éteint,

« Le consumait, enflammait son visage

« Et colorait l'olive de son teint.

   « Du cachot Sforce à peine eut vu la porte :

« Quoi! c'est ici, dit-il en frémissant

« Et regardant le chef de son escorte,

« Que votre roi, nommé *le Bienfaisant*,

« Quand il usurpe et retient ma couronne,

« Veut dans les fers retenir ma personne! »

 « Or, du château dont cette même tour

« Est une antique et triste dépendance,

« Pour gouverneur, le roi, par ordonnance,

« Avait nommé le sire Baudricour (6).

« Cet officier, d'un cœur sec et farouche,

« S'était voué sans réserve au pouvoir

« Et ne cédait jamais qu'à son devoir;

« Ce mot toujours s'échappait de sa bouche (7) :

« Mais, si sévère était le gouverneur,

« Sa fille Ogine était sensible et bonne :

« Chacun aussi chérissait sa personne;

« Et quand son père, en zélé serviteur,

« Voyait dans Sforce un homme sans honneur,

« Il en était tout autrement d'Ogine :

« Dans ce captif d'une noble origine (8)

« Elle voyait un prince infortuné

« Incessamment à gémir destiné.

 « C'est là, milord, dans une cage infâme,

« Qu'enseveli, le désespoir dans l'âme,

« Le Milanais, las d'accuser le sort,

« Las de souffrir, n'avait qu'un vœu : la mort.

« Viens ! disait-il d'une voix gémissante,

« Sois-moi propice! Ah! de mes tristes jours,

« Mort, viens couper la trame languissante :

« Oui, hâte-toi, j'implore ton secours!

    « De Ludovic quand l'âme est déchirée,

« La tendre Ogine, à l'écart retirée,

« Des importuns évitant les regards,

« Avait recours au charme des beaux-arts ;

« Dans sa douleur, ingénieuse amante,

« Du Milanais son pinceau créateur

« Reproduisait la figure imposante

« Et ses cheveux blanchis par le malheur.

    « Pour adoucir l'horreur de sa misère,

« Elle s'était aux genoux de son père

« Vingt fois jetée; et son père, vingt fois,

« Avait fermé son oreille à sa voix.

    — « Non, je ne puis; mais c'est inconcevable!

« Ignores-tu, s'écriait Baudricour,

« Qu'à tous les yeux la tache ineffaçable

« D'usurpateur l'a rendu méprisable?

« Et sans revoir la lumière du jour

« Il doit mourir : c'est l'ordre de la cour.

« C'est un principe anodin, confortable,

« Qu'en politique on soit *impitoyable* (9),

« Et qu'en public un docte *Giaour*,

« Nouvellement arrivé du Caucase,

« A proclamé dans un moment d'extase.

« Que Sforce donc renonce à tout espoir ;

« N'en parlons plus, je ferai mon devoir. »

« De sa nature on dit l'amour tenace :

« Qu'on lui refuse aujourd'hui quelque grâce,

« On l'éconduit, on le rebute en vain,

« A votre porte il reviendra demain.

« Pour Ludovic, chaque jour plus sensible,

« Ogine obtint, après de vains efforts,

« De le tirer de cette *cage horrible.*

« De Baudricour, de ce cœur inflexible,

« Qui peut avoir assoupli les ressorts ?

« Sa fille seule, oui, seule était capable

« De triompher de ce cœur indomptable.

« Peut-on plus loin pousser la cruauté !

« Le malheureux, tel qu'un monstre féroce,

« Banal objet de curiosité,

« Sans cesse était dans l'immobilité ;

« Depuis quatre ans, de ce supplice atroce

« Il endurait, souffrait l'indignité :

« Mais si toujours dans une nuit obscure

« Il est plongé, s'il languit sans espoir

« De voir jamais sourire la nature

« Et se parer de fleurs et de verdure,

« Du moins il peut agir et se mouvoir.

« Quoi ! disait-il, n'est-ce point une feinte ?

« Quel dieu propice a fléchi mes bourreaux ?

« C'est un bonheur, dans l'excès de mes maux,

« D'errer, d'agir en cette sombre enceinte !

  « Ogine alors, le cœur tout transporté,

« Tout palpitant de joie et d'espérance,

« Voyait déjà le prince en liberté,

« Et cet espoir lui souriait d'avance.

« Peut-être aussi d'un meilleur avenir

« Entretenant l'illusion flatteuse,

« Elle voyait ses maux près de finir,

« Et par les nœuds d'une chaîne amoureuse

« La main de Sforce à la sienne s'unir.

  « Or, un vieillard d'une rare prudence,

« Qui, maintes fois, avait dans son printemps,

« Simple soldat, par des faits éclatants,

« Fait, sous Dunois, admirer sa vaillance,

« Ce vieux héros de notre belle France,

« Avait reçu du sire Baudricour

« L'ordre précis de surveiller la tour.

  « Quoique d'un bras il eût perdu l'usage,

« Et que son front fût privé de cheveux,

« Il était vert, diligent et nerveux,

« Sa vigilance égalait son courage ;

« Sa tâche était de visiter, la nuit,

« Du prisonnier le triste et noir réduit (10).

« Les premiers jours de sa ronde nocturne,

« Le surveillant, l'air morne, taciturne,

« A la lueur d'un flambeau résineux,

« Portait sur tout ses regards soupçonneux :

« Du gouverneur c'était l'ordre sévère ;

« De lui parler si le duc témoignait

« Quelque désir, l'inquisiteur austère

« Sans lui répondre aussitôt s'éloignait.

   « Avec le temps, tout décline, tout baisse ;

« Avec le temps, un cœur dur s'attendrit ;

« L'homme puissant n'a point cette faiblesse (11).

« Ainsi mon vieux, dépouillant sa rudesse,

« Devant le duc un jour se découvrit,

« Et, cette fois, sa bouche enfin s'ouvrit.

   « — Prince, dit-il, votre sort, s'il est rude,

« Va s'adoucir, j'en ai la certitude ;

« Du gouverneur craignez moins le courroux :

« J'ai vu sa fille intercéder pour vous.

   « L'astre du jour, effleurant l'écliptique,

« Avait atteint la limite du Nord,

« Et, du Cancer enflammant le tropique,

« Vers le Midi reprenait son essor.

« En ce moment, de deux femmes suivies,

« Résolûment la tendre Baudricour

« Voulut, au risque, au péril de sa vie,

« Arracher Sforce à cet affreux séjour.

   « Pour rendre au duc ce périlleux office,

« D'un ordre faux.... que n'ose point l'amour !

« Il faut toujours qu'il triomphe, ou périsse,

« Ogine ainsi fut admise à la tour.

« Elle venait d'en franchir la barrière

« Précisément lorsque l'astre du jour

« A l'horizon concentrait sa lumière ;

« Un noir nuage obscurcissait les airs ;

« Dans le lointain la foudre murmurante,

« Que devançaient de sinistres éclairs,

« Semait au loin la crainte et l'épouvante.

« Le ciel, d'Ogine exauce enfin les vœux ;

« Il va, dit-elle, il va briser vos chaînes

« Puisqu'il permet qu'elle s'offre à vos yeux.

« Prince, partez, rentrez dans vos domaines,

« Éloignez-vous sans retard de ces lieux !

« Ogine alors, de ses mains diligentes,

« Déshabilla l'une de ses suivantes,

« Quand, au dehors, l'autre, sur le palier,

« Avec adresse amusait le geôlier ;

« De vêtements soudain faisant l'échange,

« En un clin d'œil le duc se travestit,

« Et la suivante en homme se vêtit.

« Cela n'a rien, je l'avoûrai, d'étrange (12) ;

« Mais le prodige... et c'en est un, milord,

« C'est que le prince eût avec la suivante

« Un étonnant et merveilleux rapport :

« Elle en avait les traits, l'air et le port.

« La ressemblance entre eux était frappante ;

« Les cheveux seuls, vivement contrastés,

« Chez le faux prince étaient d'un noir d'ébène

« Quand Ludovic les avait argentés :

« Le cas prévu, l'on y pourvut sans peine.

    « L'on dit qu'un jour cette conformité

« Ayant fixé l'attention d'Ogine,...

« Incontinent son plan fut arrêté ;

« A son service elle retint Aline.

    « —Fiez-vous, prince, à ce temps orageux ;

« A vos destins bien loin d'être contraire,

« Évidemment il ne peut que soustraire

« Et dérober vos pas à tous les yeux.

« Longtemps avant qu'on ait su votre fuite

« Et que nos gens soient à votre poursuite,

« Vous serez loin de ces funestes lieux,

« De cette tour, de ces murs odieux ;

« Laissons Aline, et fuyez au plus vite.

    « Au bord de l'Indre on va guider vos pas ;

« Là, des chevaux, des habits vous attendent ;

« Tout est prévu pour gagner vos États :

« Vous les verrez, prince, n'en doutez pas,

« Si toutefois les dieux ne le défendent.

« Jusqu'à Milan mon cœur eût souhaité...

« Qu'ai-je dit ! non, c'est un point arrêté,

« Non je ne puis m'éloigner de mon père :

« L'honneur m'en fait un devoir rigoureux,

« Et bien qu'il soit pour moi très-dangereux

« De m'exposer à sa juste colère,

« Je ne le puis. — Eh quoi! vous me quittez,

« C'est l'intérêt qu'ainsi vous me portez?

« Dût votre roi consommer ma ruine,

« Dût-il, vivant, m'enterrer de nouveau

« Dans cette cage, image du tombeau,

« Non, Ludovic ne part point sans Ogine!

    « — Que dites-vous? Que je parte, grand Dieu !

« Ah! je ne puis m'éloigner de ce lieu,

« Je ne le puis! — Dans ce dessein funeste

« Persistez-vous? Je ne vous presse plus :

« D'Ogine alors les soins sont superflus ;

« Je veux mourir en ces lieux, et j'y reste.

    « — Vous l'exigez? Ogine donc vous suit ;

« Prince, partons ! » Soudain, d'un pied timide,

« Gagnant du mont la descente rapide,

« Au bord de l'Indre Ogine le conduit.

    « Cette soirée, encor bien qu'orageuse,

« A Ludovic parut délicieuse :

« L'arome exquis qu'exhalent dans les airs

« L'émail des prés, les fleurs de toute espèce,

« L'effet piquant des ombres, des éclairs,

« La voix d'Ogine et sa main qu'il caresse,

« Joint au bonheur d'échapper à ses fers;

« Jetaient ses sens dans la plus douce ivresse (13).

 « A la voiture on arrive, et soudain

« Son conducteur, sur la route fangeuse,

« Se dirigeant d'un pas lent, incertain,

« Avec grand'peine atteignait la chartreuse

« Qu'on aperçoit là-bas dans le lointain.

 « Dans une ferme auprès du monastère

« On descendit ; et lorsque avec bonté,

« Avec simplesse et cordialité,

« D'attentions et de soins la fermière

« Comblait Ogine ; on dit qu'en ce moment,

« Seul, à l'écart, dans un coin solitaire,

« Le duc quittait son travestissement.

 « Bientôt le prince, Ogine et la suivante,

« Que le danger du plus petit retard,

« Non sans raison, pénétrait d'épouvante,

« Prirent congé de l'hôtesse obligeante,

« Et prudemment hâtèrent leur départ.

 « Du saint manoir qu'habite le silence

« Comme ils longeaient les murs religieux,

« On vit l'orage, au front séditieux,

« De l'horizon fondre avec violence :

« Un voile sombre interceptait les cieux ;

« En longs sillons la vapeur sulfurique

« Étincelait dans la nue électrique ;

« Lorsque les vents et la grêle en fureur

« Engloutissaient l'espoir du laboureur.

   « Aux coups pressés, aux éclats du tonnerre,

« Qu'accompagnaient de fréquents roulements,

« L'hôte des bois, tapi dans sa tanière,

« Répondait seul par des mugissements ;

« Et cependant du manoir solitaire

« L'on agitait la cloche mortifère.

« On sait qu'alors en tout pays chrétien,

« Pour conjurer un imminent orage,

« Par un abus digne du moyen âge,

« Qu'on suit encor parce qu'il est ancien,

« Partout la cloche, à la ville, au village,

« Faisait ouïr son timbre aérien (14).

   « A la faveur d'un éclair qui scintille,

« Du porche Ogine a découvert la grille.

« Elle s'élance et frappe ; le portier,

« Au doux accent d'une voix féminine,

« Les introduit soudain dans le moutier ;

« Puis vers l'église ensemble on s'achemine.

   « Devant l'autel faiblement éclairé,

« Chaque reclus, incliné vers la terre,

« L'œil presque éteint, le front décoloré,

« Du rituel récitait la prière.

   « A cet aspect, le prince, édifié,

« Jetant les yeux sur chaque cénobite,

« Fut un instant muet, pétrifié :

« Ici, dit-il, ici la paix habite ;

« Ce n'est qu'ici qu'on a de doux moments :

« Il n'est dehors que chagrins et tourments.

« Ah ! si j'aspire encore au diadème,

« C'est pour Ogine et non plus pour moi-même ;

« Sans elle, donc, le plus doux de mes vœux

« Serait de vivre et mourir en ces lieux ! »

   « D'Ogine alors, qui garde le silence,

« Il prend la main et vers l'autel s'avance,

« En s'écriant : « Ministres révérés,

« De la loi sainte interprètes sacrés,

« De mes serments, de la foi que je jure,

« Soyez témoins ! Si mon cœur fut parjure,

« D'ambition si, longtemps dévoré,

« Mon cœur, hélas ! fut souillé d'imposture,

« Grâce au malheur, mon cœur s'est épuré (15) !

« Devant ce Dieu qui jugera mon âme,

« Oui, Ludovic prend Ogine pour femme :

« Je fais serment de me vouer toujours

« Et sans relâche au bonheur de ses jours ! »

   « De sa stupeur à peine revenue,

« Ogine alors dit d'une voix émue :

   « Hommes pieux, je transmets devant vous

« A Ludovic sur moi, sur tout mon être,

« Les droits sacrés d'un protecteur, d'un maître,

« Et je l'accepte à mon tour pour époux. »

« Lors, se frayant une funeste route,

« Du temple saint ayant percé la voûte,

« La foudre éclate, atteint d'un trait mortel,

« Renverse Ogine en face de l'autel.

« Vous frissonnez ? comme vous je frisonne ;

« L'aimable Ogine, hélas ! était si bonne !

« Et quand je suis au tragique récit

« De cette mort, la douleur me saisit,

« Mon cœur palpite et mon trouble est extrême.

« — Il est touchant de sensibilité,

« Dit lord Russel, c'est une vérité,

« Et sur mon cœur son effet est le même.

« — Pour compléter ce récit déchirant

« Et douloureux, dit Claire en soupirant,

« Son père, aidé d'une nombreuse escorte,

« Malgré l'orage et l'horreur de la nuit,

« Par les éclairs et son *devoir* conduit,

« Du monastère envahissait la porte ;

« Il entre et voit... Sur ce triste tableau,

« Ah ! je devrais étendre le rideau ;

« Et sans frémir il en soutint la vue !

« Il voit sa fille et la voit étendue...

« Contre l'autel Ludovic appuyé

« Du sentiment avait perdu l'usage,

« Et de ses mains se couvrant le visage,

« Du même coup paraissait foudroyé ;

« Derrière lui, prosterné vers la terre,

« Croyant encore entendre le tonnerre,

« Chaque reclus en silence adorait

« De l'Éternel le lamentable arrêt.

   « A ce tableau d'un effet si terrible,

« Le gouverneur parut froid, impassible.

   « Archers ! dit-il, nous le tenons enfin !

« Du drame affreux dont nous touchons la fin,

« Voici l'acteur ; saisissez sa personne,

« Vous hésitez ! faites ce que j'ordonne,

« Et dans la tour ramenez-le soudain !

« Je dois remplir un triste ministère,

« Et ma présence est ici nécessaire.

« Ma fille Ogine était mon seul espoir ;

« Elle est perdue à jamais pour son père ;

« C'est un malheur : mais *j'ai fait mon devoir* (16).

   « — Je suis ému d'une fin si cruelle,

« Dit lord Russel d'un ton sentencieux ;

« Que deviendrais-je, hélas ! si, sous mes yeux,

« La foudre, un jour, me privait d'Arabelle ! »

NOTES DU HUITIÈME TABLEAU.

(1)   *Se colorait, s'empourprait l'occident.*

J'ai recours à cette métaphore pour dire qu'il était trois heures après midi, ce qui serait peu poétique : Adam, pour engager l'ange Raphaël à commencer son récit, use de la même figure. « Le jour, dit-il, est encore dans toute sa force; le soleil commence à peine l'autre moitié de la grande zone du ciel. » (Milton, liv. 5, trad. de Dupré Saint-Maur.)

(2)   *Reprit Russel, est un supplice affreux.*

Que dirait-il aujourd'hui si, dans ce prétendu siècle de lumières et de philanthropie, il eût vu des malheureux qui, condamnés par des juges austro-italiens, ont été graciés par la clémence impériale après avoir gémi quinze ans dans les cachots, quand tout leur crime était d'avoir écrit dans une feuille périodique en faveur des principes constitutifs d'une juste liberté, principes que les coureurs d'emplois qualifient d'*utopie ;* car c'est ainsi qu'ils appellent tout ce qui contrarie leurs intérêts.

(5) ·   *Fut enfermé Ludovic dit le More.*

Ludovic Sforce, *dit le More,* à cause de son teint basané, s'était, à l'aide d'un parti qui lui était secrètement dévoué, emparé de Milan au préjudice des droits qu'avait Louis XII sur cette principauté, du chef de Valentine Visconti, veuve de Louis de France, duc d'Or-

léans, assassiné en 1407, rue Barbette, à Paris, par un sicaire de Jean-
sans-Peur, duc de Bourgogne ; cette conduite de Sforce à l'égard des
troupes françaises qu'il en avait expulsées força le roi à recourir une
seconde fois aux armes. Voici comme s'exprime Mézeray à ce sujet :

« Louis de la Trémouille joignit Ludovic près de Novarre ; les
« Suisses que celui-ci avait dans ses troupes, étant gagnés par ceux de
« l'armée française, refusèrent d'en venir au combat et se retirèrent
« dans Novarre, où il fut contraint de les suivre : mais le lendemain,
« 8 avril, étant déguisé en soldat, au dire de Brandlacht, auteur alle-
« mand, il fut, par la perfidie d'un Suisse nommé Gaspard Silen et de
« quelques autres, livré au général français, qui le fit conduire à Lyon
« où était alors le roi. Le monarque ne voulut point le voir et com-
« manda qu'on le descendît dans un cachot. L'on raconte, chose mer-
« veilleuse, que ce misérable, se voyant privé de lumière et se ressou-
« venant à quel point il avait offensé le roi, fut saisi d'une si forte
« appréhension de la mort, que la nuit même son poil, qui était fort
« noir, devint tout blanc, de sorte que, le matin, ses gardes le mécon-
« nurent et s'imaginèrent d'abord que c'était un autre homme. De
« Lyon on l'introduisit au château de Loches, où il fut très-étroitement
« enfermé dans une cage de fer, et y demeura jusqu'à sa mort, qui n'ar-
« riva que dix ans après, en 1500. »

Ce changement subit de couleur par suite d'une vive et douloureuse
émotion n'est point sans exemple : on lit dans les Mémoires de M. de
Laporte, premier valet de chambre de Louis XIV, page 191, que le
comte d'Achon, jeté imberbe dans un des cachots de la Bastille, par
ordre du *cardinal de Richelieu*, où il n'avait d'autre lumière que
celle d'une lampe, en sortit sept ans après avec les cheveux blancs :
c'est ce cardinal-ministre qui, non content de persécuter les reines
Marie de Médicis et Anne d'Autriche, fit périr sur l'échafaud Urbain
Grandier, d'Effiat, marquis de Cinq-Mars, et François de Thou, conseiller d'État, non dans l'intérêt du roi, mais pour satisfaire ses res-
sentiments personnels ; tels sont les actes, sans compter les autres, qui
ont provoqué la violente sortie que voici : « C'est à toi que tant de
femmes veuves demandent leurs maris, tant de maris *la chasteté de
leurs femmes*, tant de pères leurs enfants, tant d'orphelins leurs pères
et mères criant vengeance à Dieu contre toi et les tiens. » (Hist. de
Régnier de la Planche.)

(4)   *A dû créer dans un accès de rage.*

Il ne suffit point à quelques hommes puissants d'une prison pour y jeter ceux qui leur déplaisent, il leur faut encore des bastilles et des cachots ; et cependant, disait un seigneur espagnol à Cervantes, dans une conversation sur ce point, les princes ainsi que leurs ministres sont humains, bienfaisants et l'objet de l'admiration publique. « Oui, répondit celui-ci, tels sont Philippe, notre souverain, et son ministre le duc de Lerme, je ne le conteste point ; aussi vous me permettrez d'admirer leurs admirateurs. »

(5)   *Ou d'un neveu dérobé la couronne.*

Un usurpateur peut être jeté dans une cage de fer, lorsqu'il est vaincu et prisonnier comme Ludovic, mais il n'en est pas ainsi lorsque, par force ou par adresse, il parvient à conserver sa position ; aussi, tant qu'il sera sur le trône, les panégyristes ne lui manqueront point. Telle fut notamment la conduite de Waller, poëte anglais, qui loua indistinctement tous les princes sous lesquels il vécut : Jacques Ier, Charles Ier, Cromwell, Charles II et Jacques II, parce que, selon lui,

The monarch who reigns is always the greatest.

Le monarque qui règne est toujours le plus grand.

(6)   *Avait nommé le sire Baudricour.*

Il était fils de Robert de Baudricour qui, en 1429, mena à Tours Jeanne d'Arc qu'il présenta au roi ; il était de la même famille que Jean de Beaudricour, maréchal de France, gouverneur de la Bourgogne, et qui contribua beaucoup à la victoire de Saint-Aubin-du-Cormier, en 1488, où le duc d'Orléans, depuis Louis XII, fut vaincu et fait prisonnier.

(7)   *Ce mot toujours s'échappait de sa bouche.*

C'était le refrain auquel il avait recours pour repousser les prières de sa fille, auxquelles il pouvait en partie condescendre sans se compromettre. Ce mot servait de palliatif à son refus, moyen quelque peu adroit pour se tirer d'embarras. L'homme politique n'agit pas autrement : aussi s'efforce-t-il, à l'aide d'une formule inscrite sur quelques monuments publics, de séduire la multitude, formule qui a été modifiée à chaque phase de notre révolution. Ainsi, *Liberté, Egalité*, était celle de 1789 ; *Honneur et Patrie*, celle de l'empire, et *Liberté, Ordre public*, celle du régime du 7 août ; ce qui, selon la remarque d'un homme d'esprit, a toujours été pour nous une demi-déception, n'ayant eu, en réalité, que la moitié de ce qui nous avait été promis : la liberté en 89, l'honneur sous l'empire, et maintenant l'ordre public sans liberté ; mais quand on ne peut avoir le tout, une moitié est quelque chose, au dire des conservateurs. Sans doute, mais c'est quelque chose aussi de violer sa promesse.

(8)   *Dans ce captif d'une noble origine.*

Ludovic était petit-fils de François Sforce, qui, de simple soldat devenu général, profita, comme Buonaparte, de sa position, pour se faire duc et souverain de Milan. Si son origine n'était point noble dans le sens qu'on attache à ce mot, elle est illustre parce que, à part la coupable usurpation de son aïeul, cette origine tient à une cause qui est en honneur chez toutes les nations, le courage militaire et les services rendus à la patrie. Tels ont été, sous la république et l'empire, nos généraux, qui, sortis de la classe du peuple, ont acquis une glorieuse renommée. Si, comme Murat et Bernadotte, ils n'ont point fait rayonner sur leur front une couronne, on ne peut leur reprocher d'avoir été hostiles à leur pays.

(9)   *Qu'en politique on soit impitoyable.*

Le comte de Baudricour ne se doutait point que ce principe serait, quatre siècles plus tard, la base d'un système gouvernemental, système emprunté au terrorisme, lequel a perdu la république, et qu'on appelle *intimidation*, pour ne pas être accusé de plagiat. Aussi n'est-ce que trois ans après la condamnation prononcée contre les prévenus de la conspiration du 5 avril 1834, que, pour ouvrir les portes du château de Ham sans blesser la susceptibilité nationale, on a compris qu'il fallait s'y introduire par l'ouverture de celles de Doullens, de Clairvaux et de Saint-Michel ; ingénieuse combinaison ! Ainsi, une amnistie a été prononcée, les contumaces toutefois exceptés, quoiqu'il fût aussi juste de l'étendre à ces derniers ; car l'éloignement forcé du foyer domestique et de son pays n'est pas moins pénible et douloureux.

Par cette exception catégorique, qui n'a cessé qu'en 1840, le gouvernement s'est montré au-dessous de Richard II, qui, en 1581, apaisa une grave insurrection qu'avait excitée à Londres une taxe personnelle aussi injuste que vexatoire ; et Richard accorda, non une quasi-amnistie, mais une amnistie sans exception, quoique la reine sa mère, à son retour de Cantorbéry, où elle était allée en pèlerinage, eût été insultée et contrainte par la plupart, pour faire cesser toute distinction de rangs et de personnes, à *subir leurs baisers. In order to shew their purpose of destroying all rank and distinction, forced kisses from her.* (Histoire d'Angleterre.)

(10)   *Sa tâche était de visiter, la nuit,*
         Du prisonnier le triste et noir réduit.

Que de braves ont existé et existent sans doute encore, qui sont ainsi récompensés de leurs blessures, tandis que d'autres individus étaient comblés de faveurs et pensionnés sans autre titre ni mérite que d'avoir figuré à l'Œil-de-bœuf. Voici deux exemples de cette anomalie.

On a connu ce *livre rouge* dont, sous Louis XV, le public fut généralement indigné, et où le duc de Pol... était inscrit pour 12,000 livres à raison de ses services ; lesquels ? on ne l'a jamais su ; tandis qu'un sieur Haller, blessé dans plusieurs affaires en Allemagne, n'y était porté que pour 44 livres 10 sous.

On ne fut pas moins scandalisé d'y trouver qu'en décembre 1771, la

---

duchesse de Valentinois eût été gratifiée d'une pension de *quinze mille livres* pour avoir donné un bal à madame du Barri. Aujourd'hui nous n'avons point de courtisanes, mais les courtisans, comme les sauterelles d'Égypte, nous arrivent de tous les points de la France; ce contraste de prodigalité et de parcimonie s'explique par la qualité des personnages qui en sont l'objet. Nous en avons une preuve récente dans la pension viagère de *cent mille francs* accordée à la ci-devant reine Hortense Buonaparte, et dont les chambres ont grevé la nation pour acquitter une dette qui lui est étrangère.

(11)   *Avec le temps, un cœur dur s'attendrit ;*
         L'homme puissant n'a point cette faiblesse.

Il faut que partout cela soit ainsi ; car un iman disait à un voyageur italien du siècle dernier : « La volonté de nos sultans est irrévocable, à moins que le cri des janissaires, ou que les insinuations secrètes des *ulémas* et du *grand mufti* ne les obligent à se rétracter. »

(12)   *Cela n'a rien, je l'avoûrai, d'étrange.*

Claire devait avoir eu connaissance de l'évasion du célèbre Grotius qui, haï du prince d'Orange pour son attachement à l'illustre Barneveldt, se sauva sous les vêtements de la dame Rigerberg, son épouse, le 6 juin 1619, du château de Louvenstein, où il était détenu, trois mois après l'exécution de son regrettable et vertueux ami. Postérieurement, lord Nitisdhale, impliqué dans la conspiration qui éclata en Écosse en faveur du prétendant, et condamné à mort le 10 janvier 1716 par la chambre des communes, s'échappa de Tower-Hill, déguisé en femme, *in woman's apparel*, la veille du jour fixé pour son exécution ; et de nos jours, on a vu le comte de Lavalette se sauver, sous les vêtements de sa respectable et digne épouse, de la Conciergerie, d'où il devait être conduit à l'échafaud.

(13)   *Jetaient ses sens dans la plus douce ivresse.*

Si le riant aspect de la campagne cause une sensation aussi douce qu'agréable à ceux qui la visitent, cet aspect a un effet bien plus puissant sur ceux qui en jouissent après une longue captivité. Je me souviens d'avoir lu dans les *Mémoires de madame de Stahl,* qu'il ne faut point confondre avec la fille de M. Necker, qu'un prisonnier, à sa sortie du château de Ham, racontait qu'au nombre de ses jouissances était celle de sentir sous ses pieds et de fouler le gazon.

(14)   *Faisait ouïr son timbre aérien.*

Nos ancêtres, que l'ignorance du rapport entre les causes physiques et leurs effets avait rendus superstitieux, étaient persuadés que le son de cloches des églises dissipait les orages ; aussi, dès qu'on entendait le tonnerre gronder, on se hâtait de les mettre en mouvement. Ce n'est qu'à la fréquence des désastres dus à cette coutume superstitieuse que, du moins dans nos villes, on en a reconnu l'abus. Il est même à souhaiter que ce bruit journalier de cloches, ainsi que la bruyante batterie de tambours qui donne à nos centrales et paisibles cités l'aspect de citadelles et places fortes, soient enfin supprimés ; c'était, du moins à l'égard des cloches, le vœu exprimé par le sieur Thiers, bachelier de Sorbonne, mort en 1705, et depuis par une foule d'autres personnes distinguées.

Où est en effet la nécessité de ce bruit étourdissant pour se rendre à l'office divin ou à la caserne quand les heures en sont connues? A-t-on recours à ce moyen pour avertir les corporations législatives, judiciaires ou académiques de se trouver à leurs postes respectifs? Ainsi donc les temples n'en seraient pas moins fréquentés, le soldat moins exact à son appel, et le public ne serait plus exposé aux émotions nerveuses qu'il éprouve journellement, ainsi qu'aux moindres cérémonies du culte, telle que le *baptême d'une cloche,* cérémonie que l'on croirait instituée par un anabaptiste en dérision du sacrement. Entraîné sans doute par un motif de prédilection aisé à pénétrer, un ci-devant curé de Saint-Roch, à Paris, jugeant que le diapason de la sonnerie de

ses bourdons, tel que l'avait restreint Buonaparte pour ne pas être
assourdi, n'était point en rapport avec l'éclat de sa royale église, s'a-
dressa en 1858 au conseil municipal pour être autorisé à renforcer la
charpente du clocher à l'effet de supporter les grosses et nouvelles
cloches achetées par la fabrique; le conseil, dans l'intérêt public, refusa
son autorisation, mais les gros bourdons n'en ont pas moins pris la
place des petits. Ainsi la colombe cléricale a eu, comme toujours, le
dessus sur le coq gaulois.

(15)   *Grâce au malheur, mon cœur s'est épuré.*

Ce changement dans Ludovic est la conséquence des épreuves pé-
nibles auxquelles il fut soumis dans le cours de son infortune. C'est
sous ce même point de vue qu'un poëte a peint Henri III, sortant du
long assoupissement où il avait été plongé pendant la fanatique et am-
bitieuse conspiration des Guises.

> Valois avait besoin d'un destin si contraire,
> Et souvent l'infortune aux rois est nécessaire.
>
> VOLTAIRE.

Mais quel est celui qui voudrait se perfectionner à ce prix?

(16)   *C'est un malheur : mais j'ai fait mon devoir.*

Cette exclamation du comte de Baudricour en cet affreux moment
n'est certes pas dans la nature ; elle s'explique par l'impérieuse nécessité qu'il s'était imposée de remplir les devoirs de sa charge ; c'est avec
une pareille élévation de sentiments que le brave colonel Combes, blessé
à l'assaut de Constantine, s'est écrié : « Ce qui me console, c'est de
mourir pour la France et le roi! » En effet, s'il est dans la nature de
regretter la vie, ou quelqu'un qui nous est cher, il ne l'est pas moins
pour tout soldat brave et généreux d'en faire, au besoin, le sacrifice à
son pays. Si, par une version courtisanesque, l'on a donné, dans un

rapport officiel, l'honneur de la priorité au roi sur la France, c'est parce que, dans les cours, il est d'étiquette obligée, et aujourd'hui comme autrefois, d'en agir ainsi ; dans les camps, c'est tout le contraire.

Si l'on demande où j'ai pris le sujet de mon épisode, je réponds que c'est à la même source d'où l'Arioste a tiré l'histoire de Roger et Bradamante, le Tasse celle d'Olinde et Sophronie, et Voltaire les aventures de la Trémouille et Dorothée.

NEUVIÈME TABLEAU.

Visite d'OEnone au bailli. — Discours qu'elle lui adresse. — Réponse de ce dernier. — L'esprit de discorde sous les traits de Lascour l'informe des projets de Tirconel à l'égard de Churchill. — OEnone se rend auprès de lui. — Menaces, supplications de celle-ci pour le ramener à d'autres sentiments. — Tirconel la quitte sans lui répondre. — OEnone s'évanouit. — Le bailli et son frère sont chez Ninon et Churchill. — Indignation que provoque leur conduite. — Arrivée de Tirconel.

« En aucun temps, de mes transports jaloux

« Je n'offensai l'amante que j'adore,

« A dit quelqu'un bien longtemps avant nous ;

« De ses bontés qu'une belle m'honore,

« Je dors content comme auprès de l'aurore

« Paisiblement dormait son vieil époux.

« Oui, disait-il, j'ai de la bonhomie ;

« Pour être heureux, chéri de votre amie,

« De ce défaut surtout corrigez-vous (1) ! »

    Quelqu'un a-t-il d'une énorme lionne,

Lorsque les feux de la torride zone

De son ardeur redoublent le tourment,

Ouï jamais l'affreux rugissement ?

Tel, on a dit, furent l'emportement,

L'élan, la fougue, et les clameurs d'OEnone :

Au souvenir de l'accueil gracieux

Qu'avaient reçu l'une et l'autre étrangère,

L'impatience éclatait dans ses yeux,

Et son regard devenait furieux.

Femme aux crins roux est irritable et fière :

Aussi Raymond fut-il tout interdit

Lorsque sa sœur, d'une voix courroucée,

Parfois vibrante et parfois oppressée,

Eut ainsi fait éclater son dépit :

    « A tant d'horreur me serais-je attendue !

« Pour quel motif, oui, pour quelle raison

« Aux étrangers ouvre-t-on la prison ?

« Ainsi, grand Dieu, la justice est rendue !

« Un magistrat connaît donc les forfaits (2) !

« Tu sais que rien jamais ne me rebute ;

« Je suis de l'œil tous les pas que tu fais :

« L'arrêt existe, il faut qu'il s'exécute.

« Par ton pouvoir ne crois pas m'imposer...

« Ne crains-tu pas le courroux qui m'anime ?

« Je suis amante, et je puis tout oser ;

« Ailleurs, crois-moi, va chercher ta victime.

« Dans ma fureur si je perds Tirconel...

« Écoute : il faut de cette aventurière

« Faire un exemple éclatant, salutaire,

« Ou bien je fais le serment solennel

« De publier ton amour criminel.

« Loches saura que l'arrêt qu'il critique,

« Et qu'à tes yeux les assistants surpris

« Ont accueilli d'un souverain mépris,

« N'eut pour motif qu'un amour satanique.

« Ce n'est pas tout ; aux yeux des auditeurs,

« Dans le palais, délirante... que sais-je !

« Oui, oui, j'irai t'immoler sur ton siége ;

« Et consoler l'infortuné plaideur,

« En châtiant le juge sans pudeur. »

A son accent qu'il croit toujours entendre ;

A sa menace, à son air irrité,

Raymond Landry parut déconcerté ;

D'effroi son cœur eut peine à se défendre ;

Aussi fut-il et souple et mielleux ;

De son esprit car telle était la trempe,

A la menace il s'humilie, il rampe ;

A la prière, il est dur, orgueilleux.

« Puis-je, dit-il avec le faux sourire

« De l'imposteur qui cherche à nous séduire,

« Quand un journal qui m'est inféodé (3),

« Dans un article, il est vrai, *commandé*,

« De mon arrêt a fait un grand éloge,

« Oui, je ne puis, ma sœur, c'est entendu,

« Sans imprimer une tache à ma toge,

« Contrarier l'arrêt que j'ai rendu ;

« C'est bien alors que la classe vulgaire,

« Qui me déteste autant que je la hais,

« Dans sa fureur violente et grossière;

« Irait m'attendre aux abords du palais

« Pour m'accabler de ses bruyants sifflets.

« Vas-tu me dire encor dans ta colère

« Qu'au roi tantôt Loches m'a vu contraire,

« Tantôt céder, me ranger sous ses lois?

« Il n'est qu'un sot qui soit stationnaire :

« J'ai beau changer d'écharpe et de bannière,

« Tous les honneurs accourent à ma voix;

« Je suis chargé de cordons et de croix (4).

« Quant à Churchill, cause de ton malaise,

« Rassure-toi; comme hérétique anglaise

« D'entrer en France elle eût dû s'abstenir;

« Mais c'est aisé, ma sœur, de l'en punir,

« Ainsi le veut le bon père *la Chaise.*

« Pour te complaire, avant la fin du jour,

« Vu le pouvoir que me donne ma place,

« Quoi que l'on dise à Loche et quoi qu'on fasse,

« Je vais la faire enfermer dans la tour.

« Adieu, ma sœur; à regret je te quitte;

« Mais l'on m'attend, et me sauve au plus vite. »

Après ces mots il lui serre la main (5),

Et, souriant, le fourbe, en vrai jésuite,

La serre encore et disparaît soudain.

Il s'éloignait, quand l'esprit de discorde,

Qui de haut lieu sur nous, pauvres humains,

Souffle et répand ses funestes venins (6),

Vint chez OEnone et gravement l'aborde.

Non moins rusé que ceux qui de leur cour

Chez l'étranger ont pour mandat unique

D'espionner la marche politique (7),

Il prit les traits et la voix de Lascour.

    L'esprit lui dit qu'indignement profane,

Le sacristain, apostat devenu,

Par aucun frein n'étant plus retenu,

Pour une femme abdiquait la soutane (8).

    « Oui, ce n'est plus ce zélé sacristain

« Qui de la nef au chœur allait sans cesse,

« D'un air béat quêtant à chasse-messe,

« Avec l'accent d'un moine florentin ;

« Car en ces lieux on répand la nouvelle

« Que de Churchill plus que jamais épris,

« Résolûment, de concert avec elle,

« Il se dispose à regagner Paris. »

    OEnone alors soupire ; et, consternée

D'être à ce point trahie, abandonnée,

N'a pour parler de force ni de voix ;

Elle s'assied ; la sombre jalousie,

Que suit de près l'ardente frénésie,

Et la fureur l'agitent à la fois.

Comme elle était impérieuse, altière,

Feu son époux, malgré tous ses efforts

Pour supporter son fougueux caractère,
Après cinq ans d'angoisses, de misère,
Hélas! était descendu chez les morts.
Mort son époux, et veuve, que fit-elle?
Ce que partout les femmes font souvent,
Ce qu'en un lieu qu'Éphèse l'on appelle
Fit autrefois une veuve modèle,
Qui déserta le mort pour le vivant.

    L'on est d'accord qu'un jour de grande fête,
Pendant la messe et la nuit de Noël,
Comme il allait, venait, faisant la quête,
Elle donna son cœur à Tirconel (9).
De son côté, charmé de sa personne,
Sans oublier l'objet de ses amours,
Depuis six mois, milord, auprès d'Œnone,
Dans les plaisirs voyait couler ses jours.

    La lune, alors au tiers de sa carrière,
De l'horizon franchissait la barrière;
Mais ses rayons, ou plutôt ses lueurs,
Qu'interceptaient d'ondoyantes vapeurs,
Ne répandaient qu'une pâle lumière.
En ce moment, Œnone sur son lit
Tombe, s'étend, crie et se désespère;
Le calme enfin succède à la colère,
Et dans son cœur la paix se rétablit.

    Vers Tirconel elle court éplorée,

Et sa figure, ardemment colorée

A son aspect subitement pâlit;

L'émotion, qui se calmait, redouble ;

Fort à propos, pour déguiser son trouble,

Lui fut prêté le voile de la nuit.

Quel effet donc sur nous l'amour produit?

Eh ! n'est-il pas sur une femme étrange?

Naguère encor la rage l'emportait,

Et cette fois elle est calme, se tait,

Et d'un démon l'amour a fait un ange.

    « C'est vous, milord ! vous me fuyez, cruel,

« Dit-elle avec une voix caressante,

« Je peux trouver un autre Tirconel,

« Et vous, jamais d'aussi fidèle amante.

« Non, non, jamais ; j'en atteste le ciel !

« Dès veuves donc quelle est la destinée!

« A peine en deuil, hélas ! comme Didon,

« Pour mon malheur je trouve un autre Énée,

« Et d'un ingrat éprouvant l'abandon,

« Comme elle aussi je suis infortunée!...

« Quand je me plains, quand tu me vois souffrir,

« Malgré mes pleurs, rien ne peut t'attendrir (10) !

« Ah ! dans les mains que n'ai-je le tonnerre !

« De tes pareils je purgerais la terre.

« Perfide amant, homme indigne et sans foi,

« Sans te troubler fixe les yeux sur moi !

« Réponds : pourquoi cette métamorphose ?

« De cet habit ose dire la cause,

« Ainsi, parjure à tes engagements,

« Ton cœur se plie à de nouveaux serments !

« C'est là ton but ; à me fuir tu t'apprêtes.

« Oui, je connais tes ruses, tes détours ;

« Ingrat, c'est donc ainsi que tu me traites !

« Vers ton Anglaise, eh bien ! hâte-toi, cours ;

« Mais si je suis trahie, abandonnée,

« N'espère pas que ma main forcenée

« S'égare au point d'attenter à mes jours ;

« Pour m'immoler ai-je commis de crime ?

« Je sais, je sais où chercher ma victime ;

« Tu dois m'entendre ; oui, crains de m'outrager

« Et de me voir réduite à me venger !...

« Que dis-je ? non ; quoique ton inconstance

« Brise à la fois mon cœur, mon existence,

« Je ne le puis ; j'embrasse tes genoux ;

« Pourquoi me fuir ? ne suis-je pas la même ?

« Peux-tu douter que c'est toi seul que j'aime ?

« Je menaçais... et je crains ton courroux !...

« Churchill te hait ; moi seule je t'adore ;

« Ai-je besoin de le redire encore ?

« Songe aux transports, aux douces voluptés

« Qui nous tenaient l'un de l'autre enchantés,

« A ces moments d'une amoureuse ivresse

« Où tu jurais de m'adorer sans cesse ;

« Ah ! ces serments ne sont point superflus,

« Ils sont sacrés, ne les viole plus (11) ! »

A ce discours, dont la touche énergique

Avait fini par être pathétique,

De l'infidèle elle saisit la main ;

Mais celui-ci, la retirant, réplique

Par un *God'dam*, et s'éloigne soudain.

OEnone alors s'élance dans la rue,

Pousse des cris, quelque temps le poursuit ;

Mais, protégé des ombres de la nuit,

Milord bientôt se dérobe à sa vue ;

OEnone alors tombe, s'évanouit.

A mon lecteur je dois la confidence

Que chez Ninon le dissolu bailli

Était allé, se nourrissant d'avance

Du doux espoir d'être bien accueilli.

Il voit son frère auprès des jouvencelles,

En souriant il s'assied auprès d'elles ;

Un temps se passe en pointes, jeux de mots,

Entremêlés d'allusions vulgaires :

D'un air distrait nos beautés printanières

Et sans répondre écoutaient leurs propos.

La femme, à part, a ses mœurs, ses manières ;

Ainsi, qu'un mot équivoque, indiscret,

Soit prononcé ; qu'à ses yeux se présente

De quelque objet l'image un peu blessante,
Comme Ninon elle aura l'air distrait :
Mais à cet air ne vous laissez pas prendre ;
Elle a beau feindre et ne pas s'émouvoir,
Elle a tout vu, paraissant ne rien voir ;
Tout entendu, sans avoir l'air d'entendre.

Pour plaire donc que ne firent-ils pas ?
Les petits soins s'ensuivent ; chacun loue
De nos Vénus les charmes, les appas ;
Porte la main sur l'une et l'autre joue,
Puis au menton, et puis un peu plus bas.
Très-aisément l'on conçoit l'embarras
Où fut Ninon ; c'eût été pruderie
De se fâcher, et même gaucherie ;
A ce moyen au lieu d'avoir recours,
Elle changea brusquement de discours.

Pour être aimé de ce sexe adorable,
Le vrai moyen qui prévaudra toujours,
C'est d'être jeune et surtout d'être aimable.
Pour deux vieillards d'un aspect déplaisant
Surprise au bain Suzanne fut cruelle ;
Mais croyez-vous pour un adolescent
Qu'à ses désirs elle eût été rebelle ?
Femme d'esprit, je ne sais plus laquelle,
Si c'est *Waldor*, *Colet* ou *George Sand*,
S'exprime ainsi dans un écrit récent :

« Du sanhédrin loin d'invoquer le zèle,

« Elle eût cédé sans éclat indécent,

« Le beau Daniel n'eût point plaidé pour elle. »

A l'air sévère, imposant de Ninon,

Le bailli crut devoir changer de ton ;

Autre Protée, il a mille refuges,

Est, au besoin, farouche ou complaisant,

Et s'il promet, ce n'est qu'en biaisant.

Aucun aussi n'a plus de subterfuges :

Comme Tartufe il atteste le ciel,

Dit à Ninon, baisant sa main d'albâtre,

Que Sévigné, que son ami la Châtre

Devaient, le soir, sortir avec Russel.

L'homme puissant se moque du parjure.

« Bientôt, dit-il, vont cesser vos douleurs ;

« Duroc a l'ordre. » Il l'affirme et le jure.

Ninon, troublée, à ces mots se rassure,

Elle sourit ; Churchill sèche ses pleurs.

Ce changement enhardit les deux frères

Qui, poursuivant leurs desseins téméraires,

Se permettaient d'audacieux larcins (12).

Churchill s'indigne, et, de ses faibles mains,

Veut repousser leurs attaques grossières,

Lorsqu'à ses yeux vint s'offrir Tirconel.

J'aurais du grand, du divin Raphaël

Le coloris et la touche savante,

Je ne pourrais vous peindre l'épouvante
Où fut Churchill en ce moment cruel.
Ninon, voyant qu'elle pleure et soupire,
Demande alors d'un air majestueux,
D'un air qu'ont seuls les héros et les dieux (13),
Comment chez elle ils osent s'introduire.

    « Oui, dans quel but ici vous montrez-vous?
« Aucun rapport ne subsiste entre nous,
« Aucun, messieurs, et cela doit suffire;
« Vous avez vu les effets affligeants
« Que peut causer votre seule présence;
« Éloignez-vous, ou j'appelle mes gens.
« N'ajoutez point l'insulte à l'indécence. »
    Alors, d'un ton où perçait le mépris :
« Serait-ce moi, dit milord, qu'on menace?
« Je vois l'objet dont mon cœur est épris,
« J'attendrai donc que d'ici l'on me chasse.
« Et vous, Churchill, rassurez vos esprits;
« Vous vous troublez? et pourquoi? Soyez vraie.
« Russel vous plaît, et moi je vous effraye.
« Un jeune fat, d'un courage énervé,
« A qui ce bras fit mordre la poussière,
« Est donc celui que votre cœur préfère?
« Pour cet affront j'étais donc réservé !
« Lorsqu'un démon me ronge, me dévore,
« De me venger quand je sens le besoin,

« Avez-vous cru que je puisse être encore
« De vos amours le tranquille témoin?
« Pour me soustraire à ce cruel supplice
« Il faut partir, le moment est propice.
« Quittez, quittez ce travestissement.
« Votre dessein, du moins je l'imagine,
« N'est point d'aller à Londre étourdiment
« Sous cet habit, vêtue en pèlerine?
« Non; je ne peux souffrir aucun retard
« Si mon rival... Cela ne peut pas être,
« Car à vos yeux il ne doit plus paraître.
« Disposez tout pour notre prompt départ. »
    Puis, s'adressant aux pages de nos belles,
Hâtivement accourus auprès d'elles :
« Sortez! dit-il, qui vous a fait venir?
« Obéissez! oui, je veux que l'on sorte! »
Et, d'une main impatiente et forte,
Malgré Ninon qui veut les retenir,
Sur eux il pousse et referme la porte.

---

(1)   *De ce défaut surtout corrigez-vous !*

Oui, si cela est possible. L'amour est inséparable de la jalousie ;
ainsi, plus on aime, plus on est jaloux ; c'est donc un défaut dont on
ne se corrige qu'en cessant d'aimer. Voilà qui est fâcheux sans nul
doute, mais qui n'est pas moins vrai ; d'où il suit que la comédie du
Jaloux sans amour, d'Imbert, repose sur une fausse base ; et le mauvais succès qu'elle eut en est la preuve.

(2)   *Un magistrat connaît donc les forfaits !*

Sans remonter à Cambyse, qui fit écorcher vif un juge prévarica-
teur et coller sa peau sur son siége pour servir d'exemple à ses successeurs, je citerai, en Angleterre, Jefferies ; en France, le président
d'Oppède, et Guérin, avocat général, qui fut décapité à Paris, sous le
règne de Henri II, pour avoir poursuivi avec une révoltante cruauté
les Vaudois et les habitants de Mérindol.

Ces exemples, et les funestes arrêts qui, plus tard, ont conduit Oudar
de Biez, maréchal de France ; Anne du Bourg, conseiller-clerc au
parlement ; le maréchal Louis de Marillac ; Cinq-Mars ; de Thou,
conseiller d'État ; Claude Brousson, avocat ; Urbain Grandier, chanoine de Loudun ; Gaufrédy, curé de Marseille ; le chevalier de
Labarre, Calas et Montbailly à l'échafaud, avaient dû altérer la considération du public pour la magistrature, si j'en juge par les vers
suivants d'Eustache le Noble, procureur général au parlement de
Metz, qui, vu l'exercice de ses fonctions, était à portée de l'apprécier :

> Un juge plein de probité,
> Toujours ferme au chemin de la droite équité,

Mérite une gloire immortelle;
Je fléchis le genou dès qu'il s'en présente un :
    Mais bon juge et femme fidèle,
    Il n'est rien de si peu commun.

                                (Dictionnaire de Richelet.)

Avant lui la Fontaine, son contemporain, s'était écrié :

Selon que vous serez puissant ou misérable,
Les jugements de cour vous rendront blanc ou noir.

Il faut toutefois convenir que cette critique est exagérée ; car, à part les erreurs inséparables de l'humanité, les décisions des cours leur attiraient le respect et la considération de toutes les classes de la société.

(5)   *Quand un journal qui m'est inféodé*
. . . .
    De mon arrêt a fait un grand éloge.

Le bailli, qui n'avait point à sa disposition des fonds publics, avait chargé un commis attaché au greffe de publier, moyennant salaire, un *factum* apologétique de tous ses jugemens. Ce moyen ingénieux, dont la conception lui appartient, est aujourd'hui habilement exploité, à l'aide d'une somme de 1,500,000 francs levée sur les contribuables, et dont les agents du pouvoir disposent, non, disent-ils, dans leur intérêt privé, mais pour combattre *les hostilités de la mauvaise presse*. Aussi nul doute, si le bailli était aujourd'hui député, qu'il voterait avec entraînement les fonds secrets, quelque élevé que fût leur chiffre, d'autant mieux que ces fonds ne seraient point à sa charge personnelle.

(4)   *Je suis chargé de cordons et de croix.*

Il était en effet décoré des ordres de l'Étoile et de Notre-Dame de Mont-Carmel, supprimés depuis à cause du décri où ils étaient tombés, par suite du mauvais choix de ses nombreux affiliés, parmi lesquels figuraient des soldats du guet, des mouchards et des agents de police. De nos jours, cet abus s'est reproduit, mais sous un autre nom.

(5)   *Après ces mots il lui serre la main*
         Et, souriant, le fourbe, en vrai jésuite,
         La serre encore et disparaît soudain.

C'est la conduite de quelques hommes qui, ayant une puissance
d'action quelconque, ont recours à ce moyen dans l'espoir de faire des
dupes, et, comme le bailli, donnent, en souriant, des poignées de
main. Cette manière d'agir était sans doute familière aux disciples de
Loyola, et cependant Oldham, poëte anglais très-estimé, auteur de
diverses satires contre eux, n'en parle point.

(6)   *Incessamment souffle ses noirs venins.*

Qui ne sait dissimuler ne sait régner, était la maxime pratique
de Louis XI. Il en avait une autre non moins détestable : *diviser pour
régner*. Fort heureusement il n'en est pas ainsi de nos jours, s'il est
vrai, comme l'affirment quelques habitués du château, que les pléiades
ministérielles, depuis celle du 15 mars jusqu'à celle du 29 octobre,
ont été et sont un gouvernement de fusion et de conciliation ; ce qui ne
pouvait être autrement, puisque la pensée dirigeante, de l'aveu d'un
magistrat, député de la Garonne, est un type vivant de franchise che-
valeresque et de loyauté.

(7)   *Chez l'étranger ont mission unique*
         D'espionner la marche politique.

Le rôle d'un résident en pays étranger n'est autre que celui d'un
espion accrédité ; il serait à souhaiter que cet usage, qui, à part l'inconvénient de grossir le budget des affaires étrangères de 8 millions,
a celui d'avoir été une cause fréquente d'hostilités entre les puissances
par l'orgueil, l'outrecuidance, ou la maladresse de quelques ambassadeurs, fût supprimé.

Je conçois que cet usage ait dû s'introduire quand les souverains,
sacrifiant à leur sauvage ambition le sang de ceux qu'ils nommaient
leurs sujets, étaient incessamment travaillés du besoin de reculer les
frontières de leurs domaines et d'agrandir leur puissance : mais aujour-

d'hui que les peuples, abjurant les préjugés qui les rendaient jaloux et ennemis les uns des autres, sont pénétrés du besoin de contracter une union sociale, nonobstant les efforts persévérants d'un prince dont les vastes États ne font que stimuler la passion spoliatrice ; aujourd'hui que les peuples ne rivalisent que pour étendre sur une plus grande échelle leurs rapports industriels et commerciaux, conquête digne d'un siècle plus éclairé, il est à souhaiter, dans l'intérêt de la civilisation, que cette institution, cause de plusieurs guerres, onéreuse au pays et qui de la diplomatie fait une arène d'espionnage, fût, dans l'intérêt commun des nations, abolie.

Sans rechercher bien loin les motifs de cette opinion, je me borne à citer l'insulte faite en 1662 au comte d'Estrades, notre ambassadeur à Londres, par celui d'Espagne, et qui faillit opérer une rupture entre les deux États ; celle faite en 1664 au duc de Créquy, notre ambassadeur à Rome, par les gardes du pape Alexandre VII ; celles faites en 1684 et 1685 à nos envoyés auprès de la république de Gênes et de la régence d'Alger, insultes qui furent la cause ou le prétexte du bombardement de ces deux villes. Celui d'Alger donna lieu à des dépenses telles, que le dey, sur le rapport qu'on lui en fit, déclara que si on lui eût donné la moitié de ce que l'expédition avait coûté, il aurait consenti à brûler la ville.

Si l'on rapproche de ces faits la malencontreuse affaire *Conseil* qui a compromis aux yeux de la Suisse notre honneur diplomatique, et le coup d'éventail donné par Hussein, dernier dey, sur la joue de notre consul ; la mésintelligence qui naguère a éclaté entre M. Gloux, notre consul à Vera-Cruz et le gouvernement Mexicain, par suite de laquelle le président Bustamente lui a retiré son *exequatur*, et l'on conviendra de la convenance de cette suppression.

M'objectera-t-on que le coup d'éventail nous a valu l'Algérie et les trésors de la Casauba, dont la majeure partie a disparu, sans qu'il nous ait été donné d'en suivre la trace? Fort bien ; mais le succès d'une éventualité est indépendant de la cause qui l'amène : car ce succès, qui nous coûte si cher par le sang des braves qui ont péri sous les murs d'Alger et de Constantine, était incertain ; et si la victoire se fût déclarée en faveur des Arabes et des Bédouins, quelle eût été la cause de nos désastres? encore un diplomate.

(8)   *Pour une femme abdiquait la soutane.*

S'il est rare de voir des membres du clergé renoncer à leur état pour une femme, il ne l'est pas d'en voir qui, comme notre Tirconel, gardent la soutane sans renoncer aux femmes. En effet, si l'on jette un regard sur le passé, l'on voit des abbés, des prélats, des princes même de l'Eglise donner le triste exemple de la lubricité, lorsque, par la dignité de leurs fonctions et de leur rang, ils devaient être un modèle de continence et de chasteté évangélique.

Outre ceux mentionnés dans la onzième note du troisième tableau, nous citerons ceux qui, de nos jours, sont les continuateurs de cette conduite impure : tels sont un sieur Delouard, curé de Duclair, près de Rouen, traduit en avril 1841 devant la cour d'assises, pour attentat à la pudeur sur plusieurs garçons âgés de moins de quinze ans ; un sieur Romagné, curé de la Chapelle-aux-Choux, condamné par la cour d'assises de la Sarthe à cinq ans d'emprisonnement pour avoir aidé et facilité l'avortement de la fille Lem..., avec laquelle il entretenait depuis quatre ans un commerce criminel ; et le nommé Jean-Henri Jenny, prêtre, condamné le 51 août 1858, par la cour d'assises du département de l'Oise, aux travaux forcés à perpétuité, pour attentat à la pudeur commis avec violences.

Que conclure de ces tristes exemples ? Que le mariage des prêtres est une nécessité morale et religieuse, à moins qu'à l'imitation d'Origène, ils ne rompent physiquement tout pacte avec la concupiscence. Le chapitre de Cambrai, dans une lettre fort étendue, écrite au commencement du dix-septième siècle, et qui est relatée dans l'appendice du cinquième volume des Annales bénédictines, était convaincu de cette nécessité. Il y justifie leur mariage et se plaint amèrement des efforts du pape pour le maintien, à leur égard, du célibat.

« Je ne suis plus prêtre ! » s'écria devant la cour royale de Paris, en 1851, le sieur Dumontel ; c'est-à-dire que, dans l'intention de se marier, il renonçait à ses fonctions sacerdotales ; et néanmoins sa demande, au grand étonnement du public, fut rejetée ; car la question canonique étant étrangère à la cour royale, elle n'avait point à s'occuper si Dumontel était prêtre ou rabbin, et si, sous l'un ou l'autre rapport, il lui était interdit de se marier ; il ne s'agissait que de l'exercice d'un acte civil, et Dumontel, comme citoyen, devait y être autorisé, sauf à la juridiction cléricale à refuser son concours à sa consécration. Cela est d'autant plus juste que l'art. 144 du code civil, dans l'énoncé des conditions requises pour se marier, s'est servi du mot d'*homme* seulement sans parler de sa profession, et que, d'après la charte du 9 août, la religion catholique n'est plus la religion de l'État. Mais le fût-elle encore, il faudrait décider de même ; comment donc des magistrats aussi éclairés ont-ils pu juger le contraire ? Aussi, je ne suis point surpris de l'influence que leur arrêt a dû probablement exercer sur le tribunal de Fontenay-le-Comte, lequel, par un jugement rendu le 10 décembre 1842, a rejeté la demande d'un prêtre du nom de Guichoteau, qui, placé dans une position pareille à celle du sieur Dumontel, demandait à être autorisé à se marier *civilement ;* le sieur Guichoteau a appelé de ce jugement devant la cour royale de Poitiers. Réussira-t-il ? C'est possible, mais douteux.

(9)   *Comme il allait, venait, faisant la quête....*

On a dit que l'habitude de le voir circuler dans l'église et faire d'un air doucereux un appel à la pitié publique, détermina le penchant d'Œnone pour Tirconel ; il est à souhaiter que cet usage, qui a l'inconvénient de distraire les assistants de leur pieux recueillement pour ouvrir le passage à messieurs de la sacristie, soit supprimé, et qu'on établisse, comme dans les temples d'un autre culte, des troncs pour recevoir les offrandes volontaires. On répondra que des troncs existent, et que l'un n'empêche pas l'autre ; j'admettrais volontiers cette réponse, si la mendicité *en public* n'était indistinctement et rigoureusement interdite aux indigents, et le clergé n'est certes pas de ce nombre.

(10)   *Malgré mes pleurs, rien ne peut t'attendrir !*

Il ne faut pas s'étonner qu'Œnone, dans une situation toute semblable, apostrophe Tirconel à peu près dans les mêmes termes que Didon adresse à Énée :

Num fletu ingemuit nostro? num lumina flexit?

Num lacrymas victus dedit?...
Nusquam tuta fides.

Virg., ÆNEID.

A-t-il paru touché de mon désespoir? a-t-il versé une larme? Il n'y a plus de foi ni de sûreté chez les hommes.

(11)   *Ils sont sacrés, ne les viole plus!*

Si l'on trouve étrange qu'OEnone, d'abord violente, impétueuse, donne ensuite dans un excès contraire, je dirai que les passions ont un accent et une couleur dont les tons varient selon les mouvements du cœur et les inspirations de la nature; ce n'est point à l'art que l'on a recours dans ces créations soudaines, mais au sentiment, principe générateur et fécond des émotions ardentes, ou pathétiques.

(12)   *Se permettaient d'audacieux larcins.*

La conduite du bailli me rappelle les nobles paroles que l'archonte Périclès adressa à son collègue Sophocle, qui, à la vue d'une femme, s'était écrié avec transport : Ah! qu'elle est belle! *Il faut*, dit Périclès, *qu'un magistrat ait non-seulement les mains pures, mais encore les yeux et la langue.*
Si, au lieu du buste du prince placé dans la salle d'audience, en face du bailli, l'on eût inscrit ces belles et sentencieuses paroles, ou celles du chancelier Morus qui, blâmé par son épouse, pour sa persistance à refuser les présents qui lui étaient offerts, lui répondit : *Laissez-moi faire, il y va de votre gloire et de mon salut; vous aurez des richesses dans les bénédictions de Dieu et des hommes*, il est permis de croire qu'elles eussent opéré sur l'esprit de notre président une réforme qui lui eût concilié l'estime et le respect des justiciables.

(13)   *D'un air qu'ont, seuls, les héros et les dieux.*

Au lieu des héros, qui sont rares, j'aurais pu, sans altérer l'ordre métrique, désigner les princes, qui sont plus communs, si je n'avais été retenu par la crainte que le lecteur ne fût blessé de ce rapprochement ; car la majesté consiste moins dans l'élévation au rang suprême, effet du hasard de la naissance, ou de l'usurpation, que dans l'éclat d'une haute renommée : aussi Buonaparte était plus majesté, selon moi, après ses campagnes d'Italie, quoique simple consul, qu'après s'être fait porter au trône par un sénat servile, sur la proposition de quelques tribuns achetés.

DIXIÈME TABLEAU.

L'Amour frappe de démence tous les hommes de l'hôtel. — Bizarres incidents qui en résultent. — Arrivée de nouveaux pèlerins. — Le chevalier
de Villiers, l'un d'eux, est atteint de folie. — Conduite familière de Geoffroi Landry envers l'épouse de ce dernier. — L'Amour l'en punit.!

Vous avez lu qu'aux jardins d'Idalie,
Pendant le cours d'un débat chaleureux,
L'Amour, frappé, blessé par la Folie,
Se vit privé de la clarté des cieux :
Procès survint dans le conseil des dieux
Qui résolut, d'après l'avis lucide
Du rapporteur de la céleste cour,
Que la Folie escorterait l'Amour
Et désormais lui servirait de guide ;
Tableau charmant et d'un effet heureux
Qui nous fait voir, sans autre théorie
Qu'une riante et fine allégorie,
Que l'on est fou quand on est amoureux.
Qui n'en a fait sur soi l'expérience !
Dès que l'Amour dans un cœur s'est glissé,
Le sang s'allume ; adieu raison, prudence,
Et, tour à tour, on brûle, on est glacé;
Comme il lui plaît, il modifie, altère

Nos goûts, nos mœurs et notre caractère ;

Tout, dans le monde, atteste son pouvoir,

Et pour nous vaincre il n'a qu'à le vouloir.

N'allez donc plus le chercher à Cythère,

Vous le trouvez partout : dans les forêts,

Dans nos villas, sous un ombrage frais,

Sous l'équateur, aux champs du Samoïède,

Dans l'Océan, sur le bord des marais.

L'être muet qu'a décrit Lacépède,

L'insecte ailé, l'oiseau de Ganimède,

Voudraient en vain échapper à ses traits ;

Si donc l'Amour, à tout ce qui respire,

Et même aux dieux, jadis donnait des lois,

Ne soyons pas surpris si, quelquefois,

Chez les mortels soumis à son empire

La raison cède et fait place au délire (1).

S'il arrivait que des loups affamés

Dans un enclos, soit parc, soit bergerie,

Fussent, la nuit, par mégarde, enfermés,

Vous concevez la rage, la furie

Dont aussitôt ils seraient animés :

Horrible alors serait la boucherie !

Voyez d'ici les animaux bêlants

Fuir dans l'étable, épouvantés, tremblants,

Et succomber sous leurs dents meurtrières :

Même terreur saisit nos étrangères

Quand Tirconel, choqué du contre-temps,
Eut de la porte assuré les battants.
Elles n'ont plus leurs chevaliers fidèles ;
Qu'on se rassure, un ange est auprès d'elles,
Ou bien l'Amour, qui, pour les secourir,
En ce péril s'est hâté d'accourir.
D'un bel enfant il avait la figure,
L'œil noir et vif, la blonde chevelure.
Il fut un âge où l'habitant des cieux
Nous visitait ; heureux temps, où Tobie
D'un ange apprit le secret merveilleux,
Qu'ignore encor plus d'une académie,
De se guérir d'une ancienne ophthalmie.

    C'est cet enfant, être surnaturel,
Qui, pour venir en aide aux voyageuses,
Troubla les sens de tous ceux de l'hôtel
Et déplaça leurs fibres amoureuses.

    Dans leur cerveau l'Amour souffla soudain
Le lumignon, météore incertain,
Faible lueur que raison l'on appelle ;
Mais, chose étrange, en ce qu'elle est nouvelle,
Il voulut bien, sans altération,
Le conserver à la troupe femelle ;
Pour elle seule il fit exception.

    Tels, éloignés de leur chère patrie,
D'Ulysse, un jour, on vit les compagnons,

Fous et changés en taureaux et lions ;
Les uns, captifs dans la ménagerie,
De leur prison ébranlaient les barreaux,
Tandis qu'errant sur le bord des ruisseaux
D'autres paissaient l'herbe tendre et fleurie.

Le jour alors était sur son déclin,
Quand vint l'hôtesse, ou la dame Joulin,
D'obésité prodige déplorable,
Et qu'à marcher d'un pas lent, incertain,
Lison aidait de son bras secourable ;
Fort à propos, et près de succomber,
Vers un fauteuil d'une forme gothique,
Et de l'hôtel ornement domestique,
Elle se hâte et s'y laisse tomber.

Milord, plus calme, à l'aspect de l'hôtesse,
De ses projets suivant toujours le fil,
Et croyant voir en elle sa Churchill,
Avec ardeur de l'énorme déesse
Saisit le bras. « Il est temps d'en finir,
« S'écria-t-il, il faut quitter la France,
« C'est mon désir ; c'est le vôtre, je pense.
« Partons ; il faut à Londres revenir.

« — Moi ! s'écria notre hôtesse étonnée,
« Je ne le puis ; par l'hymen enchaînée,
« Je dois rester auprès de mon époux.
« Si mon refus vous blesse et vous offense,

« Ne l'imputez qu'à ma triste impuissance ;

« Dès ce moment, mon cœur et mes souhaits,

« Aimable lord, sont à vous pour jamais ! »

    Tout en parlant, sa face bourgeonnée

D'un vif carmin s'était enluminée.

La noble hôtesse, à cet aveu charmant,

Sans doute aurait donné plus d'étendue,

Si son époux, qui s'offrit à sa vue,

N'eût mis un terme à cet épanchement.

    « Quoi, dit milord, parlez-vous sensément ?

« Serait-ce vrai ? Mais non ; sur ma parole,

« Vous divaguez ; Churchill, vous êtes folle :

« C'est moi qui dois être un jour votre époux.

« Quoi qu'il en soit, dois-je le dire encore,

« Il faut quitter ce pays que j'abhorre ;

« Je vais à Londre et n'y vais point sans vous. »

    Pour compléter cette scène piquante,

L'ardent bailli, la prenant pour Ninon,

Outre mesure agaçait la suivante,

Et chiffonnait son fichu de linon.

Or, dans l'hôtel, bien qu'elle fût servante,

On la croyait fille de la maison,

Tant elle avait de tact et de raison.

Dans son courroux, Lison, autre Lucrèce,

Que de Raymond choquait la hardiesse,

Distribua de sa petite main

Deux grands soufflets à l'insolent robin.

Ah ! si l'ancienne eût, comme la moderne,

Traité, puni le prince libertin,

Elle n'eût point, pour le hideux Averne,

Fait ses adieux au lit de Collatin [1].

Elle eût vêcu ; la mort livide et terne

N'eût point flétri les roses de son teint ;

Vivre et jouir est une douce chose,

Ainsi l'ont dit des épicuriens,

Tous gens instruits, respectés des anciens,

Dont Tullius a fait l'apothéose.

Longtemps à Rome ils furent honorés (2) ;

Mais des bûchers la flamme apostolique,

Dressés pour eux sur la place publique,

Les eût plus tard saintement dévorés.

Très-irrité qu'on eût sur sa figure

D'un tel affront imprimé la souillure,

En termes vifs, Raymond, dans son erreur,

Contre Ninon exhalait sa fureur,

Lorsque Joulin, sous la même influence,

Persuadé qu'il parlait à Lison,

Sollicitait Ninon avec instance

De vivre ensemble et quitter la maison.

[1] Oui, mais nous n'aurions pas la tragédie de *Lucrèce*, œuvre due au génie de M. Ponsard, et qui a obtenu le plus brillant succès au théâtre de l'Odéon, succès qui s'est reproduit aux théâtres des principales villes du royaume.

L'on a conté qu'à sa femme infidèle
Il n'avait plus que du dégoût pour elle ;
On ajoutait qu'à regret marié
Il ne cessait d'aller de belle en belle,
Au grand tourment de sa triste moitié (3).

Or, pour Joulin, bien que peu prévenue,
Lison ne put, sans quelque émotion,
Le voir auprès d'une femme inconnue,
Le voir causer, se plaire avec Ninon.

En fait d'amour, comme en tout, la science,
En l'éclairant sur sa marche à tenir,
Du malheureux rassure l'avenir ;
Aussi nos maux sont nés de l'ignorance :
C'est pour cela qu'elle plaît aux tyrans ;
En dépit d'eux si le siècle s'éclaire,
On voit s'unir prélats, princes et grands
Pour refouler dans l'ombre sa lumière (4) :
Mais lorsque enfin des phares lumineux,
Dus à la presse, ont dessillé les yeux,
A haute voix tout le pays s'écrie :
« Pour la réforme unissons tous nos vœux,
« Et de ses maux délivrons la patrie ! »

Quoique le trouble encor fût dans l'hôtel,
De sa frayeur Churchill, un peu remise,
S'émerveillait, était toute surprise
Du nouveau feu dont brûlait Tirconel.

Elle disait : « Mon bonheur est extrême.

« Dieu tout-puissant, ce n'est plus moi qu'il aime;

« Sans crainte donc je peux chérir Russel ! »

  « — Oui, dit Ninon, il est fou de l'hôtesse ;

« Vous l'entendez ; de le suivre il la presse.

« Mais, belle miss, je crois qu'ils le sont tous.

« Ce qui m'étonne, est de voir son époux

« De son amour m'entretenir sans cesse,

« Et lorsque enfin le bailli me délaisse

« L'hôte, à sa place, est presque à mes genoux. »

  En ce moment un cri se fit entendre :

On appelait la fille, le garçon ;

Et toutefois l'impassible Lison

Laissait crier sans songer à descendre.

  Pourquoi ces cris? Le jeune de Villiers

Et Laure aussi, son épouse chérie,

Avec leur suite arrivaient de Poitiers,

Et, se voyant seuls dans l'hôtellerie,

En peine étaient du soin de leurs coursiers.

  De la police, au moins, nul émissaire

Et nul archer la dague en bandoulière,

Créés depuis, mais inconnus alors,

Ne vinrent point d'un air rude, sévère,

Réclamer d'eux papiers ni passe-ports ;

Car, en ce temps, non plus qu'au moyen âge,

Ni suzerain, ni coutume, ni loi,

Sauf aux vilains condamnés au servage,
Du droit d'aller et marcher devant soi
N'avaient restreint ni prohibé l'usage :
Mais aujourd'hui que, dans chaque cité,
L'esprit du siècle est pour la liberté,
Osez franchir quelques myriamètres,
Si vous n'avez acheté de nos maîtres
Un sauf-conduit, vous serez arrêté ;
Ainsi l'argent fait notre sûreté (5)...

A peine entré sur le seuil de la porte,
Du beau Villiers l'esprit se dérangea,
Et dans l'instant sa raison délogea.
L'Amour eut tort ; mais au puissant qu'importe !
Quel est celui qui n'agit de la sorte ?
Quand les impôts écrasent de leur poids
Tout un pays ; s'il élève la voix,
Et s'il se plaint que la charge est trop forte,
L'homme au pouvoir, sans en prendre souci,
Se borne à dire, en fronçant le sourcil :
« La charge est lourde ; eh bien, qu'il la supporte ! »

Las d'appeler, las de faire du bruit,
Le Poitevin monte et Laure le suit.
« Dieu, disait-elle, en versant quelques larmes,
« Fatal voyage ! ô funeste maison !
« Comment, encor nouveau sujet d'alarmes ;
« Ah ! mon époux a perdu la raison ! »

Or, de Villiers la prenant pour l'hôtesse,
Lorsque sa Laure en pleurant l'embrassait
Et lui prenait les mains avec tendresse,
D'un air d'humeur sa Laure il repoussait.
Laure pâlit, et sur ses pieds chancelle;
Elle s'assied. « Qu'il est changé, dit-elle,
« Qu'ai-je donc fait au sort qui me poursuit?
« Il m'adorait, maintenant il me fuit,
« Lui, des époux jusqu'ici le modèle! »
Mais de son cœur conçoit-on le tourment
Lorsqu'à Churchill elle le voit sourire
Et lui parler familièrement;
Elle se tait, lève les yeux, soupire,
Sur lui les baisse et s'asseoit tristement;
Enfin, après un moment de silence:
« Non, non, dit-elle, il n'est point en démence;
« De cette Anglaise il faut qu'il soit épris,
« Et c'est pendant son séjour à Paris
« Qu'il en a fait sans doute connaissance! »
    De son côté, la prenant pour Ninon,
Voyant son feutre orné de coquillage
Et les rubans flottants à son bourdon,
Le Tourangeau, d'un air de persiflage,
A Laure dit : « Allez—vous, tout de bon,
« Borner ici votre pèlerinage?
« En tout pays, civilisé, sauvage,

« Au nord, au sud, épris de vos appas,

« Je fais le vœu d'accompagner vos pas. »

Puis il ajoute, en parlant de la Châtre :

« De ce breteur, toujours prêt à se battre,

« Fuyez l'approche, il ne vous convient pas :

« En pèlerin je dois partout vous suivre.

« Oui, loin de vous, impossible de vivre ! »

    Sire Geoffroi lui déroba soudain

Un doux baiser, non sur sa belle main,

Mais à l'endroit où l'éclat de la rose

Donne à l'ivoire un charme séducteur,

Où du contact de sa lèvre l'on n'ose

De jeune femme alarmer la pudeur.

    Si de Geoffroi la conduite hardie

Eût éprouvé, subi le même affront

Qui de son frère avait rougi le front,

Laure eût été, sans nul doute, applaudie ;

Mais non ; chez nous les femmes de bon ton

Font autrement, et c'est avec raison.

Le cœur blessé d'une pareille audace,

En s'éloignant Laure jeta soudain

Sur l'insolent un coup d'œil de dédain,

Coup d'œil sévère, atterrant, qui vous glace ;

Notre docteur, loin d'en être atterré,

Fixant sur elle un regard assuré,

Impétueux, veut retenir sa belle ;

Mais à l'instant qu'il s'élance vers elle,
L'Amour le pousse : il tombe, jette un cri,
Et se relève ayant le nez meurtri ;
Soudain le sang, sortant en abondance,
De son ardeur calma la violence.

Geoffroi n'eût point excité ma pitié,
Et toutefois je suis pour l'indulgence,
Mais l'insolent doit être châtié :
Respect au sexe objet de notre culte ;
Haine et mépris à celui qui l'insulte.

NOTES DU DIXIÈME TABLEAU.

(1)   *La raison cède et fait place au délire.*

Illecebrisque tuis omnis naturæ animantum
Te sequitur cupide quocumque inducere pergis.

Lucrèce, de Nat. rer., l. I.

Oui, tes charmes sont tels, que tout ce qui respire
A te suivre en tous lieux incessamment aspire.

(2)   *Longtemps à Rome ils furent honorés.*

C'est le destin des hommes supérieurs d'être à la fois un objet d'admiration et de critique, d'avoir des partisans et des détracteurs : tel fut celui d'Epicure pour avoir fait consister la félicité de l'homme dans la volupté. Nous serions du nombre des derniers s'il eût voulu parler du plaisir des sens, tandis qu'il n'avait en vue que celle qui est le produit de la tempérance et de la vertu, dont il donnait l'exemple à ses disciples par la chasteté de ses mœurs et son respect pour les dieux. C'est à tel point, que Dioclès, ayant vu notre philosophe prosterné au pied des autels, s'écria : « Quel spectacle pour moi ! je ne vis jamais mieux la grandeur de Jupiter que depuis que je vois Epicure à ses genoux. » C'est le jugement qu'en avait porté Cicéron : voici ce qu'il en dit : « Epicure, dans son divin livre de la *Règle et du Jugement*, *fait sentir la force et l'utilité du principe de l'existence des dieux, principe qui est le fondement sur lequel il a établi tout ce qui regarde cette question.* » (*De la Nature des dieux*, liv. Ier, page 265. *Trad. de d'Olivet.*) Des Pères mêmes de l'Église, tels que le docte et pieux Origène, saint Grégoire, et postérieurement l'illustre William Temple et Gassendi, ont parlé de lui sur le même ton. (*Voir les Lettres de lord Orrery à son fils,* page 178.)

C'est cet homme que l'on a accusé d'athéisme ! C'est dans ce même esprit que des partisans effrénés d'*Escobar* se liguent aujourd'hui pour

15

lancer un pareil anathème contre l'administration universitaire et ses
membres les plus distingués ! Et c'est dans l'intérêt de la religion qu'on
se permet de joindre contre eux l'outrage à la calomnie ! ! ! Vil intérêt,
quand cesseras-tu de recourir à l'hypocrisie pour régenter le monde ?

(3)   *Au grand tourment de sa triste moitié.*

On a prétendu que ce M. Joulain avait été directeur du théâtre de
Loches et qu'ayant été privé de cet emploi par suite des plaintes qu'a-
vait provoquées sa mauvaise administration, il s'était vu réduit à
épouser la maîtresse de l'hôtel en question, laquelle ne tarda pas à s'en
repentir.

(4)   *Pour refouler dans l'ombre sa lumière.*

Ce n'est pas nous qui le disons ; les faits révélés par l'histoire le té-
moignent. (*Voir* les notes 4 du septième Tableau et 15 du troisième.) Si
l'on remonte au passé, ces faits sont bien plus significatifs et non moins
constants. Nous nous bornerons à citer la maison de la sainte Vierge,
qu'un ange, aux reins forts et vigoureux, transporta de la Judée à An-
cône, maison devenue une chapelle où l'on accourt en pèlerinage des
divers points de la Péninsule ; et le crucifix de l'église de Cantorbéry,
lequel en 976 et avant la conquête des Normands exprima à haute
voix, en présence de *Dunstan,* son archevêque, son vœu pour l'établissement de couvents et de moines, jusqu'alors inconnus dans le royaume.
(*Histoire d'Angleterre.*)

C'est ainsi que ceux qui, par leur caractère, avaient une influence
sur la multitude, en usaient, à l'aide d'une fascination combinée avec
adresse, pour surprendre sa crédulité ; en telle sorte que s'il arrive
une époque favorable à l'émancipation de l'esprit humain, ceux qui ont
intérêt à s'y opposer, se donnent la main et font halte, quand les peuples
et le siècle s'écrient : En avant ! Inutile après cela de parler de l'expulsion miraculeuse du diable, opérée le 8 mars 1842, par M. Laurent,
évêque à Luxembourg, sur une jeune fille qui en était possédée depuis
dix-neuf ans : ce miracle n'a eu pour témoins que huit prêtres réunis

dans l'église par l'évêque, tandis que le peuple était dehors sans pouvoir y pénétrer. (*Constitutionnel* du 9 août 1845.)

(5)   *Un sauf-conduit, vous serez arrêté...*

Le droit de locomotion, ou de changer de lieu à volonté, est un droit naturel, absolu, dont l'homme en société comme le sauvage doit jouir sans restriction. Son libre exercice, quoi qu'on dise, ne comporte aucun danger ni inconvénient, puisque la surveillance de l'autorité est la même sur tous les points du territoire, et que tout citoyen voyageur ou non est soumis à son action instantanée. En Angleterre, où la liberté n'est point, comme chez nous, une déception, chacun peut quitter sa demeure et circuler d'un bout du royaume à l'autre, sans être contraint de se présenter à la police pour obtenir, *à prix d'argent*, une permission préalable. Le *couvre-feu*, créé par Guillaume le Conquérant, mais aboli à son décès, est chez nous le digne pendant de cette mesure, et néanmoins dans ce pays d'outre-Manche, le régime de passe-port n'a pu s'y introduire. Tout individu, indigène ou étranger, peut circuler dans les trois royaumes sans être contraint d'en acheter la permission; et cependant on publie, au nom du gouvernement, que nous sommes dans un pays de liberté ! Que sera-ce lorsque nous serons claquemurés dans une enceinte de bastilles, dites fortifications ! C'est ce dont, en 1854, se plaignit M. Loève-Weymar, à son retour d'Allemagne. Voici comme il s'exprime :

. « Parti de Carlsruhe, je m'endormis tout le long de la route, et ne
« me réveillai qu'à l'extrémité du pont de Kehl, où un soldat me de-
« manda mon passe-port et où un douanier inquisitionna tout mon
« bagage. Depuis seize jours que j'étais en Allemagne, personne n'avait
« visité mes malles ni mes papiers; je compris que j'étais en France,
« en *terre de liberté;* sur le territoire de la diète de Francfort et de
« la confédération germanique, j'avais vécu libre comme un sauvage
« américain. »

Comment cet abus, qui, lors de la première révolution, avait été supprimé, a-t-il été rétabli ? Est-ce parce qu'en France un abus est indestructible, lorsqu'il a ses racines dans le gouffre insatiable de la fiscalité?

ONZIÈME TABLEAU.

Histoire du chevalier de Villiers et de Laure, fille du comte de Nogent. —
Il quitte Poitiers pour aller à Paris servir dans les mousquetaires. —
Son retour en cette ville. — Son aventure dans la forêt de la Rochefoucauld. — Il y délivre Laure et la comtesse sa mère, tombées au pouvoir
de quelques brigands. — Son mariage avec Laure. — Retour à Poitiers
avec Laure. — Ils vont en pèlerinage à Loches.

Il est bien doux d'obliger ses amis,
De secourir les gens dans la détresse,
De soutenir les pas mal affermis
De nos parents courbés par la vieillesse (1) ;
Mais des plaisirs, sans doute, un des plus grands,
Un des plus vifs, c'est d'un péril extrême,
Du sein des flots, ou des mains des brigands,
De délivrer la maîtresse qu'on aime.
De compte fait, bien sûr, voilà cinq fous,
Qui, quoique épris, amoureux de leurs belles,
Sont néanmoins tous les cinq infidèles.
Mais revenons à Laure, à son époux ;
Car, sans blesser l'unité méthodique
Qu'en leurs écrits l'art prescrit aux auteurs,
J'ai cru pouvoir, d'un trait épisodique,
Les esquisser aux yeux de mes lecteurs.

Instinct d'amour, dès leur adolescence,
Embellissait, charmait leur existence,
Et chacun d'eux, issu d'un noble sang,
Dans le Poitou tenait un très-haut rang.
Si la maison de Laure était illustre,
C'est à son or autant qu'à ses terriers
Qu'elle devait son éclat et son lustre.
Moins riche était le jeune de Villiers (2);
Car ses aïeux, dupes des jongleries
Que leur prêchaient des esprits exaltés,
Pour le Jourdain quittant leurs seigneuries,
Avaient vendu leurs fiefs et métairies
Si justement, depuis, tant regrettés (3).

Dans un château, qui fut au moyen âge
D'un suzerain la retraite sauvage,
Non loin de Manslé, un vrai pays de loup,
Laure habitait aux confins du Poitou.
L'on dit qu'alors dégoûté de la ville,
Le cœur épris de cet agreste lieu,
Son père avait, pour ce champêtre asile,
Fait à Poitiers un solennel adieu.
Pour lui la guerre avait encor des charmes;
Mais vient un temps où, sans quitter les armes,
Du champ de Mars s'éloignent nos guerriers
Pour prendre haleine au sein de leurs foyers.

S'il y venait, c'était lorsque l'automne

De ses présents enrichit nos vergers,
Quand de son arc la fille de Latone
Jadis chassait la biche aux pieds légers,
C'est là, tantôt qu'au lever de l'aurore
Il visitait ses jardins et ses fleurs,
En admirait l'iris et les couleurs ;
Tantôt, suivi de sa gentille Laure,
Il poursuivait les hôtes des forêts,
Se délassait sous leurs ombrages frais
Et, délassé, les poursuivait encore.

Depuis que Laure était hors du couvent,
De mille attraits elle était embellie ;
Quoiqu'à cheval dès le soleil levant,
Elle en était plus svelte, plus jolie.
Si, par hasard, tandis qu'elle chassait,
Une eau bourbeuse, en torrent descendue
Dans un ravin, venait frapper sa vue,
Notre amazone à terre s'élançait ;
Mais vainement cherchait-elle un passage,
Remise en selle, et sans perdre courage,
On la voyait devancer en courant
Tous les chasseurs, et franchir le torrent.

L'astre du jour, poursuivant sa carrière
Et refoulant vers le Nord les frimas,
Avait deux fois visité nos climats
Et réchauffé notre froide atmosphère,

Quand Laure, en proie au plus cruel chagrin,
Sut qu'au combat, d'équivoque mémoire,
Son père avait, aux yeux du souverain,
Perdu la vie au passage du Rhin (4).
En l'apprenant, il est aisé de croire
Qu'au désespoir l'on fut dans le château :
De ce malheur l'aiguille et le pinceau
Furent jaloux de retracer l'histoire.
Ainsi de fleurs on couvrit son tombeau (5).

    Dans ce séjour, sous les yeux de sa mère,
Ainsi qu'un lis au calice argenté
Se développe au milieu de l'été,
La rose encore en saison printanière,
Laure croissait en grâces et beauté.

    Désespéré que pour ces lieux sauvages
Laure eût quitté les bords riants du Clain (6),
Sur sa demande, un jour mon Poitevin
Fut appelé pour être au rang des pages (7) :
De ce départ jour et nuit tourmenté
Il aima mieux aller *servir son prince* (8),
Style banal d'obséquiosité,
Qu'obscurément végéter en province
Dans une molle et triste oisiveté :
Parfois, du Clain près de quitter la rive,
Il s'arrêtait pour voir la perspective
De tel vallon où, sous des peupliers

Qui s'élevaient en forme d'espaliers,
Se promenait son onde fugitive ;
En soupirant à Paris il arrive.

Blâme qui veut le jeune de Villiers !
Loin de l'objet de toute sa tendresse,
Qu'aurait-il fait, oui, loin d'elle, à Poitiers ?
Il y fût mort sans doute de tristesse,
De désespoir, de langueur et d'ennui ;
Il fit très-bien : j'eusse fait comme lui.
Supposez-moi le jeune amant de Laure,
Et résidant au palais du roi maure
Qui dans Grenade attire tous les yeux ;
Loin et privé de celle que j'adore,
J'en trouverais le séjour ennuyeux :
Mais si j'étais, auprès de ma sylphide,
En Sibérie, où le Russe perfide
A relégué sous un ciel rigoureux
De Polonais un essaim valeureux
Que nous n'aidons que d'une main timide,
Quoiqu'il nous ait, de son bras intrépide,
Prêté quinze ans le secours généreux,
Je la verrais et je serais heureux.

Or, en tout temps, et surtout pour un page,
Paris offrit un champ vaste aux exploits
Et faits galants du noble, ou du bourgeois
Qui veut jouir des plaisirs de son âge (9) :

Mais occupé de son unique amour,
Le Poitevin ne songeait qu'à sa Laure ;
Il y pensait dès le lever du jour,
A son déclin il y songeait encore.
Son cœur toujours pour elle fut constant ;
De chaque page en disait-on autant?

    De notre sol la séve printanière
Avait huit fois embelli nos jardins
Et parfumé les bosquets de jasmins
Quand, de la paix déployant la bannière
Et des guerriers calmant la vive ardeur,
Louis contint le démon de la guerre
Et dans Nimègue enchaîna sa fureur (10).
La poésie aussi bien que l'histoire
De cette paix ont gardé la mémoire.
Ce fut un temps d'ivresse et de bonheur ;
De nos soldats quand la masse guerrière,
Heureuse enfin de revoir nos cités,
Se reposait oubliant la misère
Et les périls qu'elle avait affrontés ;
Dans les hameaux épars sur notre France,
On suspendait les rustiques travaux
Pour se livrer au plaisir de la danse ;
Et, de la Seine aux bords de la *Durance*,
Les cris joyeux des jeunes pastoureaux
Se mariaient au son des chalumeaux.

Alors, quittant les bords de la Moselle,
En chevauchant, le jeune de Villiers,
Toujours épris, toujours amant fidèle,
Reprit gaîment le chemin de Poitiers ;
Il a revu le lieu de sa naissance,
Que rarement l'on quitte sans regrets,
Et dont, après une pénible absence,
Pour nous l'aspect a de si doux attraits (11).

Or, à ces lieux dont son âme est charmée
Ses yeux, son cœur redemandent cent fois,
A chaque instant, sa Laure bien-aimée,
Et tout se tait, tout est sourd à sa voix.
Poitiers sans elle est une Thébaïde ;
Mais la forêt, les bois silencieux,
Le site agreste où sa Laure réside,
Ce lieu sauvage, embelli par ses yeux,
Est le séjour dont son âme est avide.

Sans différer, l'amoureux Poitevin
Sur son coursier qu'il presse, qu'il tourmente,
Quitte au galop le rivage du Clain.
J'approuve fort qu'on aille aussi bon train
Quand il s'agit de revoir son amante.
Or, à distance, et le long du chemin,
Son écuyer s'évertuait en vain
Pour égaler sa course impatiente.
Villiers arrive au bord de la Charente.

Sur des gazons recherchés des amants
Son œil ravi voit le flot qui serpente
Et qui s'égare en méandres charmants.

Quand notre cœur nous porte à la tendresse
D'un clair ruisseau l'on aime les détours,
L'émail des prés surtout nous intéressé;
En les voyant l'on songe à ses amours.
Du fleuve ainsi, quand, rêvant à sa belle,
Silencieux, Villiers suivait le cours,
Il s'y voyait, foulant l'herbe nouvelle,
Assis à l'ombre et causant avec elle.
« Je l'ai connu, ce bonheur à mon tour,
« Disait Pétrarque, il a fui sans retour.
« Sans être ému je vois une prairie
« Dont le bosquet enlace le contour ;
« Ah! je n'ai plus celle que j'ai chérie (12)! »
Or, en chemin plus elle l'occupait
Et plus aussi son cheval galopait
Quand des rameaux d'une immense étendue,
Dont l'épaisseur interceptait la vue,
Vinrent s'offrir à son regard distrait
Et l'avertir qu'il est dans la forêt.

Ce ne sont plus ces couleurs gracieuses,
Ces feux dorés, ces teintes vaporeuses
Que dans les airs, ainsi que sur les eaux,
Dans un beau jour reflètent les troupeaux,

L'éclat des fleurs, les touffes buissonneuses,

L'azur des cieux, le jaspe des oiseaux ;

Et, toutefois, d'aise son cœur palpite.

« Enfin, dit-il, voilà cette forêt,

« Me voici donc aux lieux que Laure habite ! »

Parlant ainsi, tout bas il soupirait,

Et son cheval plus vite encor courait.

La route alors, devenant plus étroite,

Change d'aspect, et bientôt deux sentiers

S'offrent aux yeux du jeune de Villiers :

Il se consulte ; enfin il prend à droite.

Longtemps après arrive en murmurant

Son écuyer ; et, comme l'on s'en doute,

S'imaginant tenir la bonne route,

Il tourne à gauche et repart en jurant.

Villiers toujours courait quand il s'arrête

Du vrai chemin croyant s'être écarté ;

Pour mettre un terme à son anxiété,

A revenir sur ses pas il s'apprête,

Lorsque soudain un cri retentissant

De la forêt rompt le vaste silence ;

Au second cri le Poitevin s'élance

Et vers le bruit accourt en frémissant.

Dieu ! quel tableau vient s'offrir à sa vue !

Une beauté sanglotant, demi-nue,

Que trois brigands, aux yeux durs et hagards,

Épouvantaient de leurs affreux regards,
Était debout contre un arbre attachée.

Un corps sans vie est près d'elle étendu,
Et de son sang, à ses pieds répandu,
De toutes parts la terre était tachée.
Hélas ! l'écho, sensible à ses tourments,
Était fidèle à répéter sa plainte,
Et, tristement, d'une voix presque éteinte,
Lui répondait par des gémissements.

    Soudain Villiers, bannissant toute crainte,
Pique des deux et court sur les brigands.
Vous connaissez l'histoire d'Andromède,
Qu'un monstre allait engloutir dans ses flancs ;
L'on n'espérait ni salut, ni remède
A son malheur ; le soleil pâlissant
Voilait son front naguère éblouissant :
Chacun fuyait lorsque du haut des nues
Sur un griffon aux ailes étendues,
Aussi rapide, aussi prompt que l'éclair,
Fond sur le monstre un fils de Jupiter.
Incontinent le héros le défie,
Il le poursuit, l'atteint, le pétrifie :
Tel, non moins prompt, pareil au demi-dieu,
Sur l'un des trois, tout prêt à faire feu,
S'élance, court mon jeune mousquetaire,
Devant ses pas la peur vole soudain.

Il a saisi son fatal cimeterre,

Et brusquement il lui tranche la main

Qui va bondir au milieu du chemin.

Tout effrayé d'un pareil adversaire,

Dans l'épaisseur de l'immense forêt

Le chenapan s'enfonce et disparaît.

    Sur de Villiers avec sa carabine

Un autre accourt, l'œil de rage animé ;

Le chien s'abat, et du tube enflammé

Le nitre en feu chasse la chevrotine

Qui, mal mirée, avec force en sifflant

Du Poitevin frappe au milieu du flanc

Et blesse à mort la bête chevaline.

Elle succombe ; alors de l'étrier

Le paladin promptement se dégage ;

Sur le brigand qui fuit vers un hallier

Il court, l'arrête ; une lutte s'engage ;

Toujours vainqueur, de Villiers, d'un revers,

Lui fend la tête et l'envoie aux enfers.

    Sur le dernier qui, la main étendue,

Tenait en l'air sa hache suspendue,

Notre héros, insensible au danger,

Courait vers lui, lorsque d'un pied léger

Le scélérat, naguère plein d'audace,

N'osant braver son regard irrité,

Saisi d'effroi, soudain fait volte-face,

Et dans le bois cherche sa sûreté (13).

Tout aussitôt, de la belle éplorée

Villiers s'approche; il contemple ses traits...

Ah! conçoit-on sa joie et... ses regrets

En retrouvant sa maîtresse adorée!

Laure à son tour frémit, et de ses mains,

Vénus pudique, elle voilait ses charmes;

Car si l'aspect de monstres inhumains

Avait rempli son triste cœur d'alarmes,

Se montrer nue aux yeux de son amant,

Au tendre ami de son adolescence,

En cet état paraître en sa présence,

L'on comprend mieux qu'on ne peint son tourment,

Et pour cela je sens mon impuissance.

«Laure,c'est vous,vous que je vois!...Grands dieux!»

Tout aussitôt, avec l'arme tranchante

Dont il avait secouru son amante,

Sa main coupait ses liens odieux.

Plus loin, il voit sa mère qui l'implore,

Tout en craignant de paraître à ses yeux;

Il la détache et revient à sa Laure.

Quoique surpris, charmé de tant d'appas,

Tout ébloui de la voir aussi belle,

Troublé qu'il est, et soupirant tout bas,

Il n'osait plus lever les yeux sur elle.

Les vrais amants sont chastes, délicats;

Et toutefois mon loyal mousquetaire,

Voulant l'aider, ne savait comment faire :

Ses vêtements, confusément épars,

Confusément s'offraient à ses regards :

Dans ses accès de joie et de tristesse,

Il rejetait et reprenait sans cesse

Ce qu'il avait souvent pris et repris,

Tant le désordre était dans ses esprits.

Un auteur grave a dit que la nature,

Invariable à poursuivre ses plans,

Discrètement, avec poids et mesure,

Répand sur nous l'esprit et les talents.

Ainsi tel est d'une valeur brillante,

Ou même fait poëmes et chansons,

Qui n'entend rien en toilette et chiffons,

Conséquemment à vêtir son amante.

De Laure, à part, la mère s'habilla.

Si l'on demande : A quoi bon? pourquoi faire?

Et dans quel but le groupe sanguinaire

De ses habits ainsi la dépouilla?

L'on n'en sait rien ; c'est encore un mystère.

   Bientôt après, l'intéressant trio

Prit lentement le chemin du château,

Où le valet du jeune mousquetaire,

Longtemps perdu, fort tard arrive enfin

Mort de frayeur, de fatigue et de faim.

Dans les détails d'un récit historique,
Si l'accessoire avec le principal
Doit s'accorder, il faut que je m'explique
Sur la rencontre éminemment tragique
Qu'eut de Villiers en cet endroit fatal.
L'art a ses lois qu'on ne peut méconnaître
Et ses statuts, auxquels tout orateur,
Tout écrivain, poëte ou prosateur,
Sont obligés, contraints de se soumettre.

Plus haut j'ai dit qu'au passage du Rhin
De Laure, hélas! aux yeux du souverain,
Le père avait pour lui perdu la vie;
Mort, disait-on, que tout Français envie;
Du moins ainsi l'on parlait autrefois :
Car chaque époque a ses mœurs et ses lois;
Le chef du peuple en était le symbole.
Mais, par l'effet d'un changement de rôle
Et d'action, le roi n'est plus l'État :
C'est le pays : idole du soldat,
Pour sa défense il marche, il court, il vole;
Pour le pays il s'expose, il se bat,
Et, s'il périt, c'est pour lui qu'il s'immole.

Or, du hameau, séjour du chapelain,
Où l'on avait, de l'extrême frontière,
Sous des cyprès, au fond du cimetière,
Conduit le corps du vaillant châtelain,

S'en retournaient, le soir, Laure et sa mère,

Quand des brigands la bande meurtrière

Les arrêta sur le bord du chemin.

C'était le jour de son anniversaire.

C'est la coutume aujourd'hui comme alors

Que le pasteur, assisté du vicaire,

Et, moyennant un notable salaire

Qui de l'Église entretient les trésors,

Chante la messe et l'office des morts ;

Près de la tombe ensuite on s'agenouille,

Et d'eau bénite on l'asperge, on la mouille ;

Au pas de course on dit le *Libera*,

Le *Requiem*, la *prose*, *et cætera* (14)...

L'usage est tel ; pour qu'une ombre aussi chère

Reçût aux cieux du père des humains

Le doux accueil qu'il daigne faire aux saints

Et serviteurs zélés du sanctuaire,

On épuisa l'antique formulaire.

    Il est encore à propos d'observer

Qu'on partit tard, des femmes c'est l'usage ;

Elles ont tort ; car, dit un vieil adage,

« Qui part trop tard, doit trop tard arriver, »

Et c'est souvent périlleux en voyage.

Un seul valet, espèce d'intendant,

Accompagnait notre couple imprudent ;

Ce couple au port faillit faire naufrage,

Et le valet, serviteur précieux,
Qu'on a dit être à la fleur de son âge,
Atteint au cœur, expira sous leurs yeux.

Depuis ce temps, de Laure et de sa mère
Le Poitevin fut l'ange tutélaire :
Dans la contrée et dans les environs
Tous leurs vassaux, laboureurs, bûcherons,
S'entretenaient du brave mousquetaire ;
Quelques seigneurs en devinrent jaloux :
Laure était belle et fort riche héritière,
Deux qualités que nous recherchons tous.
Pour l'obtenir chacun à ses genoux
Fit sonner haut ses biens et sa naissance :
Mais dans le choix qu'elle fit d'un époux,
Laure à Villiers donna la préférence.

Déjà trois fois de ses baux dégagé (15)
L'astre du jour de gîte avait changé ;
Des deux époux la chaîne fortunée
Était de fleurs sans cesse environnée ;
Hors du château les échos d'alentour
Retentissaient encor de chants d'amour,
Lorsqu'à Poitiers Villiers avec sa Laure
A ses parents vint se montrer encore.

Nos deux époux, l'un de l'autre charmés,
Avec bonheur se rappelaient l'histoire,
A chaque instant présente à leur mémoire,

Des trois brigands vaincus et désarmés ;

Puis, s'occupant d'images plus riantes,

De leurs amours gaîment s'entretenaient,

Et, dans le cours de ces scènes touchantes,

A leurs transports soudain s'abandonnaient.

Pour ranimer les heures indolentes,

Car entre époux il en est quelquefois,

Pour passe-temps, de la sœur de *François*

Ils parcouraient les nouvelles galantes,

D'autres encor non moins divertissantes :

Un mousquetaire en a provision ;

De tels récits jeune femme est avide,

Non d'après eux qu'elle agisse et se guide,

Non, c'est pour elle une distraction.

En tête à tête ainsi de *Gabrielle*,

De *Pisseleu*, de la *Valentinois*,

De la *Touchet*, brune piquante et belle,

Dont les attraits séduisirent nos rois,

Villiers contait les amoureux exploits.

Qu'on soit duchesse à la cour ou marquise,

De la pudeur on peut blesser les lois,

Et de leur part, oui, rien ne scandalise (16).

Pour nous, bourgeois, simples et bonnes gens,

Sous une même et sanglante épithète

Nous désignons femme noble ou grisette.

Oui, nous, bourgeois, sommes moins indulgents.

Mais sur Agnès, si franche et si naïve,
Quand de Villiers quelquefois s'arrêtait,
Laure prêtait une oreille attentive,
Son cœur, ému de plaisir, palpitait ;
C'est à tel point que nos époux partirent,
Et, de Poitiers à Loches se rendirent
Pour, sur sa tombe, offrir en son honneur
Et déposer l'hommage d'une fleur.

C'est donc ainsi qu'à l'hôtel descendirent
Laure et Villiers, frais, joyeux et dispos,
Où, néanmoins, dans la nuit ils perdirent
L'un sa raison et l'autre son repos.

NOTES DU ONZIÈME TABLEAU.

---

(1)   *De nos parents courbés par la vieillesse.*

Les impressions de l'enfance, celles surtout qui tiennent au sentiment, sont ineffaçables ; c'est ainsi qu'on ne peut oublier celles qu'au
collége on éprouve à la vue d'Enée portant l'auteur de ses jours sur
les épaules pour le soustraire à l'incendie, et Antigone conduisant son
père aveugle poursuivi par l'infortune. Si les jouissances que procure
le bonheur d'arracher au plus affreux danger une amante chérie sont
délicieuses, celles qu'on éprouve à secourir ses parents dans leur
vieillesse ne sont pas moins douces pour un cœur filial et reconnaissant.

(2)   *Moins riche était le jeune de Villiers.*

Le chevalier de Villiers dont il est question ne doit pas être con-
fondu avec son homonyme, fils de Ninon et du marquis de Gersai,
qui, s'étant épris d'une vive passion pour elle, se tua de désespoir,
lorsque sa mère, tout interdite de le voir à ses genoux, lui eut révélé
le mystère de sa naissance.

(5)   *Si justement, depuis, tant regrettés.*

Dans les onzième, douzième et treizième siècles, les bulles des
papes Urbain II et Eugène III, les fanatiques prédications de Pierre
l'Ermite et du clergé excitèrent une partie des peuples de l'Occident
à se croiser pour courir à la Palestine, délivrer quelques moines et la
terre sainte du joug des infidèles et obtenir le pardon de leurs péchés.

Une exaltation fébrile s'ensuivit à tel point, que princes, seigneurs et vassaux, que des femmes même s'armèrent à l'envi les uns des autres et vendirent leurs domaines sur la foi des conquêtes et trésors qui leur étaient promis au nom du ciel par ces ardents missionnaires. C'est ainsi que Godefroy de Bouillon et son frère Baudouin cédèrent à vil prix leurs terres et comtés au chapitre de Liége et à l'évêque de Verdun ; que Richard, surnommé Cœur-de-Lion, vendit pour dix mille marcs sa suzeraineté sur le royaume d'Ecosse, avec tous les fiefs qui relevaient de la couronne ; aux remontrances qu'on lui en fit, il déclara qu'il vendrait même Londres s'il trouvait un acheteur : « *And when* « *some of his ministers took the liberty to remonstrate against such* « *imprudent proceedings, he frankly told them that he would sell* « *London itself, if he could find a purchaser.* » (Histoire d'Angleterre.)

Ainsi, en échange des trésors et conquêtes promis au nom du ciel, la plupart des croisés se virent privés de leurs propriétés ; c'est à tel point, que le sire de Joinville, voyant saint Louis faire les préparatifs d'une seconde croisade, quoiqu'il eût été fait prisonnier à la bataille de Massoure, refusa de le suivre, par ce motif que la première avait ruiné sa seigneurie.

Ce n'est pas uniquement l'appauvrissement des croisés que ces expéditions produisirent dans l'espace de cent soixante-cinq ans que durèrent les quatre phases de ce drame fanatique. Les chroniques du temps nous apprennent qu'elles firent périr seize cent mille hommes : dans ce nombre on compte saint Louis; ses deux frères, Robert d'Artois et le comte de Poitiers ; Godefroy et Baudouin de Bouillon ; Hugues, frère de Philippe Ier, et la majeure partie de la noblesse de tous les États chrétiens.

(4)   *Perdu la vie au passage du Rhin.*

Ce passage n'est important que par l'éclat qu'on a voulu lui donner; il eut lieu le 12 juin 1672, sur un bras du Rhin que l'on franchit à gué au pied d'une vieille tourelle, nommée *Toll-huis,* qui servait de bureau de péage. Il n'y eut qu'un très-faible engagement, dans lequel le comte de Nogent, père de notre Laure, et le jeune duc de Longueville, furent tués, et celui-ci le fut par son imprudence. La courtisanerie et la poésie se réunirent pour faire de ce passage un des actes merveilleux du règne de Louis XIV. N'est-ce pas outrager l'histoire que de la travestir ainsi !

(5)   *Ainsi de fleurs on couvrit son tombeau.*

L'esprit, dit à ce sujet madame de Sévigné, *tourne à la pauvre madame de Nogent ; madame de Longueville fait fendre le cœur.* (Lettre du 20 juin 1672.) Il en a été de même sans doute du désespoir des familles qui, à la nouvelle de la prise de Constantine, ont eu à déplorer la perte d'un fils ou d'un époux, perte que n'ont dû qu'imparfaitement adoucir la pension accordée à madame Damrémont, et la simple fleur jetée par l'honorable chambre sur la tombe du brave colonel Combes. Le public, qui a trouvé cette manifestation parcimonieuse, en a murmuré, et c'est à ce murmure qu'est due la faible pension accordée depuis à sa respectable veuve.

(6)   *Laure eût quitté les bords riants du Clain.*

C'est le nom de la rivière qui baigne les murs de Poitiers et se perd dans la Vienne, à quelques myriamètres plus loin.

(7)   *Fut appelé pour être au rang des pages.*

Il n'y a plus de *pages* pour le moment, mais ils peuvent revenir avec les apanages, les écussons, les fleurs de lis, l'habit paré de cour et d'autres oripeaux tout prêts à s'élancer de la main où ils sont mystérieusement cachés : c'est du moins ce qu'on a dit dans certaines réunions.

(8)   *Il aima mieux aller servir son prince.*

Servir son prince, était le style reçu dans le temps où le prince se montrait au parlement assemblé, avec une cravache à la main, et s'é

criait : « L'*État, c'est moi.* » De nos jours, on a vu Buonaparte et
don Miguel afficher la même prétention, et toutefois ils ont été expulsés
du trône sans que l'Etat, avec lequel ils s'étaient identifiés, ait songé
à les suivre dans leur exil.

Aujourd'hui que le droit divin, création du moyen âge, a disparu,
il n'est pas à craindre qu'une manifestation aussi téméraire se repro-
duise ; car aujourd'hui c'est la nation qui est l'Etat, parce que c'est
elle qui prodigue son sang pour la défense commune, qui supporte les
charges publiques, et qui, au militaire comme au civil, salarie tout
fonctionnaire, quelque rang qu'il occupe dans l'échelle sociale. Ainsi
donc, si le peuple est le souverain, celui qui, dans l'ordre hiérarchique, figure à sa tête, doit être respecté sans doute, mais il n'est point
l'Etat ; il n'en est que l'intendant ou régisseur ; car *regere*, ou *rex*,
son dérivé, ne signifie pas autre chose.

(9)   *Qui veut jouir des plaisirs de son âge.*

> C'est l'heureuse contrée où la paix et l'amour
> Ont fondé leur empire et choisi leur séjour.
>
> CHAPELAIN.

(10)   *Et dans Nimègue enchaîna sa fureur.*

Cette paix fut signée le 10 août 1678 ; mais dix ans plus tard les
hostilités recommencèrent avec une nouvelle ardeur, et, après un mé-
lange de succès et de revers qui mirent la France sur le penchant de
sa ruine, Louis XIV signa la paix d'Utrecht : ainsi finit cette lutte
sanglante que l'ambition du chef de l'État avait provoquée. Nous en
avons un triste et récent exemple dans celui qu'on a appelé l'*homme
du destin.*

(11)   *Pour nous l'aspect a de si doux attraits.*

Il n'est personne qui, après l'avoir quitté, n'éprouve, lorsqu'il revoit
le lieu de sa naissance, une douce et tendre émotion ; à sa vue il s'arrête, le contemple, des pleurs coulent de ses yeux. C'est ainsi que

Tancrède, de retour à Syracuse, sa patrie, après une longue absence, s'écrie :

> Ah ! pour les cœurs bien nés que la patrie est chère !
> Qu'avec ravissement je revois ce séjour !
>
> VOLTAIRE.

(12)   *Ah ! je n'ai plus celle que j'ai chérie !*

La tendresse de Pétrarque pour Laure, que la mélodie de ses vers a rendue célèbre, est connue. La fontaine de Vaucluse, au bord de laquelle ils aimaient à s'asseoir, est et sera toujours visitée par le voyageur qui n'est point étranger aux impressions de l'amour et au charme de la poésie. Jeune encore, il la perdit, et après avoir, en amant et poëte, payé à sa Laure le tribut de ses regrets, il s'éloigna de Vaucluse, pour aller en divers pays, dans l'espoir d'y trouver quelques distractions à sa douleur : mais ni l'honorable accueil qu'il reçut à Florence, ni la restitution qu'on lui fit de ses biens, ni la couronne poëtique qui lui fut décernée à Rome, ne purent le consoler ; son cœur et ses souvenirs étaient restés à Vaucluse auprès de son amante. Néanmoins la vivacité de ses regrets ne porta aucune atteinte à ses affections patriotiques, cause de son exil ; persuadé que la multiplicité de petits Etats qui existent en Italie était la cause de sa faiblesse, et que le seul remède à ce mal était la concentration et l'établissement de l'unité territoriale, unité que les papes, dans l'intérêt de leur puissance temporelle, repoussaient violemment, il se fit *gibelin* comme le Dante, Bocace et autres hommes supérieurs, dans l'espoir que l'Italie, parvenue, avec l'aide de l'Autriche, à cette unité, serait en mesure de recouvrer son indépendance et sa liberté. Le parti gibelin, qui, depuis plus de quatre siècles, était anéanti, est aujourd'hui quasi représenté par l'empereur d'Autriche, mais dans son intérêt seul, puisque sans coup férir il a envahi tout le nord de la Péninsule, au grand déconfort d'une population fière et généreuse, toute préoccupée de cette atteinte portée à ses droits et à son honneur, atteinte qui, brisant cette unité, objet de ses vœux, l'a mise sous le joug d'un prince étranger.

(15)   *Et dans le bois cherche sa sûreté.*

Cette scène est le calque de celle qui eut lieu en 1786, et dont un
sieur Louis Gillet, maréchal de logis au régiment d'Artois, cavalerie,
fut le héros. Ce brave, qui avait, à Nevers, obtenu son congé, se diri-
geait vers Sainte-Menehould, lieu de sa naissance, lorsque, arrivé dans
une forêt, il fut attiré par les cris d'une jeune fille que deux brigands
avaient attachée à un arbre. Soudain, l'intrépide Gillet, le sabre levé
et l'œil menaçant, vole à son secours; une lutte périlleuse s'engage,
et c'est après avoir mis en fuite le premier et fait rouler à ses pieds le
poignet du second, ainsi que le pistolet avec lequel il le couchait en
joue, que le brave Gillet se hâta de détacher l'infortunée et de la conduire à ses parents.

Cette scène, à la fois attendrissante et sublime, que le burin de
M. Voysard s'empressa de retracer aux yeux du public, devint à
Paris le sujet de l'entretien général comme celui de l'admiration.
Quant à celui qui en était le héros, toute sa récompense fut d'être
admis à l'hôtel des invalides, où je l'ai vu avec la foule, qu'une incessante et louable curiosité attirait journellement auprès de lui ; curiosité
bien différente de celle qu'on a manifestée le jour de la translation dans
le même lieu des restes mortels de Buonaparte, excitée qu'elle était par
les apprêts d'une fastueuse et quasi théâtrale cérémonie, tandis que celle
dont le maréchal de logis était l'objet n'eut pour motif que la sym-
pathie qu'inspire toute action noble et vertueuse.

(14)   *Le Requiem, la prose, et cœtera.*

Nous sommes loin de blâmer les cérémonies et prières ordonnées par
l'Eglise pour les morts, quoiqu'elles soient un peu trop chères; bien
loin de là, nous les invoquons, puisqu'elle en impose l'obligation à ses
ministres. Comment donc expliquer la conduite de ceux qui provoquent, par leur refus, la censure des esprits religieux. C'est ce qui a
eu lieu dans la commune de Bondy, près Paris, où, sur le refus du curé
d'assister aux funérailles d'un particulier, sous le prétexte qu'*il était
mort comme un chien, sans se confesser,* les habitants, précédés du
maire, l'ont conduit au champ du repos.

Ce refus, à part l'inconvenance de l'expression, n'est ni orthodoxe ni tolérable; car celui qui repousse le confesseur, ou a de la religion sans le manifester, ou il n'en a point; dans le premier cas, il aura, dans l'examen de sa conscience et sans intermédiaire, témoigné à Dieu le repentir de ses fautes et imploré sa miséricorde par cette formule qu'enseigne l'Eglise elle-même : *Je me confesse à Dieu tout-puissant;* ainsi il est exempt de blâme. Dans le second cas, s'il n'a point de religion, c'est un devoir de charité pour le prêtre d'invoquer la clémence divine, pour obtenir le pardon de celui qui l'a repoussé : Mais le mettre comme un réprouvé hors de la communion des fidèles, et lui refuser les prières de l'Eglise, dont il a d'autant plus de besoin qu'il les a rejetées, c'est préjuger la condamnation de celui que Dieu seul doit juger, c'est violer ce précepte de l'Évangile : *Ne jugez point, car vous serez jugé selon que vous aurez jugé les autres, et l'on se servira contre vous de la même mesure dont vous vous serez servi contre eux.* (Saint Matthieu, chap. vii, v. 2.)

Mais notre curé avait une tout autre doctrine, et, à cet égard, il faut avouer que ceux qui suivent son exemple sont bien inférieurs aux ministres de l'Église anglicane, *laquelle*, au dire d'un écrivain que nous avons cité plus d'une fois, *baptise tout, enterre tout, sans informations, sans questions qui puissent troubler la tranquillité publique; elle croit les consciences du ressort immédiat de Dieu.* (Grosley, Londres, tom. II, page 190.)

Or, cet écrivain n'était ni évêque ni prêtre, mais un estimable Champenois, membre de l'Académie des inscriptions et d'un esprit assez élevé pour préférer les lumières de la raison et du bon sens aux amplifications théologiques.

(15)   *Déjà trois fois de ses baux dégagé.*

Les mois, a dit lord Byron, sont des espèces de maisons de poste ou les destins changent de chevaux (*Don Juan*, chap. 1er); à la vérité, j'ai de la peine à comprendre ce que milord entend par ces destins, qui, à chaque mois, changent de chevaux. Béranger, qui, dans son poëme de l'*Hiver*, a eu recours à la même métaphore pour désigner la marche des saisons, s'est expliqué plus clairement. Voici le passage:

Qui peut sans être ému voir l'ordre des saisons,
Le soleil voyageant dans ses douze maisons?

(16)   *Et de leur part, oui, rien ne scandalise.*

Cette réflexion s'applique aux courtisans dont la tâche est d'applaudir à tout ce que fait le maître. Aussi un habitué du château a eu la
naïveté de s'écrier un jour : « Que les hommes de plume, que la mau-
« vaise presse, nous critiquent, c'est leur métier ; pour nous, qui
« jouons à la cour notre *va-tout*, le nôtre est de louer les princes
« *quand même !* »

Il est en effet connu que tout ce qui tient à eux par un intérêt quelconque, même de circonstance, tels que ministres, serviteurs, maîtresses
et favoris, est l'objet de leur adoration ; car tout chemin, quelque
impur et fangeux qu'il soit, s'il conduit aux emplois et à la fortune,
est pour eux un chemin de prédilection.

DOUZIÈME TABLEAU.

Un fantôme ou cauchemar apparaît à Lascour. — Il va à la recherche d'Œnone qu'il reconduit chez elle. — Délivrance de Russel et des chevaliers. — Effroi du bailli. — Il est arrêté par la Châtre. — Retour des prisonniers à l'hôtellerie. — Combat furieux. — Arrivée de l'official et des archers. — Mort de Tirconel et d'Œnone. — Apparition d'Agnès. — Dénoûment.

Quand je n'ai plus que quelques pas à faire,

Quand, fatigué de ma longue carrière,

Je me vois près d'en terminer le cours, .

Inspire-moi, Muse, à toi j'ai recours!

Sois mon soutien, divine Polymnie!

Oui, soutiens-moi; j'ai les pieds chancelants;

Ma voix s'éteint; de mon faible génie

La lassitude arrête les élans :

L'espoir me fuit ainsi que le courage :

J'aurais mieux fait de hâter mon hommage;

Il est tardif, j'en suis un peu confus;

Pour cela dois-je éprouver tes refus?

Il n'est plus temps, ô Muse! d'être fière,

Tes nourrissons ont quitté ta bannière;

Le double mont et ses bosquets si verts,

Si fréquentés, sont aujourd'hui déserts :

Non plus en Grèce est le dieu du génie,
Des novateurs l'ont récemment placé
Au sein des rocs et sur le sol glacé
Du Scandinave et de la Laponie ;
Le romantisme a tout bouleversé :
Sur l'Hélicon, pour toute symphonie,
Des chevriers chantent aux mêmes lieux
Où tu chantais, en chœur mélodieux,
Des vers pétris de grâce, d'harmonie,
Tout est changé ; le flot du mauvais goût (1),
Grâce aux efforts d'une école rêveuse,
De l'idéal amante vaporeuse,
En mugissant transforme, altère tout.
Ainsi, veux-tu dans le champ littéraire
Revendiquer, prendre une large part,
Poëte, il faut, désertant l'étendard
Du froid Racine et du niais Voltaire,
Jeter tes vers au moule de Ronsard
Et de Baïf, au risque de déplaire
Aux amateurs éclairés de Ponsard.

C'en est assez. Laissons le badinage ;
Seul, inconnu, vivant en homme sage (2),
Et même obscur, loin de nos beaux esprits,
En pèlerin je vis, quoique à Paris,
Tel qu'un reclus est dans son ermitage.
N'ayant que toi, c'est à toi que je veux,

Muse, adresser mon poétique hommage ;

Toi seule auras mon offrande et mes vœux !

Que dis-je? non ; une autre les partage,

Qui, comme toi, m'inspire, m'encourage ;

Cette autre, donc, ou cette déité,

Que, comme toi, l'on déserte, on outrage,

La nommerai-je? oui, c'est la Liberté !...

    La nuit fuyait vers un autre hémisphère,

Et d'une faible et douteuse lumière

L'aube du jour éclairait nos coteaux,

Quand, près d'un bois attendant sa bergère,

Lubin chantait en gardant ses troupeaux (3).

Lascour, alors fasciné par un songe,

Croyait presser Churchill contre son cœur,

Et, dans l'extase où ce rêve le plonge,

Il la voyait répondre à son ardeur.

De *Gabalis* alors un sylphe ou gnome (4)

Parut soudain assis sur un bahut ;

Tout aussitôt, à l'aspect du fantôme,

Épouvanté, le songe disparut :

« Réveille-toi ; sais-tu ce qui se passe ?

« Dit l'habitant de l'empire des morts ;

« Quand Tirconel poursuit avec audace

« L'aimable objet que tu chéris, tu dors !

« Et chez Ninon quand il s'installe, ordonne,

« Quand d'Arabelle il aigrit le malheur,

« Traître, parjure, ingrat envers OEnone,

« Malgré ses cris, ses pleurs, il l'abandonne

« Et met le comble à sa vive douleur.

« Ce n'est pas tout; cette veuve éperdue,

« Dont chacun sait qu'il fut le séducteur,

« Sur le pavé gît et reste étendue;

« Va la trouver, prête-lui ton secours,

« Songe à Churchill, hâte-toi, marche, cours! »

A cette voix qui vibre à son oreille

Tout effrayé notre Lascour s'éveille,

Porte en avant une timide main

Que dans sa crainte il retire soudain;

Même au dehors, en marchant, il frissonne;

Il cherche, trouve et reconduit OEnone.

Cédant ensuite à cet instinct fatal

Qui, contre nous, incessamment inspire

Tout habitant du ténébreux empire,

Le cauchemar court chez l'official,

Et, de Lascour revêtant la figure,

Contre Martin déclame outre mesure.

« Non! il n'est point, dit-il, assez puni!

« Il ne l'est point; il faut, comme parjure

« Et renégat, il faut qu'il soit banni (5)! »

De ses esprits en recouvrant l'usage,

OEnone sent l'excès de son malheur,

Et ce malheur a redoublé sa rage.

Ses traits, ses yeux expriment la fureur ;
Vers la prison elle court, elle vole,
Parle à Duroc avec autorité
Et, chose étrange, elle change de rôle,
Veut qu'à l'instant, sur sa seule parole,
Les chevaliers soient mis en liberté.
« Obéissez ; telle est ma volonté !
« Pour une cause aussi vague, aussi folle,
« Les retenir, c'est une iniquité (6) ! »
   En s'inclinant, Duroc, d'un air modeste,
A tous ses vœux se disant résigné,
Désire au moins qu'un ordre écrit l'atteste,
Et de sa main que l'ordre soit signé.
La fière OEnone, avec impatience,
Sur Duroc jette un regard irrité,
Et, s'indignant de sa témérité,
Par ce regard dompta sa résistance,
Tant elle avait sur lui d'autorité.
   Eh quoi ! céder au vœu d'une furie
Sans qu'un écrit du moins le justifie !
Duroc eut tort de ne point persister.
Mais qu'est la forme et son vain protocole
Avec celui qui peut d'une parole,
Par un *ukase*, à son gré, nous ôter
L'unique emploi qui nous fait subsister ?
Le droit n'est rien quand le faible l'invoque,

L'homme puissant insolemment s'en moque.
Contre quelqu'un en crédit à la cour
Qu'au parlement on adresse une plainte ;
Sans discuter dans l'honorable enceinte
L'on répondra par un ordre du jour (7).
Serait-ce à Londre? Est-ce à Rome la sainte
Qu'on voit cela? Non, c'est à *Visapour*,
Ville où la charte, à l'aide de roupies,
Philtre qui tient les âmes assoupies,
Pâlit, chancelle et s'éteint sans retour.

Mais à l'hôtel voyons ce qui se passe
Et si le dieu qui protége Churchill
De Tirconel saura vaincre l'audace ;
De mon récit je reprends donc le fil.

Lorsque la nuit eut fait place à l'aurore,
Villiers courut dans les bras de sa Laure :
Mais on conçoit si Churchill dut souffrir,
Lorsqu'à ses yeux Tirconel vint s'offrir.
Ainsi finit cette scène comique
Qui menaçait d'être vive et cynique.

A la raison chacun donc revenu,
Avec Lison s'en retourna l'hôtesse
Qui, lui serrant le bras d'un air ému,
Tout en marchant, lui répétait sans cesse :
« Hé bien! Lison, comment te trouves-tu?
« Cet Irlandais me plaît et m'intéresse. »

Quand vers la porte ils les virent marcher,
Laure et Villiers aussitôt les suivirent,
Ils étaient las, s'aimaient, ils se le dirent;
Que de motifs pour aller se coucher !
C'est chez Lison que fut Joulain, sans doute,
Les autres trois restèrent chez Ninon !
Ce procédé n'a vraiment pas de nom;
C'est, tout au moins, indiscret, et j'ajoûte
Inconvenant. Que le soir, quelquefois,
Chez une femme agréable, jolie,
Un peu trop tard l'on reste, l'on s'oublie,
C'est excusable; enfin, je le conçois;
Mais le matin, une toilette à faire,
Mille détails surgissent à la fois,
Et ces détails exigent du mystère.

Le monstre alors qui, selon nos aïeux,
Avait cent voix, cent oreilles, cent yeux,
Parlait de tout avec insouciance,
Distribuant le vrai comme le faux,
De miss Churchill vint adoucir les maux
Et de Ninon calma l'impatience.
Au désespoir succéda la gaieté
En apprenant que de leur liberté
Les chevaliers étaient en jouissance...

D'un pareil bruit Raymond, déconcerté,
Veut requérir ses archers, ses gendarmes;

Puis, se raillant de sa crédulité
Et du récit, cause de ses alarmes,
Il va dehors chercher la vérité.
Hors de l'hôtel comme il était à peine,
Il voit Russel, la Châtre et Sévigné.
Est-il frayeur comparable à la sienne?
Il veut s'enfuir, mais la Châtre, indigné,
Courant après, à l'hôtel le ramène;
Or, rancuneux était mon chevalier,
Dans son courroux de Raymond prisonnier
Il déchirait et pinçait l'épiderme,
Quand, l'entraînant vers un vieux pigeonnier,
Malgré ses cris, il l'y pousse et l'enferme;
Lorsqu'on le sut, d'aise on fut transporté,
Tant il était à Loches détesté.

Des chevaliers dirai-je la colère,
Lorsque Ninon leur eut fait le rapport
De la conduite indécente, grossière,
Des deux Landry, renforcés de milord?
Soudain, avec une aveugle furie,
Des deux côtés on s'arme, on s'injurie :
Quoique irrité, Russel, silencieux,
Vers Tirconel marche pour le combattre,
Quand, de lutter non moins ambitieux,
Contre Geoffroi se dirige la Châtre.
« Fuis, dit-il, fuis, ou ce fer meurtrier

« Va châtier, punir ton insolence ! »
Sans se troubler, Geoffroy, pour sa défense,
Recule un pas, s'empare d'un levier,
Et bravement fait face au chevalier.

Nul paladin sous la seconde race
N'eut plus de cœur, de courage, d'audace,
Qu'on en montra dans ce malheureux jour,
Tant est puissant ce prestige d'amour !
Surexcités par la fougue de l'âge
Avec dédain s'observaient nos galants,
Et, furieux, les yeux étincelants,
Se défiaient en écumant de rage.
Plus effrayé que jamais du péril
Grave, imminent où se trouve Churchill,
Un sien valet, ou, si l'on veut, son page,
Dehors s'élance en criant : « Au secours ! »
De curieux une foule accourue
En un moment se répand dans la rue
Et de l'hôtel envahit les entours ;
Car la police, alors moins méfiante,
De ses sergents à dague menaçante
N'encombrait point les quais et carrefours.
Par ses agents, au convoi de Turenne,
Le sang du peuple, accouru des faubourgs,
De Saint-Denis ne rougit point la plaine ;
Que de progrès elle a faits de nos jours (8) !

Aussi voit-on la presse élogieuse
Lui consacrer sa plume officieuse.

  Du page enfin l'appel retentissant
Ayant cessé, la foule curieuse
Se retirait calme et silencieuse,
Quand le bailli, sur les pieds se dressant,
De la lucarne atteignant l'ouverture,
Se laissa choir, lorsque, par aventure,
S'étant blessé, seul et privé d'appui,
En clopinant il arriva chez lui.

  Quand on accuse un homme d'injustice,
S'il est puissant, il convient qu'à son tour
De la fortune il souffre le caprice :
Tel, dans Erfurth, a pu jouir un jour
De voir de rois une foule hautaine
Vaincus, réduits à lui faire la cour
Et qui, plus tard, expire à Sainte-Hélène
Dans les tourments d'un exil sans retour (9).

  Au même instant qu'on plaçait un topique
Sur l'épiderme enflammé du bailli,
L'hôtel offrait l'aspect le plus tragique :
Le Tourangeau, par la Châtre assailli,
Y déployait un courage énergique ;
Fort du levier dont s'est armé son bras
Avec fureur il fond à l'improviste
Sur son ardent et fier antagoniste,

Et fait voler son épée en éclats.

Tel, à *Bouvine*, un prélat, autre Hercule,

Massue en main, sur l'Anglais se ruait,

Et, de pointer se faisant un scrupule,

D'un bras robuste assommait et tuait (10).

 Churchill, toujours délirante, éperdue,

De Sévigné qui veut la rassurer

Saisit les mains, et, se croyant perdue,

En gémissant ne cessait de pleurer;

De son côté Ninon, quand Churchill pleure,

Pour secourir la Châtre en ce péril

Court lui chercher une arme, dont le fil

Fût, tout au moins, d'une trempe meilleure.

Elle quittait à peine le salon

Qu'au même instant sur Geoffroi qui recule

La Châtre, avec le taillant du tronçon,

Lui tranche l'os qu'on nomme *clavicule*.

Aux cris plaintifs du docteur amoureux,

Deux forts valets, dans leurs bras vigoureux,

Du grand Alcide emportèrent l'émule.

Pour le venger, Tirconel, furieux,

Quitte Russel pour attaquer la Châtre

Qui s'apprêtait lui-même à le combattre,

Lorsque, accourant, Ninon lui présenta

Un vieux damas dont la lame invincible

Du Philistin trancha la tête horrible

Qu'un Lusignan de Solyme apporta
Et dont, plus tard, un la Châtre hérita (11);
Il s'en saisit, mais cette arme tranchante
Entre ses mains devait être impuissante.
Impatient, le sournois Tirconel
Visait la place où sa main frénétique
Allait soudain plonger l'acier mortel.
Il souriait comme tel politique
Qui, du pouvoir équivoque frondeur,
A la tribune, en véritable acteur,
D'indépendance ouvertement se pique,
Et qui, le soir, quittant sa marche oblique,
En souriant assiste aux bals de cour,
Jouant ainsi deux rôles dans un jour (12).
　　Le fier la Châtre aurait vu la lumière,
Il eût péri sans OEnone et Lascour;
Messire Grim et sa fidèle escorte
Suivent leurs pas : S'élancer de la porte,
De Tirconel, acharné combattant,
Saisir le bras et requérir main-forte,
C'est ce que fit OEnone en un instant.
Voyant Churchill les yeux mouillés de larmes,
Elle pâlit en contemplant ses charmes.
Le sentiment qu'elle a de sa beauté,
De son ardeur double l'intensité.
Churchill serait prête à quitter la vie,

Elle en verrait s'éteindre le flambeau

Churchill serait l'objet de son envie :

Elle est aimée et son sort est trop beau.

OEnone donc, vivement courroucée,

Menace, insulte et Churchill et Ninon ;

Elle avait tort, mais que peut la raison

Sur une femme amante et délaissée !

 Messire Grim s'efforce de parler

Et de la main fait signe qu'on se taise ;

Lasse d'agir, OEnone enfin s'apaise.

« Quoi ! pour un clerc, dit Grim, on peut brûler

« D'une amoureuse et sacrilége flamme !

« C'est odieux ; je dis plus, c'est infâme ;

« Est-il scandale égal à celui-ci !

« Faites sortir cette femme insensée ;

« Que de ces lieux elle soit expulsée ;

« Oui, qu'on l'entraîne et l'arrache d'ici !

 « O ciel ! et vous par d'impudiques flammes

« Vous ne cessez de tourmenter des femmes ;

« Un sacristain, se comporter ainsi !

« Vous fussiez-vous, comme plus d'un confrère,

« Réfugié dans l'ombre du mystère,

« En clerc discret, en digne official,

« J'aurais senti le besoin de me taire ;

« Il est public, et c'est là qu'est le mal (13).

« — Exerce ailleurs ton ridicule office,

« S'écrie alors en fronçant le sourcil

« L'amant d'OEnone, ou plutôt de Churchill,

« Sinon de toi ce bras fera justice.

« — Obéissez ! archers, qu'on le saisisse ! »

Alors, lançant un regard de travers,

Milord s'écrie : « Avant qu'on t'obéisse

« Je t'enverrai, misérable, aux enfers ! »

De son cerveau soudain le sacrilége,

Levant le bras, allait fendre le siége,

Et de son sang qu'il brûle d'épancher

Il s'apprêtait à rougir le plancher ;

Lorsque Lascour, qu'alarme sa menace,

Derrière lui prudemment embusqué,

Recule un pas et d'un coup de sa masse

Sur l'occiput fortement appliqué

Renversa mort Tirconel sur la place (14).

Le fait à Loche à peine publié,

Chacun, surpris, s'émut de la nouvelle ;

Le jour suivant milord fut oublié :

OEnone seule, à son amant fidèle,

Inconsolable, au tombeau descendit ;

En l'apprenant son angoisse fut telle,

Que ses genoux ayant fléchi sous elle,

Comme un vaisseau qui sombre, s'engloutit,

Elle succombe et la mort la saisit.

En ce moment où la fureur, la rage,

N'agitaient plus le cœur de nos amants,
Où les clameurs et les emportements
Avaient cessé, comme après un orage
Des loups-cerviers cessent les hurlements,
En ce moment, d'une vapeur épaisse
On vit sortir un ange, une déesse ;
Rien de plus beau ni de plus gracieux
N'avait sans doute été vu sous les cieux :
Ses cheveux blonds, ses épaules d'albâtre,
Son doux sourire et l'azur de ses yeux,
De Sévigné, du valeureux la Châtre,
Fixaient surtout les regards curieux.
Au même instant odeur suave d'ambre
De son parfum remplit toute la chambre (15) ;
Chacun dut croire être au séjour des dieux :
Les cœurs flétris soudain s'épanouissent ;
Tous, hors Russel, à son divin aspect
Sentent sous eux leurs genoux qui fléchissent ;
Tous sont saisis du plus profond respect (16).

« Je suis Agnès, et, pour vous, je l'atteste,
« Dit à mi-voix l'ange mystérieux,
« J'arrive exprès de la voûte céleste,
« Celle qu'un roi dit le Victorieux
« Aima jadis ; l'histoire a dit le reste.
« Tant que j'ai vu la lumière du jour,
« La France fit le bonheur de ma vie,

« Et, seule, fut l'objet de mon amour

« Jusqu'au moment qu'elle me fut ravie.

« A votre tour voulez-vous être heureux ?

« Aimez pour elle, aimez votre patrie,

« Et que l'honneur, jusqu'à l'idolâtrie,

« Dirige seul vos penchants et vos vœux.

« Par vous, alors, notre si belle France

« Verra s'accroître et grandir sa puissance !

  « Belle Churchill, partez ; ne craignez rien,

« Et reprenez le chemin de Barége ;

« Ayant Russel et l'amour pour cortége,

« Votre santé s'en trouvera fort bien.

  « Et vous, Ninon, plus de pèlerinage ;

« J'ai, comme vous, fait jadis un voyage,

« Et me souviens de ce qu'il m'a coûté ;

« C'est à Paris, en cette heureuse ville,

« Que, de tout temps, les grâces, la beauté

« Et les talents ont choisi pour asile,

« Qu'il faut aller ; c'est là que chaque jour

« Princes, guerriers, écrivains et poëtes,

« Barons, marquis, prélats, abbés de cour,

« Vous offriront leur encens tour à tour,

« Et que vos jours seront des jours de fêtes (17).

  Après ces mots dits avec cet accent

Dont sur nos cœurs l'effet est si puissant,

Agnès sourit et dans l'air s'évapore.

De ses regards on la suit vers les cieux,
Et sur Ninon quand on jette les yeux,
Chacun ému crut voir Agnès encore.

NOTES DU DOUZIÈME TABLEAU.

---

(1)   *Tout est changé, le flot du mauvais goût.*

Trop tard sans doute; car un passage du cours de littérature de la Harpe m'avait fait une trop vive impression pour ne pas adopter l'opinion de cet écrivain. Voici ce passage :

« Les barbares approchent; l'invasion nous menace; songez que
« les déclamateurs en vers et en prose ont succédé jadis aux poëtes et
« aux orateurs; retardez au moins parmi vous, s'il est possible, cette
« inévitable révolution; joignez-vous aux disciples du bon siècle pour
« arrêter le torrent. Encouragez l'étude des anciens, qui, seule, peut
« conserver parmi vous le feu sacré prêt à s'éteindre. »

Si les drames d'*Hernani*, des *Burgraves* et autres eussent été à la connaissance de cet écrivain, les eût-il jugés propres à rallumer ce feu sacré ? C'est au littérateur éclairé, à l'homme de goût, tels que MM. de Lamartine et Cas. Delavigne à répondre. Mais, hélas, nous venons de perdre ce dernier poëte qui prive à la fois son pays, sa famille et notre littérature d'un citoyen précieux, d'un époux chéri et d'un grand écrivain !

(2)   *Seul, inconnu, vivant en homme sage.*

Tel est le genre de vie qui convient à l'homme qui, exempt d'ambition, vit dans une heureuse médiocrité : s'il cultive les lettres, c'est dans la retraite qu'il trouve les inspirations propres à donner de l'essor à son génie, et, s'il cultive les sciences, le calme d'esprit nécessaire pour les approfondir. Tels étaient Montaigne, dans son château du même nom, où il composa ses *Essais*, Buffon à Montbar, Montesquieu à la Brède, et Voltaire à Ferney. « La vie de Paris, a dit celui-ci, éparpille
« trop les idées; on s'amuse un moment de tout dans cette grande lan-
« terne magique, où toutes les figures passent rapidement comme les

« ombres ; mais dans la solitude, on s'acharne sur les sentiments. »
(Lettre à madame du Deffant.)

Voltaire a prêché d'exemple en passant trente années aux Délices,
ou à Ferney, loin d'un monde sans cesse occupé de lui et sans cesse
dans l'attente du produit de ses veilles studieuses.

(3)   *Lubin chantait en gardant ses troupeaux.*

C'est là de l'idylle, et j'en demande pardon à ceux qui ont un penchant pour le mystique et le vaporeux, à ceux qui sont d'autant plus
disposés à admirer un auteur, que son œuvre abonde en métaphores
outrées et inintelligibles.

(4)   *De Gabalis alors un sylphe ou gnome.*

Gnome, est le nom que les cabalistes donnaient à une espèce d'êtres
invisibles qu'ils disaient habiter au centre de la terre. L'abbé de Villars
a publié à ce sujet un ouvrage, connu sous le titre du *Comte de Gabalis*.
Cet abbé, homme d'esprit et de talent, fut assassiné, en 1675, sur la
route de Paris à Lyon.

(5)   *Et, renégat, il faut qu'il soit banni.*

La proposition de bannir un étranger, un apostat comme Tirconel,
est faite pour étonner dans la bouche d'un cauchemar ; elle surprendrait
moins si elle était dirigée contre l'étranger resté fidèle à ses principes,
comme nous l'avons vu pratiquer à l'égard de quelques Polonais et Italiens
réfugiés. Il n'y a en effet qu'un cauchemar qui soit capable de retirer
le bienfait de l'hospitalité à ceux qui, par de grandes infortunes et leur
honorable conduite, ainsi que l'ont hautement déclaré à la tribune
MM. Saint-Marc Girardin, Dufaure, Arago et de Tracy, ont droit à
notre protection. Cependant il en est qui ont été froissés, persécutés.
De ce nombre est un sieur Camille Brunetti, ex-chef de bataillon au
service de Naples, qui, sur l'ordre de quitter Marseille où il était généralement estimé, s'est suicidé, et, par cet acte de désespoir, a causé
une sensation douloureuse, qui a été partagée par tous les cœurs sensibles et généreux.

(6)   *Les retenir, c'est une iniquité.*

Voici OEnone, qui est tout autre de ce qu'elle était d'abord : non qu'elle ait changé de sentiment, le naturel ne se réforme point ; mais l'intérêt de sa passion n'étant plus le même, elle a changé de langage ; c'est la marche qu'a suivie l'autorité, lorsque après de longs délais elle s'est décidée à étendre l'amnistie sur les fugitifs échappés au glaive de la loi. Observons que si, sur le nombre, il y avait des coupables, il pouvait y avoir aussi des individus qui, quoique innocents, eussent été injustement détenus. Cela n'arrive que trop souvent ; or, si les détentions légales, quant au fond ou à la forme, sont blâmées pour leur excessive sévérité, comment qualifier les détentions préventives et celles qu'on se permettrait sans énoncer aucun motif, ce qui est le pire des abus. Ainsi, quelques malheureux, après huit mois d'une bien pénible captivité, ont été envoyés devant une cour d'assises, qui les a acquittés, attendu qu'il n'y avait contre eux *ni preuve ni présomption* de crime ou de délit. L'*Echo du peuple*, à Poitiers, nous en a, dans le temps, offert un exemple qui a dû frapper les plus indifférents.

Est-ce ainsi qu'en France l'on comprend la liberté individuelle ? Etrange *writ* d'*habeas corpus* que la loi qui, chez nous, souffre qu'on la viole impunément. Heureux l'Anglais, qui ne peut être arrêté sans qu'une ordonnance d'*indictment* du magistrat en ait déclaré le motif ; aussi brave-t-il dans son domicile toute arrestation arbitraire, et il s'écrie avec raison : *My house is my castle!* ma maison est ma forteresse !

A l'appui de cette réflexion, je vais citer un fait trop important pour ne pas être rappelé au souvenir de ceux qui ont pu le connaître. C'est un Français qui, arrivé en Angleterre en 1765, en fut témoin, et qu'il raconte en ces termes :

« Tout Londres, lorsque j'y arrivai, retentissait de la condamnation « qui venait d'être prononcée contre lord Halifax, ministre d'État, en « faveur de l'auteur, de l'imprimeur et des colporteurs du *Moniteur*, « feuille où ce ministre avait été attaqué et outragé : ces gens, décrétés, « arrêtés et constitués prisonniers, avaient pris le ministre à partie et « porté l'affaire au tribunal des *Plaids communs*, où elle fut longue-

« ment discutée. Enfin, par jugement des jurés, le ministre avait été
« condamné à trente mille livres envers l'auteur, et en autant d'a-
« mendes proportionnelles envers l'imprimeur et les colporteurs. Les
« décrets décernés contre eux avaient été déclarés conformes aux lois,
« mais on avait retenu les accusés en prison sans les interroger dans le
« terme qu'elles ont prescrit. Ce vice avait servi de motif à leur nou-
« velle action et de base au jugement rendu en leur faveur. » (Grosley, Londres, tom. 4, page 50.)

Si pareille action contre un ministre, pair ou député, avait lieu chez
nous, elle serait, dans le cas peu probable d'admission, soumise, non
au jury, mais à l'une des deux chambres ; et comme un ministre est
aujourd'hui nécessairement à l'abri de toutes poursuites, messieurs les
plaignants en seraient pour leurs frais.

(7)   L'on répondra par un ordre du jour.

Rien de plus commode que cette tactique, si ce n'est celle de ren-
voyer les pétitions aux oubliettes des cartons ministériels, comme les
cinq du sieur *Crevel*, ex-officier supérieur, restées sans réponse, après
cinq renvois successifs au président du conseil. Réclamation pareille
du sieur *Houdet*, d'Angers ; *ordre du jour*. Le 18 février 1857, un
ecclésiastique dénonce à la chambre un membre du haut clergé pour
infidélité prétendue d'un dépôt de cent mille francs à lui confiés dans
l'intérêt des pauvres, et pour ne point, sans doute, surcharger les cartons du ministre, la chambre a voté l'*ordre du jour*.

Le public a été surpris que messieurs les gens du roi, qui, à la révélation d'un délit quelconque, en poursuivent l'auteur avec une
louable et incessante activité, aient gardé un apathique silence, quoiqu'il s'agisse de la soustraction d'une somme destinée au soulagement de
la classe indigente, et quand le révélateur s'obligeait à en fournir la
preuve devant la justice du pays ; de là cette réflexion toute naturelle, que plus le personnage dénoncé est respectable par sa haute
position, plus, s'il est calomnié, il convient que la justice intervienne
pour punir le calomniateur ; ainsi donc, le silence des membres du
parquet a dû produire sur les esprits une pénible et triste impression,
surtout lorsqu'à ce silence s'est joint celui du personnage dénoncé.

On s'est demandé le motif de cette inertie de la part des hommes de justice, lorsqu'ils pouvaient acquitter ce personnage, non à cause de sa dignité, mais pour son innocence. La chose était facile ; ainsi le passage si connu de la Fontaine :

> Selon que vous serez puissant ou misérable,
> Les jugements de cour vous rendront blanc ou noir,

aurait reçu, en ce cas, un démenti.

(8)   *Que de progrès elle a faits de nos jours !*

Lors du convoi de Turenne et de sa marche vers Saint-Denis, le chemin ne fut point ensanglanté comme le fut celui du boulevard le 5 juin 1852 au convoi du général Lamarque. Quoique invisible sur tous les points où devait passer le cortège funéraire, la police n'y fut pas moins représentée, sans néanmoins qu'elle ait pu conjurer les désastres de cette triste journée.

Deux ans après, quel déploiement ne fit-elle pas de ses forces au convoi du général Lafayette ! C'est alors qu'on vit pour la première fois des sergents de ville précédés d'un magistrat de police, marcher en front de bandière et faire une parodie militaire, qui excita une hilarité pareille à celle que le public fait éclater au théâtre des Variétés.

(9)   *Dans les tourments d'un exil sans retour.*

Je sais bien qu'on reprochera à ce parallèle de manquer de justesse ; mais si l'on considère que l'un et l'autre, en abusant de leur position, ont encouru le blâme, et, par suite, éprouvé l'humiliation d'une captivité poignante en expiation de leur conduite insensée, on sera peut-être moins difficile.

Buonaparte a toutefois encore des partisans qu'éblouissent les hallucinations d'une gloire sans résultat avantageux, et achetée au prix d'un million et plus de victimes : ils allèguent qu'il fallait, dans l'intérêt de la France, *vaincre pour ne point être enchaîné*, et *conquérir pour ne point être conquis*. Je comprendrais ce raisonnement à l'égard de la convention nationale menacée, assaillie de toutes parts et réduite avec ses seules forces à faire face à l'Europe coalisée ; mais qu'avait besoin Buonaparte, après la victoire de Marengo, de porter le ravage et la mort de Lisbonne à Moscou, sous l'influence mortelle d'une température hérissée de frimas et de glaçons? *Attila*, surnommé le fléau de Dieu pour avoir dévasté l'Allemagne, l'Italie et les Gaules, fut contraint, après une perte de deux cent mille hommes, de se réfugier dans ses États; de même aussi le fléau de notre époque fut, après sa défaite, à Waterloo, obligé de quitter la France, que cet échec avait moins épuisée que ses victoires.

(10)   *D'un bras robuste assommait et tuait.*

Philippe de Dreux, évêque de Beauvais, est le nom de ce prélat; cet évêque, en casuiste subtil qui repousse l'esprit de la doctrine évangélique pour s'attacher à la lettre, parut à la bataille de Bouvines armé d'une massue, afin de ne point encourir le reproche d'avoir fait couler le sang humain; avec cette arme, le prélat casuiste abattit le comte de Salisbury. Plus tard, cet évêque belliqueux, ayant été, dans un combat, fait prisonnier par les Anglais, fut réclamé par le pape Innocent III, qui l'appelait son fils. « Voyez, saint-père, si vous reconnaissez la tunique de votre fils! » Fût la réponse du roi *Richard*, surnommé *Cœur-de-Lion*, en lui envoyant sa cotte d'armes tout ensanglantée.

(11)   *Et dont, plus tard, un la Châtre hérita.*

Virgile, qui, au génie poétique, joignait des notions d'archéologie, nous apprend que l'épée d'Enée, qui mit en pièces celle de Turnus, avait été forgée par Vulcain; et, selon Milton, l'épée de saint Michel, qui fit un si grand carnage parmi les mauvais anges, était sortie de l'arsenal de Dieu. Quant à moi, qui ne suis pas plus archéologue qu'amateur du merveilleux, j'avoue ne savoir que par ouï-dire que l'épée de la Châtre était la même qu'avait Lusignan, roi de Jérusalem, et dont a parlé Voltaire dans *Zaïre* (acte II, scène 1re).

Je doute que ce Lusignan, qui devint roi de Chypre après la conquête de la terre sainte par Saladin, ait été le dernier de sa race. On a connu, en effet, en France, une noble famille du même nom, qui s'en disait issue. C'est de cette famille de royale origine qu'est descendu M. de Lusignan, nouvellement porté à la chambre des pairs avec MM. Persil et Viennet, dont l'origine, pour être moins connue, n'en est pas moins ancienne, puisqu'elle remonte à la création. On me permettra d'ajouter qu'il y a eu à Hambourg, dans le temps du Directoire, un émigré du nom de Lusignan, qui, dans un café où étaient quelques autres Français, émigrés comme lui, leur demanda leurs commissions pour Paris, dans l'attente où il était d'une permission pour y retourner. Rivarol, qui était présent, parodiant ces vers connus d'Orosmane, s'écria aussitôt d'un ton comiquement déclamateur :

> Lusignan dans Hambourg finira sa carrière,
> Et jamais de Paris ne verra la barrière.

Chacun se prit à rire de cette saillie. M. de Lusignan en rit aussi, mais elle fut malheureusement prophétique ; il mourut, en effet, peu de temps après, en Allemagne, sans revoir la France. Je garantis la vérité de cette anecdote, qui me fut racontée après le rappel des émigrés, par une personne de qualité, amie de Rivarol, et qui alors était à Hambourg, où elle avait connu M. de Lusignan.

(12)   *En souriant assiste aux bals de cour,*
         Jouant ainsi deux rôles dans un jour.

Je ne crois point qu'on doive approuver la conduite de celui qui se pose à la chambre en homme indépendant, et qui le soir assiste aux fêtes et galas de la cour. Cette façon d'agir donne lieu à penser qu'en jouant deux rôles aussi disparates, cet homme n'est qu'un comédien politique ; j'entends dire que l'indépendance d'opinion ne peut être un motif ni un prétexte au député pour refuser son concours aux désirs connus du chef de l'Etat, quand sa marche, vue dans son ensemble, n'est point directement contraire aux principes constitutifs de nos libertés et de nos droits. Fort bien : respect alors au chef du gouvernement ; mais je crois aussi qu'un député, du moment qu'il s'est assis sur le banc de l'opposition, compromet sa dignité parlementaire en se mêlant au groupe des courtisans. Qu'il se pénètre plutôt de l'idée qu'en servant son pays il sert son prince, et qu'il n'a donc nul besoin de solliciter ses faveurs.

(15)   *Il est public, et c'est là qu'est le mal.*

Cet aveu de M. Grim est naïf ; le mal, selon lui, consiste moins dans l'infraction de la règle et de la morale que dans sa publicité. Cette doctrine, qui place le respect humain au-dessus du repect divin, était celle de l'ancien clergé, et dont celui du jour doit bien se garder d'être le continuateur; c'est de là qu'est née l'hypocrisie, cette lèpre impure du catholicisme; car dans les pays où le sacerdoce et le mariage sont compatibles, on sait que les ministres du culte sont exempts de ce vice, tandis que les tartufes surabondent dans ceux où le célibat est une des conditions de la cléricature. Et néanmoins un sieur Mahé, vicaire de Nogent-le-Roi, qui vivait avec une jeune fille R... A..., a été condamné en juin 1840, pour vol avec escalade et effraction, par la cour d'assises de Chartres, à quinze ans de travaux forcés. L'on a parlé en outre d'un abbé de Sainte-Colombe, flétri par un jugement du tribunal de Condom, en janvier 1845, pour séduction commise sur une religieuse, sa pénitente, dont il avait eu trois enfants et qu'il a ensuite délaissée sans ressource aucune : au lieu de se réfugier sous le voile du mystère, ils ont eu l'imprudence de mettre leur conduite à découvert; et c'est là qu'est le mal, selon M. Grim.

(14)   *Renversa mort Tirconel sur la place.*

La circonstance de cette mort a une singulière analogie avec celle de Wat-Tyler qui, à la suite d'une conférence dans Smithfield, en 1384, avec Richard II, ayant tiré son épée contre ce prince, reçut du lord-maire Walvorth, placé derrière lui, un coup violent à la tête qui l'étendit sans vie aux pieds du roi. (*Hist. d'Angl.*)

(15)   *De son parfum remplit toute la chambre.*

Agnès n'est point sainte, puisqu'elle n'a point été inscrite dans la légende, où elle eût pu l'être à aussi juste titre que Charlemagne, tant pour les grands et éclatants services qu'elle avait rendus à la France, que pour les biens dont elle avait doté et enrichi MM. les chanoines de Loches. Et néanmoins, usant du droit qu'Horace donne aux poëtes, quels qu'ils soient, grands ou petits, de tout oser, je me suis permis d'introduire Agnès sur la scène pour servir au dénoûment de mon œuvre épi-comique. C'est ainsi qu'elle figure, non dans un char radieux traîné par des colombes, mais sortant d'un nuage, rayonnante comme l'astre du jour, exhalant une odeur ambrée et divine.

Ambrosiæque comæ divinum vertice odorem
Spiravere.   VIRGILE.

(16)   *Tous, hors Russel...* . . . .
       Sentent, sous eux, les genoux qui fléchissent.

Les Anglais, dans leurs églises, ont tous une attitude respectueuse et édifiante ; et néanmoins on ne les voit jamais s'agenouiller dans le cours du service divin. L'usage au contraire établi chez les catholiques, de se prosterner devant leurs prêtres et de les encenser, les dispose à s'incliner servilement devant des hommes, n'importe ce qu'ils sont, pourvu qu'ils soient au pouvoir ; c'est cette différence qui explique l'attitude grave de Russel à la vue d'Agnès, attitude qui, en soi, n'avait rien d'inconvenant. Telle a été en janvier 1858 celle d'un jeune Anglais, qui, se trouvant dans l'église de Saint-Jacques, à Gand, au moment d'une procession, a été, sur l'ordre du curé, maltraité par le suisse assisté du bedeau, et jeté brutalement à la porte, pour ne s'être pas mis à genoux à son passage. L'on peut, sous quelque rapport, approuver la conduite apostolique de monsieur le curé et de ses hallebardiers : mais leurs violences !... jamais.

(17)   *Et que vos jours seront des jours de fêtes.*

Cette prédiction d'Agnès à Ninon est la même que celle qui lui fut faite par un noctambule à l'âge de dix-huit ans. Quoi qu'il en soit, cette prédiction se réalisa, puisque Ninon, dans le cours de sa longue vie, fut aimée et respectée de tous ceux qui l'approchèrent. Dans le nombre de ses amants, l'on compta des écrivains d'un mérite supérieur, des hommes d'une haute naissance et jusqu'à des gens d'Eglise, tels que le cardinal de Richelieu, qui, par la médiation de l'abbé de Bois-Robert, son négociateur en ce genre, eut à Ruel une entrevue avec elle, mais sans succès, par suite du refus de Ninon de se prêter à ses désirs, à cause de sa laideur. Ce cardinal n'est pas le seul qui ait donné dans de tels écarts. Voici, en effet, une réflexion assez curieuse que je lis à la suite d'une lettre de lord Chesterfield, au sujet d'un fils qu'il avait eu hors mariage et qu'il venait d'adresser à une dame, à Paris, pour soigner son éducation. « Comme sa naissance divulguée, dit milord, pourrait lui nuire dans l'esprit de certaines personnes, rien n'empêche de le présenter comme mon neveu ; *les cardinaux ne font pas autrement.* » (***Revue britannique***, numéro 4, avril 1841. Si

Richelieu fut refusé, il n'en fut pas ainsi des abbés d'Effiat, Chaulieu, et du jésuite Gédoyn, qui en fut épris quoiqu'elle eût 80 ans. Mais si elle eut des amants, elle eut un plus grand nombre d'amis dont sa maison, qu'on voit encore rue des Tournelles, n° 78, et celle de Picpus, où elle aimait à passer la belle saison, ne désemplissaient point. De ce nombre était le marquis de la Fare, connu par ses mémoires et ses poésies. Voici ce qu'il en dit :

« Je n'ai point connu de femme plus respectable et plus digne d'être « regrettée. Elle rassemblait chez elle ce qu'il y avait à Paris d'honnêtes « gens, qui y étaient attirés par le charme de sa conversation. Sa maison « était même, dans les derniers temps, la seule peut-être où l'on passât « des journées entières sans jeu et sans ennui. Enfin, jusqu'à l'âge de « 87 ans, elle fut recherchée par la meilleure compagnie ; et l'on peut « dire qu'avec un esprit né pour les agréments, elle a toujours conservé « une imagination légère, brillante, et un jugement admirable. »

Le marquis de la Fare, qui avait vécu quarante ans dans son intime société, est mort sept ans après elle, en 1713.

www.ingramcontent.com/pod-product-compliance
Lightning Source LLC
Chambersburg PA
CBHW071811020726

47502CB00004B/1075